爱的早，不如爱的刚刚好

唐承香 著

线装书局

图书在版编目（CIP）数据

爱的早，不如爱的刚刚好 / 唐承香著. —北京：线装书局，2014. 11

ISBN 978-7-5120-1599-9

Ⅰ. ①爱… Ⅱ. ①唐… Ⅲ. ①长篇小说—中国—当代 Ⅳ. ①I247. 5

中国版本图书馆 CIP 数据核字（2014）第 249079 号

爱的早，不如爱的刚刚好

作　　者： 唐承香
责任编辑： 李　琳　宁　静
装帧设计： 玩瞳书衣
出版发行： 线装书局
　　地　址：北京市西城区鼓楼西大街 41 号（100009）
　　电　话：010-64045283　64041012
　　网　址：www. xzhbc. com
经　　销： 新华书店
印　　制： 北京市玖仁伟业印刷有限公司
开　　本： 787mm × 1092mm　1/16
印　　张： 18
字　　数： 293 千字
版　　次： 2015 年 1 月第 1 版第 1 次印刷
印　　数： 0001—7000 册
定　　价： 35. 00 元

目录 Contents

楔子

五年前。

岑亮在家居精品店“普罗”里找到一对心形的、呈拥抱状态的情侣杯，很是喜欢。

他一边端详着杯子，一边接电话。

“喂！是Amy啊！什么事?”来电的是自家亲亲汪晓霖的好闺蜜，Amy，薛铭。

看着手中的杯子，岑亮越发欢喜。心想着汪晓霖感动得朝他飞扑而来的场面，笑得一脸痴。

“岑亮，你赶紧到机场去截住汪晓霖。那个笨蛋根本就没有放弃伦敦留学的名额!”Amy那边火急火燎地喊道。

“什么?”岑亮一怔。

啪!

手一松，那只杯子自指间滑落，无情地碎了一地，连同心间溢满的幸福……

哐当!

宋汶的手一松，手中的袋子砰的一声落地，水果骨碌碌地滚了一地。

她怔怔地看着客厅里两具衣衫不整，纠缠得难分难解的身体……

一个原本应该出差，绝不可能出现在这里的男人，是她未来的丈夫——吴晗。

另一个，却是吴晗的青梅竹马，马玥。

而那个原本应该出差，绝不可能出现在这里的男人瞬间退去脸上的情欲，一脸惨白掩不住惊愕地看她。

男人怀里的女人，挑起她好看的眉，嘴角一勾，笑了……

第一章 他乡故人忆往昔

刚从张家界的五雷山下来已经是中午十二点过了，宋汶的五脏庙闹腾得厉害。她饿得两眼冒绿光，以百米冲刺之势冲向一家看上去比较顺眼的小餐馆。

“一碗凉面！”她整个人扑在门口的柜台前，朝只冒出一个头顶的收银员喊道。

“大碗还是小碗？”正在玩手机的收银员抬头。

“是你？”待看清对方，两人皆是一惊。

世界那么大，也那么小，原本毫无交集的两个人就这么戏剧性地相遇了。更何况，她们还是曾经的，情敌！

两个人的恩怨牵扯着一个名为吴晗的男人。

“吃吧！给你拿了点辣萝卜辣海带。”就算曾经并不待见彼此，但，好歹是他乡遇故人。

“谢谢！”宋汶也不客气，放好调料后狼吞虎咽地吃了起来。

万事，皆等填饱了肚子再说。

“呼！”宋汶靠着椅背，摸着微鼓的肚子一脸舒心。

吃饱的感觉真好！

“还要吗？”从一开始就坐在一旁看着的老板见状，忍不住笑道。

“不要了！”宋汶摇摇头。端着茶抿了一小口。

“哦！”老板轻声应道。

两个人的见面来得太过突然，心思百转千回，一时间陷入了静默而有点诡异的状态。过往的那些纷纷扰扰似乎随着两人的见面，一下子充斥整个空间，沉闷得令人窒息。

宋汶细细打量着对面的人。她很现在难说清对她的那些个情绪，至少是不恨了。仔细一想，当年，她也是受害人吧！

而对面的老板也是一阵恍惚。她望着宋汶背后的某个虚空点出神，似乎在回忆着什么。

她姓马，单名一个玥字，今年三十，只比宋汶大两岁，和她一样都是G市的人。两年前和吴晗彻底没戏后只身回了张家界，接管了母亲的小餐馆。

“你，现在过得还好吗？”良久，宋汶有些不太情愿地开口问道。

“嗯？哦，还行！”沉浸在自己世界里的马玥猛然回神，神色淡淡地说。

少了那些斩不断理还乱的感情纷扰，日子不紧不慢地过着，挺好的。

“你呢？”

“马马虎虎！也就那样吧！”宋汶心头一紧，脑子里不可抑制地想起了另一个人。面上却装作若无其事。

然后，两人又陷入沉默。

“你还恨他吗？”半晌，两人异口同声地问。

两人先是一愣。

最后，莞尔一笑恩仇泯。就此，空气中一直流转着的尴尬因子全数被这无声的笑吹散开来。

“我都快要不记得有那么个人了！”马玥抿了抿嘴角。握着桌上的茶杯，摇着晃着杯里的水，看着那打着旋儿的茶叶，很平静。

恨，是过。不恨，也是过。

前者是包袱，只会越发的不堪重负。

后者只当是倒霉被狗咬了，痛过了也就好了。为什么就不选择后者呢？

“大概是怨着的吧！”宋汶苦笑。她的事情远比马玥的复杂得多。那种相爱却不能相守的痛生生折磨着她，还不知何时才是个头。

“一切总会好起来的！”马玥倾身向前，握起宋汶的手。她算是跳出了那些不堪回首的往事，无非就是以过来人的身份安慰安慰宋汶而已，其余的还真帮不上忙了。

“会的，一定会的！”宋汶深吸一口，拾起那些乱七八糟的情绪，把信心坚定起来。往后的路不靠自己又能去靠谁呢？她还要等着那个爱她的人来娶她呢！

在张家界和马玥的偶遇，与她相谈甚欢，让原本意志消沉的宋汶感慨良多，她又有了满血复活的趋势。同时，也为她的张家界之旅划上了圆满的句号。

回到旅馆后，宋汶有些迫不及待地把中国地图铺在床上。

偌大的地图上，红色记号笔圈着昆明、成都、张家界。

二十三天，三座城市，每到一个地方，她总想着，希冀着能在这座城市的某个转角遇上他——岑亮！那个她深爱着，理应厮守一辈子，现在却是眉间一抹愁心头一道伤的人。

全国二十三个省、四个直辖市、五个自治区、两个特别行政区。她的旅程还很长很长，这是一个笨得让人心疼的旅程，是一个只有亿万分之一相遇的概率啊！宋汶用她的固执、偏执试图打动老天，赢得这亿万分之一相遇的概率！

“下一站该去哪呢？”宋汶趴在床上，拿着记号笔在地图上从上到下，从左到右地划拉着。

“要是岑亮，他会去哪呢？”宋汶翻身仰躺着，咬着笔杆望着天花板，想着平日里两人胡天侃地时有没有提及到将来有可能要去的地方。

“桂林山水甲天下！”半晌，她喃喃道。

“就你吧！”猛地翻身，拿着记号笔刷的一下在“广西”处画了一个大大的圈。紧接着打开笔记本电脑开始订机票、找旅馆忙活开来。

“滴滴滴！”这时，电脑右下角闪动着一封邮件图标。

宋汶点开。

“亚青 cosplay 总决赛门票，八月十七号晚上八点？”

“我靠！就是明天？我怎么把这茬给忘了！”宋汶一拍脑门，一跃而起。暗恼自己只顾着伤春悲秋，怎么就把团里的重大事情给忘了呢？今年也因为和岑亮的那些个破事，她基本上就没有参与亚青赛的比赛事宜。

“忘川河，彼岸生，相识愿能长相伴，原不知此心思，终成空，辗转，红尘几度，静驻忘川河，朝朝暮暮盼君归。”

这时，床上的手机响了起来。

铃声是宋汶所在的 cosplay 剧团“俊★临天下”的团长“刀疤狼女”秦琴自主填词，和她家“秦始皇”杨子君合唱的。算是“团歌”了！

“喂！”宋汶一看来电显示果真是团长“刀疤狼女”秦琴！

“宋小蚊子！”电话那头传来秦琴中气十足的吼叫声。

“那么大声干嘛？我又不聋！”宋汶吓得浑身一抖，骂了回去。

“好久不见，甚是想念！老娘一时激动，情难自禁！”

“出息！滚一边去！”那头又传来另一个人的声音，是好闺蜜林芸芸。

“臭八婆！还我电话！”似乎是把手机给抢了，惹来秦琴的怒喝。

“‘秦始皇’，把你家‘刀疤狼女’看好了！成事不足败事有余说了不该说的，‘俊★临天下’集体咔嚓团灭也难以谢罪！”林芸芸赶忙躲进男友朱学晔的背后，朝着杵在一旁当柱子的面瘫大神杨子君大喊。

“你才是成事不足唔唔唔……”杨子君长臂一伸，秦琴的暴怒被一连串意义不明的拟声词所代替。电话那头一时也清净了下来。

宋汶举着电话扶额哀叹，这都是些什么星球来的啊！

“邮件收到了？”林芸芸问。

“嗯！我把这事给忘了！你们也真是的，干嘛不早点通知我？”宋汶抱怨。

“您老人家的追夫计划我们哪敢拦着啊？要真耽搁了，我们可弄不出一个‘岑亮’来赔你。真觉得内疚就回来给‘俊★临天下’捧个场！”她今天的最终目的就是要把宋汶这尊大神给哄回来。心里思量着若是宋汶不肯回来的各种应对法子。

“好！我明早就回去，一定赶在决赛前到达会场！”

“那可是你说的！要是你没到你就等着哭一辈子吧！”林芸芸不禁松了口气，暗赞这主儿还算识相。

“呵呵呵！那么严重？总不至于被组织给开除吧？”

“开除算是轻的！总之，一定要回来！”

“遵命！女王大人！”

次日下午两点多，宋汶刚出机场就看见秦琴和林芸芸恹恹的，无骨人似的挂在杨子君和朱学晔身上。两人见到她的瞬间，像是打鸡血似的冲了过来。

“你、你们要干嘛?”看着如狼似虎来势汹汹的两个人，宋汶觉得浑身直发毛。

“喂喂！你们俩干嘛啊？我有脚我自己会走！哎哟！我的包我的包!”秦琴、林芸芸二话没说，一左一右直接将人架走。杨子君、朱学晔将宋汶落下的行李拿上，尾随。

出了机场，五个人上了一辆白色面包车，直杀决赛场地——奥体中心。

车上。

“你们怎么会演这部剧?”当宋汶看完秦琴给的决赛剧本时，不免诧异。

决赛剧目《幻世之旅》，改编自“俊★临天下”官网上的同名长篇小说。作者就是宋汶。

小说讲诉的是生活在二十一世纪的女主沈妙言因一次意外穿越到架空世界——幻世大陆。在与自己的便宜老爹斗智斗勇的同时肩负着拯救世界的重担。这一路嬉笑怒骂中，她结识拥有“魅”与人类血统的混血儿男主唐君瑞。两个人自相识、相知、相恋，到历经磨难修得正果之时，谁料男主唐君瑞居然是反派大 Boss 分离出来的“善念”，最终是要被大 Boss 收回去的……

“这个给你!”林芸芸自大行李袋里掏出一个金色礼盒。

“打开看看!”秦琴道。

宋汶不解地看看两人，三下五除二地拆包。

“这是?”宋汶自礼盒里拎出一件淡粉色百褶齐膝的编花吊带礼服，这是给她穿的?

“你好歹是这部剧的原作者，万一获奖什么的就你这一身破破烂烂的，‘俊★临天下’可丢不起这人!”秦琴颇为嫌弃地说道。

第二章 允一场盛世烟华

晚上八点整，第X届亚青赛cosplay总决赛在一曲《甩葱歌》的开场舞后正式拉开帷幕。

决赛队伍一共五支，按大赛规定，每支队伍的表演时间是二十五分钟，冠亚军将在全场投票及网络投票中诞生。

而“俊★临天下”的节目是最后一个。

“一拜天地！”随着一声中气十足的唱和声响起，一阵喜庆的唢呐声奏起。

紧接着，舞台上绛红色的大幕徐徐拉开来……

“二拜高堂！”第二声唱和响起，大幕后的景象也全部显露了出来。

满是扎眼而喜庆的红，穿着大红喜服的唐君瑞（杨子君）牵着凤冠霞帔的沈妙言（秦琴）在礼官的唱和声下拜天地。

周遭是欢颜笑语为他们送上祝福的亲朋好友。

“夫妻对拜！”

轰隆隆！

正当二人双双弯腰完成最后的仪式时，天空中雷霆翻滚，一群黑衣妖魅簇拥着大Boss自舞台的右后方冲上台来……

"俊★临天下"选取的是小说最后女主沈妙言不顾男主唐君瑞的身份执意要与其结为连理，而在两人大婚当日，大 Boss 带众妖杀到，并强行将唐君瑞带走的那一幕。然后以回忆的形式，回放男女主角自相识、相知、相恋到同甘共苦较为突出的片段。紧接着是大决战，最后是女主角回到现实世界。

舞台上一番混战后，沈妙言一声嘶吼，气急攻心昏倒在地。台上宾客也悉数退下，独留一束灯光将昏倒的沈妙言罩住。

啪！

半晌后，罩住女主的灯光也灭掉了，全场一片黑暗。

"打他！快打他！"黑暗中，一群小孩子的怒骂声四起。

啪！

接着，灯光照在了舞台右前方，一处凌空凸出来的小舞台上。

"打！打死你个没人要的野种！"只见四个光鲜亮丽的小孩围着一个灰扑扑的小孩拳打脚踢！

这时，一只骷髅手自黑暗中伸出，轻轻拉了拉某个打得正起劲的小胖子。小胖子不耐的挥挥手，继续打人。骷髅手不甘心，又扯了扯小胖子的衣摆。

"烦不烦啊！没看……"骷髅手的第三次拉扯终于换得小胖子的注意，只是那声怒骂待看清那半只露出来的骷髅手后硬生生卡在了喉咙里。

"啊——鬼啊！"最后，小胖子一声惨叫，拔腿就跑。

"啊——鬼啊！"其他小伙伴也纷纷惨叫着跑开。

"啧啧啧！这么不禁吓！"很快，一个粉衣包包头的小女孩拿着一具骷髅玩偶出现，居高临下的看着坐在地上的小男孩。

"亏你那么大个儿，居然打不过那帮臭小子？"粉衣小女孩一脸嫌弃地说。

"喏！"然后自怀里摸出一方罗帕，递给小男孩。

这是唐君瑞和沈妙言的第一次见面。

啪！灯光又灭了。

铃铃铃！

一串悦耳的铃铛声。

“咯咯咯咯……”

脆生生的少女的笑声。

啪！

灯光照在左后方，比大舞台高出一米多的小舞台上。

“我与城主虽是叔侄，却是毫无血缘关系的！我为什么不能竞选城主夫人？”来自现代的沈妙言（林芸芸）一身大胆的露脐装，修长的腿在青色的纱裙下引人遐想，而脚踝处系着的铃铛随着她的走动发出悦耳的声音。

她扭着小蛮腰，当着无泪之城城主，指着在座的文武大臣嬉笑道。满座皆是惊讶，参选城主夫人的少女们聚拢在一起，像是看怪物一样地看着沈妙言。

“跟我走！”这时，一身黑袍的唐君瑞（朱学晔）闯进大殿将人拉走。

两人自小舞台下来走到大舞台中间。

“放开！”沈妙言愠怒，狠狠地甩开唐君瑞的手。

“你，你这样很难看！”唐君瑞冷着脸说道。将身上的外袍脱下披在沈妙言身上后转身就走。沈妙言先是一呆，然后嘴角一勾，笑了。三步并作两步上前一把拉住对方的手。

“你在担心我！”沈妙言一脸窃喜。唐君瑞不耐烦地想要甩开沈妙言的手，却被抓得死死的，只好黑着脸不言不语地拉着笑得像偷腥的猫儿的沈妙言离开。

啪！灯光又灭了。

乒乒乓乓！舞台上一片刀光剑影！

啪！

灯光亮起。

唐君瑞（杨子君）和沈妙言（秦琴）背靠背与敌酣战。

……

回忆结束。

一身红色嫁衣的沈妙言（林芸芸）浴血而战杀上大 Boss 的老窝与其决一死战。

病床上，昏睡了整整一年的沈妙言（秦琴）醒来，茫然四顾。

想念唐君瑞想得发疯，回到现代的沈妙言（秦琴）奋笔疾书写下异世奇遇。

为庆祝沈妙言（秦琴）的《幻世之旅》大卖，受朋友小 A 之邀前往巴黎游玩。

剧目演到这里，方才饰演女主角之一的林芸芸一身红色嫁衣，猫着腰摸到了宋汶的旁边。

“走！快跟我走！”林芸芸拉着人就走。

“干嘛呢？这是要去哪啊？”

“有惊喜给你！快点！”

后台。

“快快快！人来了！”林芸芸急吼吼的将人拉到一方圆桌前。而圆桌另一侧坐着小说中邀请女主沈妙言去巴黎的‘好朋友’小A。

“同志！为了‘俊★临天下’，更为了爱情、为了幸福，剩下的就看你的临场反应了！”沈妙言的另一个扮演者秦琴拍了拍一脸莫名的宋汶的肩膀，语重心长地说。

“走起！”林芸芸一声令下，四张圆桌，一男一女的搭配呼啦啦地往台上涌。不等宋汶有所反应，一位男舞者就已将她和小A的这一桌推向了舞台的右前方。

先前一男一女搭配的小圆桌到达指定位置后，男舞者执起女舞者的手翩跹而舞。

“小A！你们在搞什么？”宋汶惊慌。

“惊喜！”小A调皮地朝她眨眨眼睛。

“什么惊喜？”

“你看！”小A伸手一指，宋汶条件反射地看去。

然后，她瞪大了眼睛。

宋汶的斜对面，那个她心心念念着的人正和杨子君、朱学晔状似讨论着什么，有说有笑地走了上来。

“岑亮！”宋汶噌地起身，定定的看着那个人。

似有所感，岑亮抬头，微笑……

人群中的回眸一瞬，仿佛是命中注定的！你的出现，便是我此生的等候。

这时，杨子君和朱学晔所扮演的“好朋友”及所有舞者纷纷退去。最终，只留下两束灯光笼罩下对望着的两个人。

“我们是不是在哪见过？”唐君瑞（岑亮）慢慢走向呆若木鸡的沈妙言（宋

汶），抬手抚着沈妙言（宋汶）的脸。

“我想你！”宋汶哪管得上那么多，一头扎进岑亮怀里，不争气地哭了。

“我也想你！”岑亮狠狠地拥住怀里的人。

一个多月！一个多月的煎熬只为这一刻！

汶汶，我们相遇在错误的时间里，为了不要彼此成为对方的叹息，我愿为你匍匐等待，矫正这扭曲的时间轴，摆正你我交错时光里的倒影。

不等两人腻歪，一群男男女女呼啦啦涌上台来，硬生生将两人分开。

“岑亮！”宋汶一惊，眼睁睁地看着男舞者拉着岑亮退下舞台。她想追，女舞者却将她死死地围在中间。

“你们让开！”宋汶急得满头大汗。林芸芸给她的剧本根本就不是这么回事！让她怎么临场发挥啊！

“汶汶！”正当宋汶忍无可忍时，左肩被人轻拍。

猛回头，却见岑亮一脸笑意地看着自己。

“妙言！”

“汶汶！”岑亮和着台词。

“嫁给我！”岑亮单跪在地，双手一托，玫红色的小盒子里，一对白金钻戒呈现在面前。

岑亮与台词重叠的声音是那么的不真切。而舞台上的人也聚拢在两人的身边，音乐适时地停止，全场一片寂静……

宋汶难以置信地看着始终微笑着，眼中带着些许期待，些许忐忑，些许急切等等情绪的岑亮。

这一切都像是做梦一样，美好而不真实。

宋汶心头一股子酸涩上涌，眼眶一热，两行清泪溢了出来，无声地划过脸庞。

“嫁给他！”数秒的静谧后，台下不知是谁大喊了一声。

“嫁给他！”

“嫁给他！”

“嫁给他！”

……

很快，台下响应成一片。

"好！"宋汶捂着嘴，用力地点头，泣不成声！

结婚进行曲适时响起。

几名女舞者上前扒拉着宋汶的腰带。

宋汶一愣。

原来百褶的裙子是可以拆开来的，这样一来就是一件婚纱礼服。

"唐君瑞（岑亮），你确信这个婚姻是上帝所配合，愿意承认接纳沈妙言（宋汶）为你的妻子吗？"扮演牧师的宋旻，宋汶的胞弟配合着录好的台词问道。

"我愿意！"岑亮执宋汶之手，深情地望着她。

"沈妙言（宋汶），你确信这个婚姻是上帝所配合，愿意承认接纳唐君瑞（岑亮）为你的丈夫吗？"

"我愿意！"宋汶回以甜蜜的笑容。

语毕，两人都有些急切地吻了起来。

绛红色的大幕渐渐落下。

啪啪啪！

剧终，台下掌声一片……

"岑亮？"随着全团人员上台致谢，正高兴的宋汶突觉岑亮的异样，见他目光深沉地看着某一处，顺势看去，不禁一怔。

坐在观众席中间位置的汪晓霖一脸扭曲地瞪着她和岑亮，满眼怨恨。她的身边，是看不出悲喜的吴晗。

"没人能分得开我们！"岑亮转头，亲吻了她的嘴角。

"昔日，你为我披荆斩棘。今日，我还你一场盛世烟华！执子之手，与子偕老，绝不负此生！"岑亮说着，晃了晃十指相扣的手，那上面，是一对能够合二为一，名为"拥抱"的戒指。

"嗯！"宋汶用力地点头，内心感动得一塌糊涂。

恍惚间，她突然想起那时警方录口供时，那位大妈说的"两个人，在历经磨难后才能锻造出更加坚强的心，才能更加紧密相连。"。

那么，老天是否开眼，她和岑亮的磨难是否就此结束了呢？

幸福

那么简单

却

没那么容易

……

时间回溯至三年前。

第三章 相亲路上你和我

宋汶独自一人在卡座区，兴味索然地刷刷微信，又时不时地抬头扫一眼大厅，像是在找什么人。

“切!”视野开阔的大厅里三三两两一堆堆的人，觉得谁都不是那个要等的人，更何况她根本就不认识对方。当初交换QQ号时，空间加密什么的最可恨了，还很矫情地说忘记了密码，也不想想动个手改个权限设置绝不超过一分钟啊。

对此，她唏嘘不已。

最后，她低头继续刷微信，间或发表发表意见，心里隐隐地期待着对方最好不要出现。相亲什么的，见鬼去吧!

“请问你是宋汶吗?”约莫一刻钟后，在宋汶刷微信正乐不可支的时候，身穿一袭黑色风衣身材颀长的男性，蹬着一双锃亮的皮鞋走到了她的桌前。

宋汶抬眼一看，眼睛不禁一亮。

哟呵!脸廓周正，剑眉黑眸，新潮的发型着装，帅哥一枚!

“是!请坐!”她赶忙收了手机，站起身来。

对于来者，宋汶已经肯定就是今个儿的相亲对象。而后，心头没由来地一阵懊恼，早知道是这么一枚帅哥就应该好好收拾一下自己的，化个妆什么的。

但是，又突然想到在脸上涂一层这样的乳液抹一层那样的霜就麻烦，犯不着为了谁谁难受了自己，素面朝天挺好的！

“你也坐！”借着侧身低头的瞬间，相亲对象不着痕迹地皱了一下眉。那张清汤挂面的素颜，那身毫无特色的着装让他不甚满意，连带着连迟到的说辞也懒得说了。早知道还不如呆在家里和他哥儿几个杀上一盘。

与此同时，宋汶比邻的卡座。

“大家都是年轻人，有些话儿虽然不好听但也不能兜着等将来没完没了的纠结，是吧？”岑亮有些发愣地看着面前金色大波浪卷的相亲对象。眼睛跟着那只端着咖啡杯的珍珠白色纤细的手，做着不规则的曲线运动。随着对方优雅而端庄地抿了一小口，然后回到桌上，最终收放到主人的膝盖前，与另一只柔荑十指相扣。

“确实是！”岑亮点头。对于接下来的话，突然觉得很没劲。

“那，我冒昧地问一下，你年薪多少？买房子了吗？车，有吗？”金发美女的着装一看就都不是凡品，要是工资不高绝对养不起。至于房子，小两口的私人空间爱怎么折腾怎么折腾，她最怕被别人管这管那的，尤其是婆婆什么的。

“年薪什么的也就够混口饭吃而已，更别说房子车子了。和爸妈住挺好的，将来也不会考虑买房的事。”岑亮喝了口咖啡，不紧不慢地说。看着对方微僵的脸色，心想着这相亲算是要黄了，也突然有种终于要解脱了的感觉。

“那你对你将来的职业生涯有没有什么规划？职位上升空间有多大？要知道，现在物价上涨一天一个样。虽然金钱不是万能的，但是没有钱是万万不能的，结婚生孩子养孩子，走访亲友什么的总得维系维系这关系的！”金发美女右手一抬，将散乱于右肩上的秀发撩到耳后。黑眸一转，死死地盯着岑亮的表情。

“俗话说得好，知足常乐！我现在手头的工作不多也不闲，升职什么的暂时还没有考虑过！”岑亮不禁翻白眼，他果然不喜欢太过势利的人。

“……”金发美女一时无言，借着喝咖啡的姿势狠狠地鄙视了岑亮一把。

不求上进的家伙，简直是浪费时间！

“抱歉！我上下洗手间！”金发美女扬起一抹傲然的笑，拎着包包像只高傲的孔雀，踩着高跟鞋起身就走。

看着那妙曼的身影消失，岑亮耸耸肩无所谓地笑笑。

洗手间里。

宋汶有些脱力地坐在马桶上，低头看着自己的脚尖出神。

“果然不是一路人！”良久，她长叹了一口气。

半个小时的时间简直是剑拔弩张，随时都可能成为战场。同一件事大抵因所处的环境不同而生出的看法实在是天差地别，火药味儿十足，她只好选择尿遁，暂将锋芒避开。

“我靠！早知道就不来了！说什么年薪百万纯粹是骗人的！网上的东西果然不可信！”这时，气愤地将高跟鞋踩得笃笃响的金发美女拿着电话一肚子火地向闺蜜抱怨着走进卫生间。

“！”宋汶囧了！她可不是有意要偷听的！

“人长得帅倒是帅，可是，能当饭吃吗？赚大钱把老婆养得水灵灵的才叫有本事！”金发美女将电话夹在肩头，狠命地拧开水龙头。那表情和那手劲儿像是有着深仇大恨般。

“赶紧的，一会儿打个电话过来。我哪有那个美国时间跟他瞎耗？没钱就别出来装，骗谁呢！”拽了张纸擦了擦手，用力地扔进垃圾桶，金发美女挂了电话又气冲冲地离开了。

宋汶听了不觉有些好笑，心想着哪个倒霉男遇见了这势利女？

同一时间。

“谢天谢地！兄弟几个总算没疯魔抛弃了哥！”相亲对象有些头疼。两个人实实在在谈不下去，还好对方很识趣地借故离开缓了缓彼此的尴尬。二话没说赶紧打电话找外援，庆幸那几位老兄没在刷副本。

“别提了！哥要找的可是能上得厅堂下得厨房的！长得一般般就算了，素面朝天跑出来吓谁呢！没劲儿！早知道就不来了！”

岑亮承认偷听可不是件好事。但是，谁让对方那么毫不顾忌地大嗓门？那就不关他的事了！有些可怜那位相亲的同胞，好像也不招另一方待见呢！

“实在是不好意思！朋友和 TA 家那口子打起来了，你看……”当相亲对象和金发美女接完电话，同一时间有些激动地站了起来并说着同样的话时，四个人一下子就愣住了。

相亲对象和金发美女两两相望，满脸震惊，然后脸黑了。

“哦！没关系！赶紧回去劝劝你朋友吧！”岑亮有些好笑地看着一脸便秘般的金发美女，颇有些大发慈悲地说。

“哼”！金发美女脸更黑了，狠狠地剜了一眼邻座与之相对的相亲对象，火烧屁股般走掉了。

“嗯！见血就不好了！”宋汶双手抱胸有些玩味地看着相亲对象说。直到对方洪水猛兽追赶般逃掉，噗嗤一声笑了。

“宋汶？”岑亮起身走到邻桌，看清人后相当吃惊。没有想到“素面朝天的盟友”会是死党朱学晔家女朋友林芸芸的闺蜜。

“岑亮？”自个儿正乐呵的宋汶抬头，一惊。怎么也没想到会遇见熟人，闺蜜林芸芸家男朋友朱学晔的哥们！

“那个没钱还装大个的倒霉男不会是你吧？”宋汶随即想到了什么，一时口快说了出来。

“啊！”岑亮一下子就懵了。他当然不会知道宋汶在洗手间里听到的那些话。

“呵呵呵！”听完宋汶在洗手间听来的话，岑亮只是干笑几声。

“啧啧啧！真是有眼无珠，要是她知道错把金龟当土鳖，指不定肠子都给悔青喽！”宋汶忍不住调侃道。

“道不同不相为谋！还是各走各的好！”岑亮笑了笑。这才好好端详了下那张容颜，干净清爽。与之前见过的精致妆容下的成熟干练相比，算是一汪清泉，别有一番风味。

“其实他（她）还不错！”良久，两人鬼使神差地说。

“！”然后皆是一愣，一时间大眼瞪小眼地看着对方。

噗嗤！最后忍不住笑出声来。

“为什么要骗她？”宋汶很疑惑。

“哎！人老了，最想要的是只肩膀，累了，可以靠靠。”岑亮耸耸肩，语气颇有些夸张地说道。

现实的骨感，快节奏的生活，来自于各方面的压力让人喘不过气。很多时候，宁愿一个人呆着，哪儿也不去，发发呆也是一种难得的享受。一个人的时间在这逼仄的快节奏时代里又是如此奢侈，更遑论还要分出另一半来给另一个个体，还是一个站于云端要你仰望伺候的“公主”？

这样的人，送他也不要。

“哈哈哈……”宋汶被他的说辞逗乐了。

“好不要脸！你要是自认为‘老人’，恐怕这世界上就真没老人了！”宋汶笑骂道。

岑亮不置可否地笑了笑。

他自称是“老人”也并不为过，这是一种心态上的“苍老”。现下有很多耄耋之年的躯体下是一颗火热的“年轻心”，对生活的热爱，比他们这些拥有健康富有青春的年轻人乐观积极得多。岑亮时常在想，等自个儿活到这把年纪，人生的那八九分不如意也都就看开了，人也就“年轻”了。现在嘛，年轻，有很多过不去的坎儿，想不开的多了去，死气沉沉哪儿来的朝气？不“老”才怪！

“倒是你！好好收拾收拾，不怕没人拜倒在石榴裙下！”

“如果一开始连我的素颜都无法接受，将来揭晓了闹腾个不停，我不得成了千古罪人了？”宋汶撇嘴不屑道。

“你的素颜也不差，不至于吧！以男人的角度来讲，化个妆什么的赚个印象值而已。现在的人哪个不是‘外貌协会’的？两个人有戏的前提就是合了彼此的眼缘。”

“算了吧！瞧不上就瞧不上呗！工作日一天八小时脸上涂来抹去已经够呛的了。周末是自由时间，爱干嘛干嘛多自在！才不要自己给自己找罪受呢！”宋汶想着每天早上将近半个小时的皮肤护理就皱眉直摇头。因为是工作所需即便痛苦却是不得不做的。

“真性情！难得难得！”岑亮不禁莞尔。难得率真的人啊！

第四章 没人要的凑一堆

同一时间，某咖啡厅。

“哎！你说，你们男人就不能安分点吗？吃着碗里瞧着锅里的，小心撑死！”对于一到周末“死宅”在家不愿见人，疑是“情伤未愈”的宋汶，林芸芸深感无力，有些愤愤地在男友面前抱怨开来。

每每想到宋汶的那个渣前男友，林芸芸恨不得将他剥皮拆骨挫骨扬灰方解心头之恨。宋汶那么个温柔谦和的好姑娘怎就倒了八辈子血霉会遇见那么金玉其外败絮其中的渣男！

当然，此时此刻的林芸芸根本就不知道她口中的“死宅”宋汶正在相亲。宋汶是没敢告诉她，否则依她的性子非扒在后面看热闹不可。

“唉唉！你别一竿子打死啊！我可是打着灯笼都难找的居家好男人！”朱学晔一听这话就不乐意了。他知道女友林芸芸只是在为好友抱不平。但是女友把他跟那渣男相比较可就降低了他的格调。

“别光讲我们男人，你们女人也有不是好东西的！”很快，朱学晔就想到了他那一表人才，追求者以卡车计量的哥们——岑亮。

都说情人眼里出西施，他那哥们是眼屎糊了眼，看不见周围的好姑娘，一颗心全扑在汪晓霖身上，要星星不敢给月亮。可到最后呢？悄悄地做了人流一声不吭的出国留学去了，一走就是两年。真不知道该说岑亮痴情呢还是骂他傻子，这两年来不是没有相过亲，怪就怪在见一个黄一个，理由很简单“人是咫尺天涯，心却是遥不可及”。有时候朱学晔恨不得给岑亮开个颅看看他脑袋瓜里到底装的是什么？对那种无情无义冷血自私的女人到底还有什么可留念的？

当然，对于朱学晔的满腔愤恨，岑亮只是笑笑，留恋汪晓霖什么的他还真的误会了，但却懒得解释什么。

“哎！对哦！”林芸芸听罢脑门一亮，想到了什么好事一脸兴奋，双眼放光地看着朱学晔。

“干、干嘛！”朱学晔被看得浑身发毛，脊背发凉。

“要不，咱把你哥们和宋汶弄一块去？”林芸芸眨巴着眼睛说道。

“不行！”朱学晔心头一跳，立马反对道。

“为什么？”林芸芸双眼一眯，面带愠色。

“难道宋汶配不上你那哥们，还是怎么的？”林芸芸眼睛一瞪，声音稍稍拔高了点。

“不是不是！”朱学晔被吓得一个哆嗦，赶忙否认。

“你不是不知道，岑亮跟那个女人有过一个孩子的。我们不能害了宋汶啊！”朱学晔暗暗抹了把冷汗。

“切！你还真是搞笑！有过一个孩子又怎样？别忘了他那狠心的妈连给他看看这个世界的机会都没给。我看啊，岑亮不是傻子，会守着那么个狼心狗肺的女人不放？”林芸芸不禁翻白眼嗤笑道。

“可是……”就算是这样，朱学晔还是觉得把宋汶和岑亮弄一块去不太靠谱。

“可是个屁！他们俩又没有单独处过，你怎么就知道不会干柴烈火？实在不行，老娘就霸王硬上弓把人扒光关一处！还就不信嘞！大不了再加点料，呵呵。”林芸芸就这德行，一兴奋就满脑子不着边际不切实际的幻想。朱学晔只得黑着脸看着女友满脸兴奋地 yy。

撮合岑亮和宋汶的事在林芸芸的满脑子 yy 和朱学晔的不大情愿中慢慢进行着。

某个光和日丽的周末，××公园。

“朱学晔，快点！我要坐云霄飞车！”林芸芸激动地拉着有些风中凌乱欲哭无泪的朱某人，身手矫捷地穿梭在人满为患的公园里。

“岑亮，那两个家伙？”宋汶满头黑线地看着疯玩的两人，心里不是一般的纠结。又不是傻子，那点小心思怎会看不出来？

“没关系。大概总是宅在家里让他们担心了吧！”岑亮并不是很介意，只是笑笑。

激烈的事物最容易让人倦累，无论是感情还是生活。他所有的激情热血已经蹉跎给汪晓霖那些一去不复返的岁月。倦了，累了，现在只想平淡一点安静地过着，缘分什么的该来的终归会来的。

“走吧！找个地方坐坐！”岑亮说着朝不远处的冷饮店走去。

宋汶看看那对玩疯了的人，无奈地摇摇头。

然后，尾随岑亮进了冷饮店。

傍晚时分，公园门口。

“It’s a nice day！”林芸芸大声呼喊。

朱学晔累得想死。

宋汶心中舒了口气，一副终于要解脱了的样子。

岑亮依旧淡淡地笑着。

“疯了一天也饿了，附近有家不错的茶餐厅。”岑亮适时开口说道。

“那还废话什么，赶紧的！”林芸芸大手一挥，女王似的拽着朱学晔上车就走。

“疯婆子！”宋汶翻白眼嘟哝道，随后上了岑亮的车。

茶餐厅，饭后。

“我和学晔要去看电影，你们两个怎么安排的？”林芸芸喝了口果汁，懒懒的靠在沙发上问对面太过老实规矩的两人。心中是大大的不爽，恨不能将两人揉成一团，你中有我我中有你地重塑一对儿。

“你送我回家吧！”宋汶想了想，还是觉得回家睡觉最实际了！

“我靠！叔叔阿姨撤销门禁好多年，现在才九点多诶！你……”林芸芸不满道。

“那，阿亮记得要把人安全送回去哦！”朱学晔见势赶忙拉了一下林芸芸，抢了话头道。却见林芸芸眼中刀子满天飞。

“Yes sir！”岑亮起身，学着香港电影里的警察，潇洒地行了个礼就和宋汶一起出了餐厅。

“真是不省心的娃儿！”林芸芸看着离去的两人抱怨。

“还有，你刚刚拦着我干嘛？”林芸芸斜眼冷冷地盯着朱学晔。

“芸芸啊，这种事急不得。你直接把青蛙丢进开水里，人家肯定不乐意啊。咱得温水煮青蛙，让他们死得心甘情愿啊！”朱学晔长臂一伸揽住林芸芸做老学究状。

林芸芸挑眉，半信半疑。

朱学晔眨巴着眼睛回应，其实心里忐忑得根本没谱。

“就在这里停车吧！”在离小区五百米的××广场处，宋汶就让岑亮停车。

“额？还没到啊！”岑亮将车停在路边不解地问道。

“我……”宋汶皱了下眉，心里有些纠结。

“我不想被人误会！”宋汶深吸一口气，然后睁着一双黑白分明的眼睛定定地看着岑亮说道。岑亮一脸讶异，一时没明白宋汶的话。

“哎！我的情况你是知道的，现在家里人人草木皆兵。所以……”

“对不起！”宋汶长叹，将目光移开看着窗外，语气间萦绕着淡淡的无奈。岑亮一怔，很快明白过来。

“没事！这种事没必要道歉！你也快点回去吧，累了一天，早点休息！”岑亮明了地说道。

“嗯！今天就谢谢了！”宋汶打起精神对岑亮笑道，下车离开。

岑亮看着瘦小单薄的身影消失在黑夜中才发动车子掉头离开。心中有那么一瞬间闪过名为可惜的情绪，但很快就被理智所占据。

在那之后，林芸芸、朱学晔又相继约了两个人几次，两人都很默契地选择工作忙没时间为理由。

“宋汶！”某工作日，林芸芸直杀宋汶工作单位守株待兔。

“芸芸，你怎么来了？”刚走出公司大门的宋汶颇惊讶林某人的出现。

“上车!”林芸芸一脸煞气，看得宋汶有些莫名其妙。

某餐厅小隔间内。

“阿汶，你给个准话，你到底怎么看岑亮的!”酒足饭饱的林芸芸深吸一口气开门见山地开始展开她的思想工作。

“实话？还是假话?”宋汶先是一愣。看着林芸芸的一脸严肃认真，讷讷地问。

“别废话！快说!”林芸芸有些不耐烦地用咖啡勺敲了敲宋汶的咖啡杯。

“他很聪明!”宋汶有些心不在焉地搅动杯里的咖啡。

“嗯，长眼睛的都看得出来。”林芸芸点头附和道。

“我也很聪明!”宋汶突然叹了口气道。

“喂，你是王婆卖瓜，自卖自夸吧!”林芸芸囧道。

“所以，他不会喜欢我的!”最后，宋汶总结道。

“嗯，的确……我勒个去，你那是什么狗屁逻辑啊!”林芸芸炸毛了。

“宋汶啊宋汶，你别不识好歹哈！人家要身高有身高，要样貌有样貌，要家世有家世，典型的一高、富、帅！打着灯笼都找不着的啊！你还嫌弃个啥?”林芸芸直戳宋汶的脑门儿，恨不得戳开看看里面是个什么结构。

“我没嫌弃他啊!”宋汶有些委屈地看着林芸芸。

“那就是你答应跟人家喽!”林芸芸一听这话觉得有戏，一脸欣喜。

“这个……”宋汶为难地挠挠头，不知道该怎么解释。

“你还犹豫什么？有机会就得紧紧拽住啊！你也老大不小了，哪还有多余的青春给你任性蹉跎?”林芸芸见状又急了，赶忙下贴强心剂。

“芸芸啊，我很想知道，你哪来的自信岑亮会和我在一起?”良久，宋汶一脸不解地看着林芸芸。

“那是当然的了，我们家汶汶上得厅堂下得……”原本理直气壮林芸芸突然意识到那份笃定似乎来得毫无缘由，不禁心虚得没了声。

“反正你别管！我只想知道你有没有对人家有那么点意思？剩下的我和学晔帮你搞定!”林芸芸沉默数秒，突然有些气急败坏地吼道。

宋汶想了想，摇摇头。

“你、你非得气死我才甘心吗?”林芸芸突然一下失去了全身力气，瘫软在桌上，欲哭无泪地控诉道。

“芸芸啊，我知道你们担心我。但是呢，一个巴掌拍不响，不要搞到最后只是白忙活一场。”宋汶小心翼翼地看着林芸芸的反应。

“宋汶！你告诉我，是不是因为吴晗那个混蛋？”林芸芸瞬间像个点着了的炮仗，砰的一声炸开，一把拽住宋汶的衣领，满脸杀气。

“你至于吗你？一个吴晗搞得你累觉不爱？不愿出门，不愿见人，外交闭塞，你到底在闹哪样？准备自己抱着自己过一辈子吗？你、你任性！你无理！你无中生有！”林芸芸咆哮。

“扑哧！那你就不任性？不无理？不无中生有？”宋汶先是一愣，像想到了什么有趣的事忍不住笑道。

“我哪里任性？那里无理？哪里……”林芸芸一时气头上，一见宋汶的笑，像是浇了汽油般火气直往上窜，顺势接道。说到一半猛然意识到了什么，愣住了。

“啊呸！去你的琼瑶式！老娘再也不管你了，爱死哪死哪去！”林芸芸暴跳如雷，拽着包包冲了出去，再待下去保不准会疯的。

“哈哈哈！”宋汶忍不住捧腹大笑。

“让你笑！我让你笑！”很快，林芸芸踩着高跟鞋气咻咻的掉头回来，又气又笑地拿包包砸向某个笑得无良的人。

岑亮家。

打着蹭饭旗号的朱学晔一下班就摸上岑亮的车跟着他回了家。

饭后，两人窝在房间里打游戏。

“阿亮，问你个事儿？”朱学晔瞄准墙角处的敌人一个爆头，眼角的余光不时地注意着岑亮的反应。

今个儿可是带着她家“女王大人”的圣旨而来的。

“嗯哼！”岑亮快速地闪身向不远处的坦克抛了一枚炸弹，放倒一片敌人。

“宋汶怎么样？”朱学晔试探性地问。

“？”岑亮手一抖，险险地避开敌人擦身而过的子弹。

“我很好奇，你和林芸芸是怎么想到要把我和宋汶绑一块儿的？”岑亮只觉得脑仁疼。那几个周末疯了似的拽着他和宋汶到处疯玩的那点小心思他不是不明白。只是这两个人哪来的自信非得把他两人凑一对？索性游戏暂停，好生跟老友探讨一番。

“诶诶，不关我事啊！”朱学晔听罢赶忙摆手撇清自己和这件事的关系。

“我家那疯丫头觉得反正你俩横竖都没人要，干脆撮一堆得了！”朱学晔扶额哀叹。

“我靠！还撮一堆呢！你当是‘磷’遇见‘氧’，噗嗤一下子玩自燃啊！”岑亮忍不住笑道。

的的确确是没人要，却也不能瞎凑合啊！

“我和她是不可能的！”岑亮叹道。

他不禁想起前些日子那场相亲乌龙。宋汶那样儿的人年纪虽小，但是看东西看得很透彻，很理智，自尊心也太强了，很容易让另一半倍感压力，实在是无感得很。

找伴儿嘛！

岑亮四十五度仰头，无限幻想中……

自当是以你为天，小鸟依人的小家碧玉。

“我也觉得你俩不是一个次元界！就像太阳和月亮东升西落永远凑不到一块儿去！”朱学晔一看岑亮的小模样，综合他的态度，就知道他脑袋里幻想着的那一半一定跟宋汶搭不上边。

第五章 偶然勾搭险成奸

林芸芸、朱学晔徒劳作罢，终于撇开宋汶和岑亮这两位孤家寡人，潇洒地过着自己二人世界后的第 N 个周六。

早上 9 点来钟，岑亮家。

“臭小子，起床了！”岑亮的母亲王丽华手持鸡毛掸子冲进岑亮的屋子。她实在看不过自家儿子一到周末，不是睡到日晒三竿，就是宅在家里一宿一宿通宵地玩游戏。

“妈？”岑亮趴在床上，眼睛睁了条缝，迷迷糊糊地看了眼一脸恨铁不成钢的王丽华。实在搞不清楚自家太后老佛爷在闹哪出，然后头一埋，接着睡。

啪！王丽华见状，火气上涌，猛地一鸡毛掸子打在床上。

“哇喔！妈，你干嘛！”岑亮吓得跳起身来，一脸惊吓地看着对面双手叉腰一脸不爽的太后老佛爷。

“干嘛？你说干嘛？整天窝在家里都快发霉了！大好的青春都给你睡没了！出去和朋友聚聚，联络联络感情也好啊！”

“我的太后老佛爷诶！跪求了，求您别闹了！联络什么感情啊，人家双双压马路，我这一去就一超大号电灯泡了！”岑亮囧着脸说着就要往床上躺去。

啪！又一鸡毛掸子，王丽华彻底怒了。

“还知道什么是压马路啊！你怎么不给老娘找一个去？成天窝在家里人家就会找上门来吗？”王丽华指着岑亮鼻子破口大骂。岑亮心肝乱颤，自家太后老佛爷好久没发火了，今儿个好像吃了几吨炸药堪比原子弹爆发，炸得他灰头土脸的。

啪！

又是一鸡毛掸子！

岑亮虎躯一震，腰背一挺，站得笔直笔直的。

“老娘告诉你，今儿个你是出门也得出门，不出门也得出门！半个小时！半个小时不收拾妥当，哼哼！”王丽华挥舞着鸡毛掸子，恶狠狠地威胁道，然后转身走人。

“哎！”岑亮长叹，那么一闹哪还有睡意？耷拉着脑袋认命地进了浴室。

客厅里，岑亮的父亲岑瑞扶了扶老花镜，将心神从老伴儿、儿子那收回，佯装专心地看早报。

“气死人了！一个个都不省心！”王丽华一屁股坐下，给自己灌了大杯水，一肚子余火未消。

“我可没让你不省心。”岑瑞将报纸叠放在一旁，给老伴儿续水。

“你是他爸，也不说说他。你看看他那德行，自从那臭丫头走后搞得自己人不人鬼不鬼的！”王丽华一提往事，火气又上来了。

“你小声点！你以为孩子愿意啊！儿孙自有儿孙福。你啊，少操点心，岑亮是个有分寸的孩子！”岑瑞倒是看开了，安慰着老伴儿。

“少操心？我们两个老不死的百年归天，谁来管他？谁来？”这话王丽华可不爱听，情绪一下子就激动起来。

“好了好了！咱不吵，消消气，消消气！”岑瑞见势不对，为避免火烧燎原，赶忙灭火。

“嫌我多管闲事？惹火老娘，撒手不管，让你爷俩喝西北风去！”王丽华深吸一口气平息了下情绪，站起身来往厨房去。

三十分钟后。

砰！

岑亮呆呆地看着被太后老佛爷粗暴甩上的门，就这么被赶出来了。

咔嚓！很快，门开了条缝，一只黑色钱夹被扔了出来。

“晚上十点不到别想进家门!”王丽华甩上门前吼了一句。

“额……”岑亮无语问苍天，最后只得耷拉着脑袋离开。

窝在小区一处阴凉处，岑亮修长的手指来回滑动着通讯录的电话。纠结着该找谁谁谁，估量着谁谁谁很闲谁谁谁没空，或是能上哪去晃晃打发时间？他实在很不想出门，但总不至于在这里老僧入定枯坐到晚上十点吧!

“学晔?”通讯录上，以A开头陈列下来的都是要好的朋友。手指点了一下朱学晔的电话，想了想估计人家两口子正在哪儿甜蜜呢，只好作罢。

“宋汶?”手指无意间点中宋汶的电话。岑亮抚着下颌一阵思量。好像就只有和他一样单身的宋汶会很闲！还记得上次听朱学晔说女友总抱怨宋汶宅得让人恼火。

“那就你吧!”岑亮嘀咕着拨通了电话。

“喂！岑亮?”电话响了很久，久到岑亮以为没人接的时候接通了。

而宋汶接到岑亮的电话时确实吃了一惊！她和岑亮并不相熟，这还是头一次接到他的电话。

“呵呵那个，宋汶啊，我……”岑亮一时间不知道怎么开口，突然觉得自己太过唐突，都没有事先组织一下语言，总不能说被赶出家门了吧!

“怎么了?”宋汶这会儿正身处G市森林公园拍摄《秦时明月》的cosplay。

一头银色长发，头戴银镶蓝水晶头饰，一袭清冷典雅的浅蓝露腰缀雪花舞裙，加之银镶红宝项链、银臂钏、银手镯、浅蓝丝带、银腿饰、银脚环等精致玲珑的饰物，仿若不染俗尘的翩翩仙子。

这身扮相自是《秦时明月》中赵舞独步天下的雪女。

她一边奇怪岑亮的来电，一边用空闲的手将脚上的蓝色水晶舞屐脱下，换上拖鞋。她刚刚结束一组照片的拍摄，而她身后百米外则是cosplay团“俊★临天下”拍摄组。

“额，周末一个人有点无聊，不知道你有没有什么好点的意见?”岑亮挠挠头有些不好意思地说道。

“啊?”宋汶一愣。显然没有料到岑亮首次来电只是因为他很闲，想咨询一下消遣方式。

“那个，是不是打扰到你了？”一时的冷场让岑亮很恼自己的莽撞之举，想着随便扯两句就挂掉电话算了。

“你等一下，先别挂！”宋汶心思一动想到了什么，急忙道。

“刀疤狼女！刀疤狼女！”宋汶将电话拿开，转身朝拍摄组那边大喊道。

“叫叫叫，叫魂呢！没见老娘正忙着呢！”远处传来一声情绪糟糕的暴喝。

那人一身火红开衩束腰裙装，妩媚妖娆，《秦时明月》中的赤练。

她是“俊★临天下”的团长，真名秦琴，昵称小秦 people，外号刀疤狼女，最大的兴趣就是 yy 调戏帅哥美男。

“免费劳动力一枚，要不要？”

“滚！”

“万年绝世温柔大帅哥一枚哦！”宋汶故意拖长音调道。

“纳尼？”宋汶有些好笑地看着瞬间化身为狼的美女，毫无形象地朝这边奔来。

“你要是没事就到森林公园来吧！就这么定喽！”宋汶眼角瞥见某个狂奔而来的急色女，轻快地将电话挂断了。

“嗷你这个可恶的宋小蚊子！”刀疤狼女气得直跳脚，伸手就要抢电话。

“嘟嘟嘟！”岑亮看着被挂断的电话有些愣神，压根没弄懂这是怎么一个情况？他是宋汶口中的免费劳动力？那声很形象的狼嚎让他有种不好的预感，现在有点纠结到底要不要去森林公园？

“岑亮！”当宋汶将岑亮接到剧组时，紫发蓝裙轻纱覆眼“月神”扮相的林芸芸和墨兰衣袍左眼火焰花纹“星魂”扮相的朱学晔一阵惊呼。

“呵呵，那个，我没事就出来晃晃。”岑亮干笑道。

“汶汶，你说的免费劳动力就是他？”朱学晔有些难以置信。

岑亮只是笑笑，心中有些不情愿。如果他事先知道宋汶跟那么大堆人混一块儿的话，就绝对不会打电话来了。而一旁的宋汶只是无所谓地耸耸肩，她也没闹明白岑亮怎会找上她？

“不是！问题是，你们俩怎么勾搭上了？”林芸芸惊疑不定地将两人来回扫视了好几遍，试图找出点什么奸情来。

“嗷！”这时，还没等林、朱二人弄清状况，眼前一个红影闪过。只见狼化的秦琴已经窜到岑亮的跟前，抚着下颌两眼放光地围着他转了好几圈，露骨而炽热的视线让岑亮浑身不自在。

“啧啧极品！极品中的极品！来，爷给妞笑一个？”秦琴眉一扬，轻佻地抬起岑亮的下颌，活像调戏良家少男的色狼。

轰隆隆！五雷轰顶，岑亮瞬间被劈的外焦里嫩，这是什么情况？被人调戏了？

宋汶、林芸芸、朱学晔撇开眼，一脸惨不忍睹。这丫的丢人丢到姥姥家了！

“秦始皇，快把你们家小秦 people 带走，丢死人了！”朱学晔看见一“秦始皇”扮相的男人不急不缓地走了过来，急忙叫道。

“honey！”秦琴耳朵一竖，反身扑向“秦始皇”。

“你把人家吓到了！”男人举手就是一个爆栗子敲在秦琴脑门上，言语间却是宠溺。

“嘿嘿！”秦琴一脸花痴地看着男人傻笑。

“快走！快走！”三人见状赶忙将一脸呆滞的岑亮拉走。

“诶，帅哥别走啊！”秦琴见人要遛了急忙要追。

“走啊！走了就别来找我！”“秦始皇”漫不经心地弹了弹衣摆。

“honey！不要嘛！”秦琴嘴一瘪，一面撒娇，一面不舍地看着走远的四人。

“你试试！”“秦始皇”眉一挑，懒懒地说道。

“呼！阿亮，你别介意哈，那女的就这德行。”朱学晔有些担心地看了看岑亮，他那表情着实是被吓得够呛。朱学晔是半年前被林芸芸硬拉进“俊★临天下”的，当时也是吓得个半死，秦琴那女的确实太生猛了点。

“没，没事！”岑亮面上虽笑着一副没事样，心里却想着一定要离那女的远点。

“那女的叫秦琴，昵称小秦 people，外号‘刀疤狼女’，这个团的团长，最大的爱好就是 yy 调戏美男，时间久了就习惯了。那男的叫杨子君，她男朋友，她敢 yy 调戏你，你就找他。”林芸芸一旁接道。

岑亮咽咽口水，欲哭无泪，心里不禁嘀咕，刀疤狼女？刀疤，他到底穿越哪颗星球了啊！太后老佛爷，小橙子想回家！

“今天有两个重要 mv 要拍，和我搭档的那个男生临时有事来不了。正好你来了，就帮个忙吧！”一旁沉默的宋汶适时地向岑亮解释道。

很快，他们来到了两辆19座中巴车面前，车子的外面贴着“俊★临天下”的团队照及团员介绍。宋汶带着岑亮上了其中一辆车。

身后林、朱两人面面相觑，心里直犯嘀咕：这两人什么时候走得那么近了？

“你先换上吧！我一会儿给你化妆。”宋汶将一套素白有暗纹的宽袖长摆袍递给岑亮。

“cosplay？我不会啊！”岑亮有些为难地看着宋汶。他只听说过，却不曾接触过。

“没关系，今天的角色不难。快换上吧！我相信你！”宋汶笑着拍拍他的肩膀，然后将靠近后车门处一处收拢来的，横贯车厢的门帘拉上，以便岑亮换衣服。

“我……”岑亮欲言又止，最后认命地换衣服。他这也有了时间看清车内情况，19座的后排座位全部拆掉，右边改成衣柜，左边改成化妆台，改造得很精致小巧。

五分钟后。

“《秦时明月》看过吗？”宋汶从化妆台下的柜子里取出一长方形盒子，拿出里面的黑色假发给岑亮带上。

岑亮摇摇头，动画片什么的他很少看。

“没看过也没关系。现在就讲讲你cos的角色——高渐离。”宋汶了解地点点头，也没指望岑亮会看动画片什么的。

“战国末燕国人，荆轲的好友？”战国、秦史什么的他还是知道的。

“嗯！这个高渐离简而言之冰冷孤绝、清傲内敛、冷静果断。”很快，假发戴好了，宋汶左右端详了下，然后拿过化妆台上的湿巾简单地给岑亮做了清洁后开始上妆。

“今天的拍摄是高渐离和雪女琴箫合鸣、琴舞合一。啊！对了，雪女是高渐离深爱的人，也就是我cos的角色。待会儿，你只要装作弹琴做做样子就好。”宋汶说着，手上的活儿不停。岑亮想要说点什么却发现此时此刻语言匮乏无话可聊，只是有一搭没一搭地应着。

“他们什么时候走那么近了？”不远处坐着的林芸芸瞄了瞄两个人，手指飞快地给朱学晔发信息。

“我哪知道？这是不是有心栽花花不开，无心插柳柳成荫?”朱学晔回道。

“奸情！赤裸裸的奸情!”林芸芸将满腹愤慨化作文字发泄道。

等四个人回到拍摄地点时已经是半个多小时后。

“嗨！帅哥!”秦琴大老远地就看见了岑亮，两眼冒光极是热情地大喊。岑亮一个哆嗦，汗毛倒竖。但好在秦琴忙于拍摄的事情并没有飞扑过来。

“宋小蚊子，拿着道具走走场，一会儿就到你们!”秦琴最后转头朝宋汶喊道，而后转身和摄影师研究讨论起来。

“走吧!”宋汶在一堆道具里找到一把七弦琴，交给岑亮，自己则拿着一把玉箫带头捡了一处偏僻清静的地方去。

“果皮[①]哥哥，那个帅哥哥是不是小蚊子姐姐的小情人?”一个七八岁高月扮相的小女孩抱着一盏琥珀色琉璃灯凑近蹲在一堆道具旁，正捧着一杯珍珠奶茶吸溜得欢快的十八九岁少年。

“是不是小情人我不知道，不过?”少年一身少羽扮相，乌溜溜的眼睛瞅着远处互动的两人。

“一定有奸情!”少年一口气将最后一口珍珠奶茶喝掉，煞有介事地定论道。

他叫宋旻，是宋汶的十九岁胞弟。而那七八岁的小女孩叫秦欣，是秦琴的小侄女。

“吹吧你!”这时，从拍摄现场下来的“荆天明”走了过来。他和宋旻同龄，叫杜涛。

“不信，咱们打个赌?”宋旻扬眉挑衅道。

“好啊！好啊！我也要!”秦欣拍手叫好。

“哼！谁怕谁!”杜涛袖子一撸，一副大干一场的模样。

“哎哟!”同一时间，三只大手拍在三个小鬼的脑袋上。

三人抬头，仰视不知何时聚拢来的剧组人员。

“小孩子家家不学好，聚众赌博，哼哼!”秦琴双手抱臂似笑非笑地看着三个小鬼。

---

① 果皮，地方方言“锅皮”的谐音，意为兄弟，哥们的意思。

“额……”宋旻一阵无语，眼睛骨碌一转，想到了什么鬼点子。

“呵呵呵见者有份，你们也很想知道我姐这高岭之花能不能被摘走吧！”宋旻眨巴着大眼睛笑得一脸猥琐。

“嘿嘿嘿！”众人先是一愣，很快摩拳擦掌围在一起嘀嘀咕咕猥琐起来。

第六章 惊悚的春心萌动

那件事之后，一切看似又都回归原本的轨道，该干嘛的干嘛。但是，至少在岑亮和宋汶之间有了些微妙的变化，将彼此列入了逢节气变化添衣保暖关心提示对象，qq、短信有事没事都会聊上一两句。

就这样，原本并不相熟的两人在这间或的闲聊里产生了质的飞跃，可以毫无顾忌地侃侃而谈，开着无伤大雅的玩笑。当然，这似乎是两人间潜意识达成的秘而不宣的秘密，愁煞一帮子拿两人打赌的猥琐人士。

一个多月后的某个周六，晴。

宋旻最近很郁闷，很苦恼。他看着挂历上逐渐减少的日子，有点怀疑自己的预感是不是错了？难道那个让他觉得跟自家老姐有点臭味相投的家伙不是她的真命天子？

“不会的！笑到最后的人才是最终胜利者！”想到每次见杜涛他那副冷嘲热讽的嘴脸，就恨不得一口咬死他。

“我一个人失眠，一个人的空间，一个人的想念，两个人的画面，是谁的眼泪，是谁的憔悴，洒满地的心碎……”正当宋旻绞尽脑汁该怎样撮合这两个不给力的家伙时，手机铃声打断了他脑袋里不断闪过的一些不切实际的法子。

“喂?”他有些有气无力地接听电话。

“哦！好的，下午点过去。哎！等等!”电话是“俊★临天下”据点，影楼“爱？盛宴”的晶晶打来的。让他去领前段时间拍摄的《秦时明月》的定制样本。瞬间，他脑门一亮，某个还很零星的想法快速在脑子里凝结组建。声音不自觉一下子拔高，把电话那头的晶晶吓了一跳，赶忙问发生了什么事。

“你还没通知我姐吧？还有那个，那个，叫啥来着的?”宋旻有点欲哭无泪：未来大姐夫我对不起您，我把您的大名给忘了！他悲催地想着，急得满屋子团团转。

“对了！还有那个高——渐——离!”猛然间想起自家老姐 cos 雪女来着，跟她 cp 的不就是高渐离吗！

“什么高渐离啊？是岑亮哥好不好!”晶晶不禁翻白眼。

“管他的呢！他们俩的我来拿就好，别浪费电话费一个一个通知了。”宋旻激动得不行，不等对方答应就挂断了电话，拿起钱夹兴冲冲地就出了门。

目的地：爱？盛宴。

“切！又不是浪费你家电话费!”晶晶不满地嘟哝道。

一个小时后。

“老大，赶紧的！你该出门进行一下光合作用了!”一回到家的宋旻急不可耐地将刚领回来的定制样本一股脑儿丢了两份在宋汶的桌上。

他不禁慨叹，他这老姐除了必要的生命活动，基本就是宅了。

“嗯？定制样本出来了!”宋汶抬头。终于从琳琅满目的跳蚤市场之中抽了点时间赏了弟弟一眼。

“这你的吧!”宋汶将多出来的那份递给宋旻。

“嘿嘿嘿，我的早拿了。那是亮哥的，你负责拿给人家喽!”宋旻笑得一脸纯真。

“?”宋汶皱了下眉，不解地看着他。

“晶晶打了一早上电话都没找到人。我记得你好像跟他很熟，就拿回来了。”宋旻撒谎脸不红心不跳，明明是他没给晶晶打电话的机会。

“多管闲事！别人怎么不帮就你帮?”宋汶一脸愁，显然是极不愿出门的。况且，她什么时候跟岑亮很熟了?

“哼！我管你！你自己纠结去吧!”宋旻却是一脸好心情，哼着小曲儿蹦跶着离开。

“臭小子！”宋汶恨得牙痒痒。

宋汶在家磨叽了将近半个小时才出门，一直躲在暗处关注她的宋旻立马尾随其后。

“岑亮，你有空吗？”宋汶一出门就打电话。

“cosplay 的定制样本出来了。你的那份在我这，你来拿一下吧！”

“嗯，就在冰城（冷饮店）吧！待会见！”

竖着耳朵的宋旻听见见面地点后大舒了口气。心想着怎样才能赶在宋小蚊子之前先跟未来大姐夫接上头。

小区门口的公交站牌上刚好来了一辆空荡荡的 56 路公交车，宋汶小跑着上去。

看着呼啦啦走掉的公交，宋旻伸手招了辆出租，决定先去蹲点候着。

岑亮接到电话的时候正充当棒棒军把太后老佛爷从超市采购回来的家用搬进家，也很意外这个来电。

耳朵尖的王丽华一听是女孩子的声音，立马打鸡血似的三下五除二把儿子赶出家门。

“儿子，你要加油啊！”听到母亲传来的声声助威，岑亮连回头都有些无力了，只是举手挥一挥表示听到，最后晃悠着钻进车里油门一踩走掉了。

鉴于太后老佛爷太过渴求一个媳妇的心情，岑亮的无奈里更多的是心疼。

组建家庭没那么简单，不是随随便便在大街上拉一个就成的。

幸福没那么容易的啊！尤其是经历了汪晓霖那次事件后，他对于婚姻并不抱太大的希望和热情，那血淋淋背叛鲜活得仿若就在昨日般挥之不去。

岑亮坐在宋汶面前时已经迟到了十分钟，这之中包括了一下车就被宋旻拉到一旁说了一堆莫名的话。

“抱歉！让你久等了！路况不太好。”岑亮歉意道，他并不打算将见到宋旻的事说出来。

“没事，是我来早了！”宋汶不甚在意，话间就将定制样本递给了岑亮。

“谢谢！”岑亮低头翻看了一下，CD、相册、海报、Q 版人物挂件四件套做得精致漂亮。

“这个要多少钱啊?”岑亮抬头问道。

“不要钱的。第一批样本是给团里的人，如果都通过了就可以正式出售。那个时候团内以外的人员就得给钱喽！这份单独给你的，好歹做了一天苦力，算是奖励哦！”宋汶俏皮道，有种不能言喻的成就感。

简单的四件套里，从策划剧本到具体实施，从拍摄到结束，从剪辑到成品，承载了他们所有人的精力和心血。

“哦！但是，这还真的能卖钱啊?”岑亮表示怀疑。他是外行，以为那些都只是打打闹闹弄着玩的。

“那当然！我们有专门的官网，先做宣传短片，网友定制达到一定量以后就开始做样片，全团参与修改并定案，最后邮寄给网友们。”提到自己喜欢的，宋汶总有说不完的话。

“这样啊！”岑亮惊叹于他们这种他并不明白的激情，不禁感慨年轻真好！明明只比他们年长了几岁，却仿佛苍老几十岁。他算是误入藕花深处的人，惊起的不是一滩鸥鹭，而是他一颗除了工作以外茫然、了无生气的心，而这一切全败给眼前侃侃而谈的人。

或许，自己该多出来交交友了！

两人相谈甚欢，直到晚饭结束才有些不舍地各回各家。

自始至终两人都没有发觉自己内心深处的微妙变化。

爱情，似乎已经不经意间敲开心门，住进心房。

岑亮一回家就躲进屋有些迫不及待地想要看 CD。

CD 分为五部分：正剧、恶搞、mv、照片及花絮。内容并不是一次性拍摄完的，岑亮参与的那期是最后一期，仅仅只有两个 mv 而已。

此时此刻，他的心境出奇的诡异，时常 2 个多小时的片子真正入眼的时间不到一半，而这仅有的不到一半的时间满满的都是宋汶！以至于王丽华潜进来时，看见的就是儿子紧盯着连续反复播了三遍的一个 mv 里跳舞的女孩儿发呆。

“喜欢人家就去追啊！瞧你流的口水都能把喜马拉雅山给淹喽!”王丽华歪着头抚着下颌看岑亮的一脸呆相，若有所思。

岑亮一惊，反射性地抬手抹嘴，却什么都没有。一抬头就看见太后老佛爷笑眯眯一脸调侃，才知道被耍了，不禁老脸一红。

“妈，你怎么不敲门啊？”岑亮佯装不高兴道。掩饰性地移动鼠标关掉播放器，又乱点一通，好巧不巧点中一张宋汶 cos 的照片！一愣，心头一惊，连忙关掉。

好奇地看着自家儿子从未有过的慌乱，王丽华猜测着他和照片上的女孩到底什么关系。

岑亮欲哭无泪，谁来告诉他今天到底撞了哪门子邪会对着宋汶魔怔啊？要命的是还被太后老佛爷看见了！

“哎！喜欢就好好把握，不要等到失去了才后悔！”王丽华看见岑亮一脸纠结可怜兮兮的样子，自动脑补为他还挣扎在苦涩的暗恋中，抑郁着一张脸，语重心长地拍拍他的肩转身离开。

岑亮一愣，心想着太后老佛爷怎么转性不打破沙锅问到底？就这么放过自己了？可看着有些佝偻着背离开的母亲，到他们这把年纪大多都含饴弄孙，她却……

其实，岑亮真的误会了！

王丽华佝着背是不想让自己笑出声来，脸上可是一脸的八卦一脸的猥琐，哪有方才的抑郁？岑亮今天的表现彻底取悦了她老人家，她这是要溜回房同老头子侃八卦啊！

如果岑亮知道了真相，只怕是要抓狂掀桌子了！

“唉！”岑亮叹了口气，有些百无聊赖地移动鼠标乱点一通，一张宋汶的素颜照不慎跳了出来。

“宋汶……”他看着照片喃喃自语，不期然想起白天宋旻的话。

那时候，他刚把车停好宋旻就窜了出来，双手拽住他，一脸热忱。

“未来大姐夫！我看好你！”小兄弟一脸期待。

“哈？”兄弟，你谁啊？岑亮惊悚了。还“未大来姐夫”嘞！他脑袋瓜里快速搜索着与眼前这张脸皮相匹配的信息。

“你不用顾忌什么，未来小舅子我绝对是你终极拥护者。看好下手，买定离手，梗在你和宋小蚊子间的闲杂人等，我为你等披荆斩棘遇神杀神，遇佛弑佛，只求你把我姐那妖孽给收了吧，省的她祸害人间。”宋旻说得是唾沫飞溅。

“宋，宋旻？”宋汶的弟弟！他想了半天才想起来拦路的人是谁。还有，那什么“看好下手，买定离手”到底什么意思啊？

“好了，快走快走！我姐等很久了！”他还没弄清楚状况就被宋旻催促着离开，回头看见他笑着朝自己挥手，一脸莫名。

“宋汶，为什么所有人都觉得我们会在一起呢？”看着屏幕上照片里哈哈大笑的人，岑亮双手抱臂扑哧笑了。

“我们都没有的自信全长在他们身上了呢！”岑亮伸手，戳了戳宋汶左脸上不甚明显的酒窝。

宋汶家。

“你到底在看什么？我是贝吉塔行星来的外星人还是怎么的！”宋汶炸毛。她觉得宋旻很不对劲，从她回家到现在，他一直窝在她的屋子不走就算了，时不时探究地看她的脸是怎么回事？

“你，今天很高兴！”宋旻抚着下颌笃定地说。

“你到底在闹哪样？给个干脆的，然后哪凉快哪呆着去！”宋汶不禁翻白眼，抄起一个靠枕扔了过去。

“和亮哥聊得怎么样？”宋旻一把抓住抱枕，顺势凑近宋汶，三八兮兮地问。

“？”宋汶一愣。

“瞧你高谈论阔眉飞色舞的小样儿，有没有终于找到人生另一半的 feel？”宋旻挤眉弄眼地说道。

宋汶听罢，不禁黑线。

“你跟踪我！”宋汶磨牙恨道，十指交叉一握，捏得嘎巴作响。

“没有！绝对没有！”宋旻一怔，赶忙跳开。看着宋汶一副准备上全武行的模样坚决否认道。

“宋——果——皮！老娘宰了你！”宋汶抄家伙就砸。

“啊！救命！谋杀亲弟啊！”宋旻慌不择路四处逃窜。

噼里啪啦！轰隆隆！

一阵闹腾后终于将宋旻赶出去的宋汶瘫倒在床上。无意瞥见摊开随意丢在地上的海报：宋汶 cos 的雪女小鸟依人在岑亮 cos 的高渐离怀中。

“额……”宋汶无辜地眨巴着眼睛。

突然想到了什么，宋汶一下跳起身来，双手搓着手臂一阵恶寒。

“老娘才不要喜欢你嘞！”宋汶嘀咕，赶忙将海报收好，眼不见为净。

屋外。

“切！你就装嘛！到时候你不乖乖缴械投降，少爷我就不姓‘宋’!”宋旻揉揉摔疼的手臂，对着宋汶紧闭的门不服气地哼哼。

“你不姓‘宋’，准备姓什么?”客厅里看电视的宋爸宋子强，在一片刀光剑影的武林大会里抽个空看着儿子，严肃地说道。

“我跟宋小蚊子姓啊!”宋旻理直气壮。

“宋小蚊子还不是姓‘宋’!”宋妈周英停下手中十字绣的活儿，扑哧地笑了。

“你俩多大了？还闹!”宋子强道。

“嘿嘿是好事！但不告诉你们，呵呵!”宋旻吐吐舌头，心头想着他的大餐欢快地蹦跶回屋去。

那个赌，他赢定了!

“整天神经兮兮的!”周英揉揉有些僵的肩膀笑着摇摇头。

“没个正经!”宋子强摇头叹道，继而继续看武侠电影里武林盟主位子的你争我夺。

第七章 爱盛宴佳偶天成（上）

也许，曾经在某个瞬间，岑亮间或受他人影响，鬼使神差地会对宋汶生出那种“既然我们都是被别人抛弃不要的，不如就凑一块儿吧！”的想法。但是下一秒，就意识到这连自己都会觉得荒唐的想法自然是不会去付诸行动的。真正让岑亮对宋汶另眼相看，惦记上这么个人的是一次意外。

弹指间，万物葱绿的春季已然走过。当太阳直射北回归线，夏天这个流火的季节又来到了。

冰城，岑亮和朱学晔被大学时的学长李铭军约来，有要事相商。当然，跟着来凑热闹的还有朱学晔的“小尾巴”林芸芸。

“今个儿请哥两个来是有件事想请你们帮个忙！”李铭军摸摸头，颇有些不好意思。

“是兄弟的就别说这些！说吧！是上刀山，还是下火海？”朱学晔豪爽地拍了拍他的肩。

“嘿嘿，那个啥，我准备跟我女朋友求婚了！”李铭军嘿嘿傻笑道。

三人先是一惊，然后都为之高兴，多少猜到今天来这儿的目的了。

“哟！老小子看不出啊！恭喜喽！”岑亮大笑着给李铭军的肩头一拳。

“恭喜恭喜！”朱学晔、林芸芸也纷纷道喜。

“谢谢！谢谢！今天请你们来就想让你们帮帮忙出个主意，这婚怎么个求法？我都几宿没睡好了，愣没想出个头绪来！”李铭军苦恼地说道。

度娘谷歌的那些 case 不是太夸张就是他自身条件不允许。他看了很多，就是一点灵感都没有，脑子反而乱得更厉害。再者，那都是别人用过的点子，他不屑！

“不就是烛光晚餐，玫瑰花和戒指嘛！”岑亮挠挠头，闹不明白就一简简单单的“求婚”而已嘛，还能弄出一朵花儿来不成？

“亮哥真庸俗！”林芸芸听罢，深深地鄙视了他一眼。

“我怎么庸俗了！”岑亮一愣，居然被个小丫头看扁了！。

“终身大事一生也就一次，当然是要刻骨铭心才行！”林芸芸握着拳头，一脸向往。

“芸妹子说得对！那你说说看，以你们女孩子的立场来看，怎么个整法才算是终身难忘？”李铭军抿了口咖啡问道。

“额——”林芸芸眉头一纠，抚着下颌，一时也犯了难。

“学晔！”林芸芸脑袋一糨糊就习惯性地求助朱学晔。

“你别看我啊！我也想知道你们女儿家家的是什么想法，我也好为将来做做参考啊！”朱学晔双手一摊，爱莫能助。

“这种东西只可意会不可言传吧！”良久，林芸芸梗着脖子憋出那么一句话。

“你这等于没说嘛！”岑亮笑道。

“这个——”林芸芸咬着下唇，脸上有点小纠结。

“可不可以找外援嘛？”林芸芸良久才弱弱地问了一句。

“什么外援？”朱学晔问出了李铭军、岑亮心中的疑问。

“嘿嘿！我把我们‘俊★临天下’的镇团之宝借出来，怎么样？”林芸芸神秘一笑。

听罢，朱学晔了然地笑了笑，已经知道林芸芸所说的人是俊★临天下的策划——宋汶。

而不明就里的李铭军、岑亮面面相觑，好奇地等着她说下去。

“宋汶！她可是我们团的‘黄金笔杆’！她做的策划没有一个不经典的！”林

芸芸眉毛一挑，说得一脸骄傲。

“那就赶紧把人请出来呗！”李铭军并不认识宋汶，反正多一个人就多一份力。倒是岑亮，他有些意外。

十五分钟后。

“说吧！火急火燎的叫我来干嘛！”宋汶接到林芸芸电话的时候，正在为俊★临天下的下一季case找资料写稿子。

她先叫了苏打水狠狠地灌了一杯，长长地舒了口气，缓了缓赶过来的那股急劲后，抬头问林芸芸。

“嘿嘿！当然是好事！”林芸芸搓着双手笑得有点“贱”。

“你们不打算介绍介绍的吗？”宋汶白了她一眼，看向岑亮和朱学晔。她一进门就看到了这堆人里有陌生人。

“你好！我是李铭军！是我拜托芸妹子把你叫出来的！”李铭军适时地开口。

“你好！我是宋汶！”宋汶觉得奇怪，她不记得自己认识的人里有这号人物，找她干嘛？

“铭军哥要跟他女朋友求婚，一时想不到好法子就把你叫来了嘛！你可是我们团里的‘黄金笔杆’，别给团丢脸哈！”林芸芸一巴掌拍在宋汶肩上。

宋汶眨巴着眼睛看怪物一样地看着林芸芸。敢情人家求婚对象又不是她，她起个什么劲啊？

“你别介意！芸妹子也是想帮我，没有征得你的同意就贸然把你叫来了！”李铭军看这架势有点不对劲，赶忙解释。

“不是！跟你没关系！我只是好奇，她到底在兴奋什么？”

“我高兴我乐意！”林芸芸狠狠地瞪了宋汶一眼，窝回朱学晔怀里。

“既然你是芸芸的朋友，也就是我的朋友。如果有什么帮得上忙，我一定帮。”宋汶懒得理林芸芸，笑着对李铭军说。

“听芸妹子说，你做过策划。我呢，就是想给我女朋友一个终身难忘的求婚。”

“求婚吗？”宋汶抚着下颌想了想。然后，哗啦地拉开背包的拉链，从里面掏出笔记本电脑。

“说说你们是怎么认识的？”宋汶打开电脑，新建了一个word，俨然一副进入工作状态的样子。

“额——”李铭军一时还没反应过来。

他的脑袋里乱七八糟地闪过他和女朋友陈敏敏的过往，他在试图将它们拼凑出一个完整的故事来。

“我和敏敏是大二那年认识的。她的一个朋友耍了我一哥们，我气不过就找上门去理论，把她错认成耍我哥们的人大吵了一架。后来，G省各大高校联合举办了个英文话剧比赛，学生会招募的时候，我们又相遇了，就和她暗中较劲，非要比个高低不可。再后来，两个人都被选上代表G大参加比赛，小打小闹的就慢慢把对方放在心上了。”李铭军陷入回忆，那表情昭示着怀恋和幸福。

“不过好可惜！决赛的时候，我因为一场足球赛意外摔了腿就没能和她一起上台。”李铭军颇遗憾地感叹道。

“大赛结束后，我懊悔了很长一段时间，要是我知道……”

“Stop!”宋汶听到这里出声打断李铭军的回忆。

“你很遗憾这件事?”宋汶脑子里闪过的某些只言片语正集结，组成一个方案。

“肯定遗憾啊！我那时多想在全省观众面前跟她表白，给她一个惊喜的!”李铭军对此不知捶胸顿足多少次，早知道他不参加足球赛多好！可，早知道，千金难买啊!

“这样的话，那就这样来。”宋汶嘀咕着，手指飞快地敲打着键盘。林芸芸忍不住凑过去。很快，眼睛不禁瞪得溜圆，一手掩着嘴忍不住想要惊呼。

“你看看!”约莫五分钟后，一篇策划出来了，被送至李铭军面前。岑亮和朱学晔也凑一块看去。

“这，这……”李铭军看得是又惊又喜，一时没法组织语言表达内心的真实想法!

朱学晔、岑亮觉得有些不可思议，这么短的时间就拿出了那么个惊天动地的策划！如果完全呈现出来，绝对是“终身难忘”的!

“太夸张!”宋汶盯着李铭军看，替他说出了内心没来得及说出来的真实想法。

“嗯嗯!”李铭军猛点头。

“我没让你找块麦地‘耕地’，开飞机‘写字’就不错了！你还嫌弃？那你还我！”宋汶嘴角一勾，恶作剧地伸手要拿回电脑。

“诶诶诶！哪能啊！”李铭军一慌，急忙伸手护住电脑。

“看样子是接受这方案了！”宋汶笃定。

“但是……”李铭军有些为难，方案是好，却一点展开的头绪都没有！

“嘿嘿！现在就是你刷‘脸卡’的时候了！把你认为最要好的，可以穿一条裤子的，现阶段有时间的好哥们好姐妹写出来！多少个都行！”宋汶了然地笑笑，朝李铭军扬扬眉，指了指电脑。

李铭军看看她又看看电脑，低头想了一会儿，十指一动，噼里啪啦地在电脑上敲了四个人的名字：黄宇、李静、岑亮、朱学晔。

“现在能把人叫出来吗？”宋汶看了看，除了不认识的那两个，人员都很齐。

“可以！”李铭军说罢立马拿出手机开始联络人。

半个小时后，李铭军点名的另外两名大将陆续来到冰城。

最先到达的是李静。栗红色大波浪卷的头发，一身波西米亚风衣着装饰。从她的举手投足间不难看出是学舞蹈的。

之后是有一头干净利落的短发，黑框眼镜，面相温文尔雅的黄宇。

“要是将来我求婚也找你做策划得了！”黄宇看着电脑上的方案，心里直痒痒，恨不能立马找个伴儿来求婚。

“是啊是啊！”李静也是心潮澎湃。心想着，这场盛宴一定要让自家那死鬼看看不可。

“可以啊！”宋汶挠挠头，被说得有些不好意思了。

“这个是笼统划分出来的分工。你们看一下，捡适合自己的来做。”宋汶赶忙将刚才写好的三张速写纸递上。

第一张：男主角的 vcr 录制，男女主角宣传片制作，现场录像等；

第二张：舞蹈编排、音乐剪辑及道具等；

第三张：场地联系和布置。

“我是学声乐舞蹈的，舞蹈编排什么的交给我好了！”李静爽快地抽走了第二张。

“场地和布置，我和学晔来负责！”岑亮想了想抽走了第三张。

“那黄宇就负责 vcr 和宣传片？”宋汶见黄宇虽然拿着第一张，却看着它不知在想什么，就试探性地问了句。

“vcr 和宣传片没问题！就是现场录像我不认识这方面的人，没办法把控！”黄宇推了推眼镜说。

“这么大的场面只有请专业人士来才能真正地全方位呈现这场盛宴。”

说罢，几个人都陷入了沉默。这方面的人多半来自影楼，如果能有熟人最好不过了！

“宋小蚊子！”林芸芸眼睛一亮，似乎想到了什么。

“我知道你想说谁！问题是，她愿意，她小舅舅愿不愿意喽?”宋汶皱眉，她和林芸芸都想到了秦琴家开影楼的小舅舅——蒋旭！

宋汶原本抱着的是“刷脸卡打人情牌”的目的，一切都是自己动手，那才丰衣足食。影楼是秦琴小舅舅的，又不是她的，人家没理由帮忙吧！

“不试试怎么知道不行?”林芸芸说罢就掏手机拨号。

很快，秦琴拽着杨子君杀了过来。

“Honey!”看完策划方案的秦琴内心是激动得不行不行的，她也好想要啊！然后一脸兴奋，满眼希冀地盯着杨子君看。

“乖！惊喜什么的，将来都会有的！”杨子君大手一伸，瘫着一张脸，宠溺地摸摸秦琴的头。目光不着痕迹地看了一眼宋汶，似乎在说“都是你惹的祸！”。宋汶憋屈，狠狠地瞪了他一眼，心里暗骂“你个死面瘫！”

因为有心，一直暗暗关注着宋汶的岑亮自是没有错过两个人的“眉来眼去”。说不清为什么心里一股子邪火冒，很是不爽。

“这个忙肯定是要帮的！”得到承诺的秦琴心情爽了，拍着胸脯打包票。

爱？盛宴。

和宋汶他们分开后，秦琴拉着杨子君马不停蹄地直奔自家小舅舅蒋旭而来。

蒋旭健康的古铜肤色，一身黑色紧身小背心、不规则低裆裤裙。因为常常健身，小背心下的腹肌被有形地勾勒出来，形状大小不夸张地刚刚好。耳朵两边的头发被推平，头顶上的蓄长往后扎起。下颌处又刻意蓄了一小撮胡须，整个人看上去超有艺术范儿！

他是老来子，只比秦琴大了一轮。秦琴打小就像小尾巴似的，跟在他身后跑得溜溜转，感情自是亲厚得很。

“小舅舅!”

说清来意后，眼见蒋旭就要借故跑掉的秦琴赶紧拽着他的胳膊嗲声撒娇。那声线尾端上扬，甚是销魂。闹得蒋旭头皮发麻。

“起开！小孩儿家家一边玩儿去！我很忙的!”蒋旭每次见到这个小自己一轮的外甥女，恨不能掘地三尺遁地而逃。这个小恶魔宰起小舅来是毫不手软的!

“小舅舅你就帮帮忙嘛!”秦琴摇啊晃啊地抓着蒋旭古铜色的手臂，两眼泪汪汪地盯着他。仗着蒋旭疼她宠她的性子，她试图磨软某个人暂时硬起来的心肠。这是她屡试不爽的绝招。

“面瘫脸！管管你家小秦 people！男女授受不亲啊懂不懂啊!”蒋旭拼命地甩着手臂，企图将其从小恶魔手中解救出来。而被他点名的某面瘫大神杨子君，不为所动地坐在沙发上，闲情逸致地翻着杂志。

繁忙从身边走过的爱？盛宴的工作人员见状都会会心一笑，早是见怪不怪了。

“小舅！如果把这起策划和录像冠以‘爱？盛宴’的名义放在官网上会怎样呢?”杨子君终于大发慈悲地抬头，挑眉看蒋旭。

蒋旭一愣。

“这也是一种宣传手段!”杨子君抿了口咖啡。

蒋旭眉一扬，脸上显然挂上了点名为“兴趣”的情绪。拖着秦琴一屁股坐在杨子君的对面，一副静听下文的样子。

“宋汶本就分文不取地帮人做的策划，留着也发不了财，卖你个人情有何不可？至于录像，哪个痴情种不是一副恨不得宣告全世界‘我很幸福!’的德行?”杨子君不紧不慢地说道。

蒋旭一手抱胸，一手抚着下颌蓄着的一撮小胡须思量着这件事的商业价值。

“好！只要你能保障策划和录像归我，我就免费帮忙!”良久，蒋旭拍案定音道。

“没问题!”

第八章 爱盛宴佳偶天成（下）

一个多月后。

是夜，十一点过，G 大。

“铭军，我已经到 G 大门口了，你在哪儿?”陈敏敏实在是不想出门的，李铭军十来点的时候就打电话来，软磨硬泡的非要她来 G 大玩不可。

“好！我知道了！”陈敏敏叹了口气。她要步行到 G 大的操场，那得十来分钟啊！

“快看！快看！是陈敏敏！”而在陈敏敏斜对面，坐在花坛边的一女生，手里拿着一张她的照片。那女生有些激动地拉了拉身边四下张望，同样拿着陈敏敏照片的杜涛。

“哪儿?”杜涛转头，看向女生指去的方向。

“注意！注意！目标人物出现！身穿白底黑印花连衣裙，肩挎驼色休闲包！”杜涛执起对讲机一边说，一边拉着女生上了停靠在一边的小电驴。

五百米开外的路边停靠着一辆银白色金色镶边的南瓜马车，两匹白色的高头大马噗呲噗呲地打着响鼻。

在黄色的路灯光下，这一切显得格外梦幻。

“快快快！赶紧准备！”马车里，神情有些恹恹的林芸芸和秦琴听到耳麦里传来的声音一个激灵，有些手忙脚乱地整理礼服，赶忙找着一时想不起放在哪的舞会面具。

“宋果皮！”秦琴拉开前窗的帘子，喊着正跟车夫聊天聊得兴起的宋旻。

“陈敏敏出现了！白底黑印花！”

“好！知道了！”宋旻眼睛一亮，难掩脸上的兴奋。

“师傅！待会儿就拜托了！”宋旻转头跟身旁四十多岁的车夫说道。然后跳下马车，整了整白色燕尾服，将面具戴上，面带微笑恭恭敬敬地站在马车旁边。

陈敏敏大老远就看见了这辆只可能出现在电影里的，很童话很梦幻的马车。有些好奇它为什么会出现在这里？然后，她看见马车旁边站着一个穿白色燕尾服戴着面具的男青年，奇怪的是青年一直盯着她看？

“亲爱的公主殿下！”还有三四米远的时候，宋旻走向陈敏敏。

“我等前来恭迎公主殿下！”宋旻左手置于胸前，身体微屈。

咯吱，车门适时地打开，一袭黑色吊带露背礼服的秦琴率先下来，接着是与秦琴礼服同款白色的林芸芸走了下来。

“公主殿下！”两人笑着朝陈敏敏福了福身。

“？”陈敏敏脑袋发懵，这是什么情况？

“公主殿下还是快点吧！午夜后，魔法可是会消失的哦！”秦琴，林芸芸相视一笑，上前，一左一右拉着人就往车里带。

“等等！你们是不是搞错了？”陈敏敏一阵心慌。说着就要掏手机打电话找李铭军。

“敏敏姐不认得我了吗？”林芸芸一手抽走陈敏敏的手机，一手摘掉脸上的面具。

这个时候，马车已经缓缓朝G大操场而去。

同时，骑着小电驴的杜涛带着那名女生突突突地驶过马车身边，两人和马车上的宋旻心照不宣地比了个OK的手势。

“芸芸？”陈敏敏诧异地看着她。

“公主殿下请换上吧！”秦琴将一长方形和一正方形的粉色盒子双手奉上。

“你们这是？”陈敏敏内心惊疑不定。心想着，该不会是李铭军搞的鬼吧？

难怪一晚上非要自己来G大不可!

“It’s a secret!”林芸芸笑着眨眨眼，动手将两盒子打开，一双水晶鞋，一件银蓝色晚礼服。

偌大的操场上衣香鬓影，约莫两百来对情侣带着精致的面具，三五一群聚在一起，笑笑闹闹着。

这些人，都是李铭军的朋友，以及朋友的朋友。

大家伙儿带着激动和兴奋，夹带几丝羡慕讨论着这场盛宴。

女伴儿们各种羡慕嫉妒恨女主陈敏敏好幸福，遇上那么好的男主李铭军。男伴们可不服气，暗暗下定决心将来也要给自己的另一半来一场爱的盛宴，甚至还有人私底下要来了宋汶电话。

而会场的外围围满了G大假期不返家的学生，热火朝天地讨论着这阵仗是要闹哪样?

“来了!来了!”这时，杜涛骑着小电驴急冲冲地冲进会场。

会场上的人停下说话，纷纷让出一条道。

围在舞台一旁再次确认流程的宋汶、岑亮、朱学晔、李铭军、李静、黄宇、杨子君，以及来自于爱?盛宴以蒋旭为首的三名摄影师抬头。

“报告!任务完成，下一步，请指示!”杜涛拉着那女生满脸兴奋地朝宋汶为首的几人调皮地行了个军礼。

几人相视而笑，满含期待!

“Are you ready?”宋汶伸手，环视几个人，脸上的笑容明艳动人。

“yes!”岑亮心头莫名一动，第一个伸手覆在那只纤细漂亮的手上。

“yes!”几人纷纷伸手响应!然后散去，各司其职。

“It’s a show time!”宋汶拿上对讲机，对舞台下的播音室下达指令。

很快，悠扬舒缓的舞会音乐响起。

“走吧!”岑亮伸手，朝宋汶做跳舞的邀请。宋汶回以一笑，将手交到岑亮手里，率先起舞。紧接着，场上两百来号情侣纷纷起舞，甚是壮观。

“来自遥远国度的公主驾到!”马车驶进会场，宋旻打开衣领上连接广播室的话筒扬声喊道。

音乐适时地停止，跳舞的众人随之停下。

“哇喔！仙德瑞拉的南瓜马车？”因为参与舞会的嘉宾们并不知道剧本的内容，如预期一样换来阵阵惊呼。

“你们，你们到底要干嘛？”听见外面的骚动，陈敏敏没由来一阵心慌！紧紧抓住林芸芸的手不放。

“公主殿下一定要记得，午夜前一定要答应王子殿下所有的请求哦！否则魔法就会消失哦！”林芸芸笑眯眯地说着，和秦琴强行将人带下马车！

陈敏敏一下车不禁一个激灵，那么多双男男女女的眼睛看着她，好奇的、惊艳的、兴奋的、高兴的等等，只觉得如芒在背，害她差点没拔腿就跑！

“李铭军！救命啊！”她极力拉了拉嘴角保持面带微笑。内心咬牙切齿咆哮着。眼睛也没有闲着，试图在人群中揪出那个让自己陷入这般境地的“罪魁祸首”！

“敏敏！”这时，似乎是应陈敏敏的召唤，李铭军自人群中慢慢走来。

砰！砰！砰！

陈敏敏不自觉抚上心口。自李铭军出现并唤出她名字的那瞬间，左胸腔内，那拳头大小的脏器没有由来地快了一个节拍。某种不可言喻的甜甜的东西充斥其间，慢慢溢出，让人眩晕！

陈敏敏眼睛一眨不眨地看着李铭军向自己走来，伸手……

“Music！”混在人群里的宋汶看见陈敏敏将手交到李铭军手中后对广播室那边说道。

“老实交代吧！你是不是蓄谋已久！”陈敏敏有些嗔怪地看着李铭军，多少猜到李铭军要干嘛。这阵仗让她有些许忐忑、些许期待、些许不安等等混杂不清的情绪，萦绕不散。

“我要给你最好的！”李铭军拢了拢双臂，将人拥进怀里。

陈敏敏脸上发烫，耳朵贴在他的胸口，那里传来男人强而有力的心跳声，让她整个人晕乎乎的。

“时间差不多了！”舞会约莫进行了五分钟，一直转悠在李铭军和陈敏敏附近的宋汶对舞伴岑亮说道。岑亮点点头，表示明白，深吸一口气，有意朝同样一直转悠在李、陈二人身边的秦琴、杨子君、林芸芸、朱学晔等几人靠拢。几人很快会合，迅速朝两人围了过去。

“切音乐关灯！”宋汶见状，朝广播室那边下达命令。

“啊!”在灯光熄掉一瞬间，向两人收拢来的人很有分寸的制造了点“小意外”。

“李铭军?”陈敏敏感觉到有人拉了她一下，一个趔趄，不仅和李铭军被迫分开，右脚的鞋子也不知道掉哪儿去了，好不狼狈!

“诶诶诶！怎么回事啊?”

“停电？不能啊！这还怎么玩?”

“我靠！这也太倒霉了吧……”

耳边充斥着各色抱怨，陈敏敏稳了稳身体，四处张望，一脸焦急地在一片黑压压的人群里寻找着李铭军的身影。

“If the hero never comes to you，If you need someone you're feeling blue……”

随着李静那略显沙哑而空灵的《cry on my shoulder》响起，舞台上亮起一团暖光，在这漆黑的夜里显得格外突兀显眼，在场的人循光望去。

陈敏敏有些吃惊，狭小的胸腔里似乎再也装不下那颗越发激动的脏器，满满的甜腻酸涩喷薄而出，涌向喉头和眼眶。

她，目不转睛地看着舞台上人，一瘸一拐着朝那走去……

台上，李铭军背对着她站，他的身前放着一台投影仪，五米开外的背景布上唰啦唰啦地闪动着一片一片雪花，紧接着，一张张她的、李铭军的、她和李铭军的照片从最初的相识、相知、相恋一一闪现。甚至有的照片他们都没有，是来自于他们的亲朋好友。

一曲毕，足以让陈敏敏走到李铭军面前。

时针指过十一点五十六分。

“铭军!”陈敏敏感动得一塌糊涂，有些失态地擦了擦湿润的眼角。

“我等这一刻已经很久了!”李铭军噌地单跪在地，不知从哪儿摸出那只陈敏敏舞会遗失的水晶鞋。

“你……”

“还记得那年话剧决赛剧目吗?《灰姑娘》! 我无数次幻想着亲手为你穿上，这个世界上，只为你定制的，独一无二的‘水晶鞋’! 你永远是我心目中无可替代的唯一!”李铭军定定地看着陈敏敏，一个字一个字地说得极有力!

“铭军!”陈敏敏蹲下，拥住他。

“敏敏！海枯石烂的诺言我不会许，但我会用我的行动告诉你，我爱你，至死不渝！所以，嫁给我吧！”李铭军激动得有些手抖地从兜里掏出一只大红色小绒盒子。打开，一枚白金戒指静静地躺在里面。

“呜呜呜！”陈敏敏眼睛一瞠，捂着嘴呜咽。脑子里名为“理性”的神经再经不住这等“甜蜜”的“摧残”，彻底断裂。什么礼仪形象全都成云烟，满眼满心都是眼前的人，幸福的眼泪稀里哗啦夺眶而出。

“嫁给我吧！嫁给我吧！我亲爱的宝贝！我会给你想要的幸福，让你快乐一辈子！Oh～baby！答应我吧！答应……”以李静为首的三名女生轻声哼唱起来。那是她们自创的小段子，舒缓的曲子，仿若情人耳边的轻语呢喃，让现场幸福指数狂飙！

“呜呜受不了！太感人了！”台下看客已经有人被着满满的幸福熏红了眼眶。

“好！”陈敏敏用力地点头！

时针刚好指向午夜十二点，灰姑娘的魔法失效时刻，却也是一对璧人幸福美满的开始！

砰！砰！砰！

同一时间，五颜六色的烟花一飞冲天，绚烂地绽放开来！

“哇喔！好漂亮！”台下的人一阵惊呼！

陈敏敏先是一愣，然后笑了。今天，是她人生中最幸福的时刻！

“敏敏！”李铭军情难自禁，在璀璨烟火的星空下吻上心爱的人。

砰！砰！砰！

岑亮错开半步，静静地站在宋汶后面。看着璀璨烟火映照下的，那笑得眉眼弯弯，嘴角上扬的人，比那烟火还要让人惊艳！

扑通！扑通！

岑亮抚上心口，他可以强烈地感觉到那里不同寻常的律动！

周遭的嘈杂瞬间退去，只留下他和宋汶。

她看着天空华丽的烟火，完全不知道自己已经沦为别人眼中的风景……

第九章 别想逃追定你了

自李铭军“求婚事件”以后，从初识到现在，岑亮记忆里嬉笑怒骂的宋汶瞬间鲜活起来，没事就在他脑子里瞎转悠着。一股莫名的冲动不断地鼓动他、催促他，要他收了宋汶这让他鬼迷心窍的“妖孽”。内心小小挣扎一番后，他决定，要把宋汶追到手！

于是，岑亮怀着十七八岁少年，情窦初开般的心情开始了对宋汶的渗透，想以温柔的方式将宋汶的内心防线逐个儿攻破。原本只是有意无意地联系逐渐变得频繁而刻意，言语间暧昧冒出了头，宋汶再发现不了那就是傻子，她变得惶恐不安起来，闹不明白岑亮的真实目的，又不能挑明了说，怕会错意表错情。

“It’s too late to apologize，it’s too late，I said it’s too late to apologize，it’s too late，It’s too late to apologize，it’s too late ，I said it’s too late to apologize，it’s too late，It’s too late to apologize，yeah I said it’s too late to apologize，yeah”宋汶苦大深仇地看着手机。

“It’s too late to apologize，it’s too late，I said it’s too late to apologize，it’s too late，It’s too late to apologize，it’s too late ……”她恶狠狠地看着屏幕上闪烁着的“岑亮”两个字，眉头扭得像麻花。

“再响！再响！再响就摁掉你！”吃完午饭回来的岚姐见宋汶一副敌视模式全开的样子，一时兴起凑近她耳边恶搞了一下。

“啊！”宋汶吓得差点没把手机甩出去。

“不情愿就挂断啊！你在拍‘旺仔手机广告’啊！”岚姐笑道。

“你、要你管！我、我只是……”宋汶像是做错事的孩子被抓包了一样，别扭地辩解道。

“宋小蚊子，你怎么了？”这时，还握在手中的电话里传来了让宋汶瞬间惊悚的声音，刚才的惊吓让她不经意划开了通话键。

为毛你要那么敏感啊！

触屏手机的优点此时此刻成了宋汶心中最痛恨的“缺点”。

“喂，是岑亮啊！呵呵呵刚在吃饭没注意！”宋汶嘴角一扬，立马挂上一脸职业微笑，硬着头皮转过身接电话。

岚姐撑着脑袋有些好笑地看着徒弟那要多假有多假的表情。

“不好意思啊，最近很忙，公司里人仰马翻恨不得自己三头六臂一个顶俩来用。”宋汶一边又一次怀着十二分真诚十分歉意地说，一边忍不住翻白眼。假话什么的越说越麻溜，毫无压力！

忙得人仰马翻！怕是闲得睡得人仰马翻吧！岚姐暗笑。

“嗯嗯！好的，有空再聚，拜拜！”。

“师傅！”神速地挂掉电话，宋汶反身，苦哈哈地一把抓住岚姐的手。

“干嘛？”岚姐好笑地看着她。

“救救我啊！我被大魔王盯上了！”宋汶一脸哀怨。

“额！好吧，说来听听。”岚姐抚着下颌装得一脸高深莫测。

“他是我好姐妹的男朋友的哥们！最近老打电话来不是请吃饭看电影就是闲得发慌找我聊天，总觉得黄鼠狼给鸡拜年，这心里瘆得慌，又猜不透他到底在闹哪样！”宋汶绞着手指一脸委屈。

“哦！这关系挺不错的啊！发展起来算是近水楼台先得月嘛！你不是不能猜而是不敢猜吧！”岚姐捏捏宋汶鼓得跟包子似的脸颊，一语正中红心。

“关键是我跟他不熟啊最近没事骚扰有事还是骚扰玩暧昧都要耍流氓了偏偏还不能说出来！你说，憋屈不憋屈嘛！”宋汶听罢，不带标点地咆哮着。

“所以嘛，这就是高手啊！宋小蚊子，你不是被大魔王盯上了，是被成了精的老狐狸给盯上了！你啊，就洗白了等着上桌吧！”岚姐双手一摊，一副爱莫能助的样子。起身拿着水杯去了茶水间，徒留听了这话石化了的宋汶。

另一边，岑亮一手把玩着手机，一手撑着头眯着眼睛看办公桌上前几天才放的一个相框。

相框里是那张“雪女”小鸟依人在“高渐离”怀里的cos照。

“哼哼，宋小蚊子好像发现了呢，想要逃跑喽！”岑亮放下手机，食指摩挲着相框里的人儿一脸算计。

“不过，吹牛不打草稿，理由换汤不换药用了一遍又一遍，连换都懒得换！宋小蚊子，你还真是敷衍呢！”有些惩戒意味地戳了戳宋汶的脸颊。

“你可不可以收起那种深情款款的白痴样啊！”推开办公室门的朱学晔浑身一个哆嗦。岑亮刚告诉他决定追宋汶的时候他险些没被水呛死，是谁当初很确切很肯定地说宋汶不是他的菜的？

“有事？”岑亮耸耸肩，敛容问道。

朱学晔晃了晃手中的文件。

“说实话，你要是来真的呢，那就赶紧把人给收了。玩玩的话，就算了吧！”朱学晔其实还是不太赞成老友去啃宋汶这根硬骨头。岑亮平时好说话，其实脾气也很硬，宋汶的个性太过独立未必会放低姿态，两人弄不好两败俱伤，这是谁都不乐见的。

“又要出差？”岑亮皱了一下眉，也并未理会朱学晔的担心。旁人的意见听听就好，做决定的还是自己。有些在外人看来不适合自己的未必真的不合适，只有争取了才知道。

只是，手中的文件又要耽搁自己跟宋小蚊子联络感情了呀！

哼哼！暂时就放过你，等我回来再收拾你。岑亮心道，嘴角上扬，一副志在必得的样子。

“下午交代一下相关事宜，明天早上八点半出发。”岑亮合上文件抬头对朱学晔说道。

“我看你是没得救了！”看着老友的表情，朱学晔只得感叹。

岑亮这一走就是整整一个星期。走之前，他特意发了一条短信告知宋汶出差的事。不难猜到宋汶收到短信时一阵欢呼雀跃的样子，险些没开香槟庆祝一番。

而对于岑亮追宋汶的事除了朱学晔外没人知道。朱学晔是没敢告诉林芸芸。一则，他并不看好这两个人；二则，依林芸芸的个性，到时候场面会更混乱。

宋汶同朱学晔倒是想到一块去了，先不讲岑亮那边她还没摸清人家态度，她最怕林芸芸那女的折腾出什么幺蛾子来，就不好收场了。

在宋汶快乐的没有一个骚扰电话的这个星期里，在她快要把岑亮忘得一干二净的时候，岑亮不期然出现的瞬间，她心脏猛地一凛：弱爆了。

那是一个橘黄色渲染的黄昏，宋汶和岚姐有说有笑地刚出公司大门就看见悠闲地倚在车门边的岑亮。

宋汶呆呆地看着逆光而站的男人，她没觉得他扬起的笑容有多迷人，而是仿佛见了鬼似的拔腿转身就跑。

“你跑什么？我又不吃人！”岑亮囧了，眼疾手快地上前抓住人。他有那么可怕吗？

“呵呵宋小蚊子家那位啊！你们慢慢聊，我先走喽！”岚姐笑得眉眼弯弯地潇洒走人。

“师傅！您不能见死不救啊！”宋汶一面可怜兮兮地想要去抓住岚姐，一面拼命地想要甩开岑亮的手。

“你快放开啊！”宋汶急了。说实话，她现在很怕岑亮，总觉得一旦遇到与他有关的事情就会失控，她不喜欢这种感觉。

她后知后觉和岑亮之间开始变了味，等发觉的时候岑亮已经对她展开了猛烈的攻势，在没弄清楚状况前只好拼命地拒绝、逃跑。

“喂，你够了吧！不带你这样的！”岑亮也有点火了，他招谁惹谁了？追个人都那么苦逼。

“那你到底想干嘛！”宋汶猛抬头，脾气瞬间涌了上来，脸臭臭地瞪他。

“坐下来聊聊！”岑亮觉得脑仁疼。宋汶的抵触情绪实在是太强烈了。这不科学啊！怎么跟当初预料的相差那么大啊？有些事该讲清楚了，再继续暧昧下去真的会出事的。

某咖啡厅，淡紫色的灯光柔和地溢满整个屋子。屋子的装饰小巧精致，很是俏皮可爱。半人多高不规则的竹编栅栏上爬满了以假乱真的藤蔓植物，正好阻隔他人视线，给相约的人营造出小小一个天地。

宋汶捧着一杯橙汁低头闷不吭声地吸溜着，打定主意跟岑亮耗着。

“我说，你最近老躲着我干嘛！”岑亮看着宋汶一副非暴力不合作的死样子，只觉得额角青筋突突直跳。

“我好像没有哪儿得罪你吧！”岑亮忍不住磨牙恨道，觉得自己碰到了块茅坑里的石头，又臭又硬。

“你吭个声会死啊！”宋汶继续不为所动，看都懒得看岑亮。岑亮憋着一肚子火却无处可泄，气得双目赤红。

“好吧！我承认就是不小心喜欢上你，想追你来着！”良久，岑亮深吸一口气，妥协了。

话说还有些难为情，又不是二十出头的毛头小子满口“我喜欢你你喜不喜欢我”的。再有，到了一定年龄，爱和喜欢都不易出口，而是直接化作行动付诸实践。那是要用心才能体会的，天天挂嘴边的未必是真。

同时，岑亮不得要领的法子依旧沿袭了当初他追汪晓霖时，那位女神喜欢的‘玩暧昧’模式，恰恰好死不死地触了宋汶‘讨厌暧昧’的底线。

“那你直截了当地说会痛啊！拐着弯逗我玩啊！”宋汶这时抬头嗤笑。

“不喜欢你才懒得逗你呢！”岑亮一愣，笑了。怎么看那气鼓鼓的腮帮子都甚是可爱啊。

“谁要你喜欢了！”宋汶咬牙恨道。然后埋头吸溜吸溜得喝果汁，可本就小的杯子也就那几口，哪够宋汶泄愤似地吸溜？她烦躁地将杯子放在桌上，撇开脸就是不看岑亮。

“第一次见你的时候就知道你是个聪明懂事的人。但是，你脸上的嘲讽一览无余，除非真正令你信服或是你和他都看对眼的人，恐怕很少有人能忍受你。那时就觉得你这人很清高，招惹不得。”岑亮支手撑着头，静静地看着宋汶有些不耐烦的侧脸回忆着初见，也将宋汶听到这番话时眼中闪过的不屑尽收眼底。

“直到真正接触才知道，你并不像想象中那么复杂，反而异常的简单，有很多让人意想不到的可爱之处。”岑亮的脑子里不断闪过相处的点点滴滴。

其实，他起初的感受并没有想象中那么强烈，只是越靠近越无法掌控自己，忍不住想要了解得更多。

宋汶心头一动，渐渐收敛起脸上的坚冰，认真地听着。人生在世也就只为寻得那一个愿意去读她，去懂她的人也就圆满了。

“我今年已经 29 岁，没有兴致去骗人。我有我自己的主见，如果没有深思熟虑过是不会去招惹你的。我为我之前的行为道歉，我只是不知道该如何跟你继续相处，只是害怕——”岑亮顿了顿，深吸一口气。

“我害怕你的拒绝，害怕你嫌弃我！”岑亮只觉得心头一闷，堵得慌。

有些关系，在明白之后会变得无所适从。若不是心境已经改变，哪会有这般瞻前顾后？

岑亮喜欢宋汶，喜欢得有些卑微，喜欢得小心翼翼，生怕是一种奢望。

宋汶这时慢慢抬起头来，面无表情，睁着一双黑白分明的眼睛定定地看着岑亮。

岑亮正了正身，一副豁出去了的样子接受宋汶目光的洗礼，等着最后的审判。

“女人从头到脚所有部位，你喜欢哪个部位?”良久，久到岑亮心中的焦躁快要将他烧为灰烬时，宋汶问了一个超出意料之外的问题。

“?”他愣愣地看着宋汶一脸认真，慢慢地咀嚼着那句话。

“这里！”岑亮虽然满脸疑惑，但还是依着本能指了指自己的脑袋。

“如果是你，我想，你绝对不会做攀援的凌霄花而是木棉，你寻求的是比肩而站。”岑亮的话让宋汶的心潮翻涌，脸上慢慢爬上名为“笑”的情绪。

“那你呢！”宋汶接着问道，不可察觉地有些急切。

“每一个成功男人背后都有一个伟大的女人。”从一开始就抱着以最坏的打算收场，宋汶的反应大大超出了预料。岑亮一时间心绪复杂，找不到适合的表情，只是呆呆地看着她。

宋汶似乎很满意这样的答案，笑开了。

“躲你是因为我不喜欢不清不楚的暧昧，说开了多好！”宋汶眉开眼笑，满是欢喜。

“我不是怕你……”岑亮心头一亮，很快明白了宋汶的话中话，有种拨开乌云见明月的豁然。

“瞎扯吧你！顶着‘高、富、帅’招摇过市的优质男一枚，还自说自话自我嫌弃，你害不害臊啊你！”宋汶不禁翻白眼，笑骂道。

“呵呵呵！”岑亮被说得不好意思地摸摸鼻子，干笑两声。

“再说了，我是找人过日子不是过家家。要你都跟我一样能折腾，那还要不要过日子了?”

“It is not beauty that endears, it’s love that makes us see beauty（人并不是因为美丽才可爱，而是因为可爱才美丽）。宋汶，你让人觉得惊喜！”岑亮歪着头由衷笑道。

“Thank you！”宋汶一脸自信，大方优雅地笑着接受岑亮的赞美。

“那，那你是答应喽！”岑亮急切地等着答复。

宋汶不语，严肃着脸在想着什么。

“事先申明，这谈恋爱就好比玩双打。原本的单机模式想要切换到联机模式并不是那么简单容易的。生活习惯、方式以及三观不可避免都会有摩擦冲突。我不敢保证我不会任性耍脾气，你年长懂的比我多，我不指望你能哄我，但至少要有耐心，我会想明白却需要时间。”宋汶语重心长道。

“嗯，两个人的长久是建立在平等、信任和宽容之上。”岑亮将诚心和尊重作为给予对宋汶的回应。

“那先相处看看吧！以后多关照啦！”宋汶伸出手同那只比自己宽大厚实的手握在一起，两人相视而笑。

第十章 奸情终究泄露了

“时间也不早了，送我回去吧!”两人互表心意后又絮絮叨叨胡天海地地乱侃一通。宋汶看了看时间，已经十点多了，有些不舍。

“好!”岑亮掩住心中的不舍点头道，起身同宋汶一起离开。

“岑亮!”这时，后面传来一声叫唤。

岑亮回头，看到来人时，一惊。

“Amy!”但很快就恢复神色，淡淡地打着招呼。

Amy，本命薛铭，是汪晓霖的死党。自从汪晓霖出国后，她和岑亮两个人从原本的世界算是彻底分离开来，同岑亮自是很少有交集。但是，因为汪晓霖的关系，薛铭一直关注着岑亮的动向，刚才看见岑亮和宋汶有说有笑甚是亲密不禁让她警铃大作，忙不迭现身探个虚实。

“好久不见!”薛铭迎上前，动作言语得体，眼角却有意无意地瞟了宋汶几眼。

“好久不见！你一个人?”岑亮哪会不知道薛铭的心思，却不动声色。

“是的。这位是?”看薛铭的架势，岑亮心头不喜，总有种被人“捉奸”的错觉？啊呸！这是什么狗屁想法？老子这是堂堂正正的约会！约会！岑亮不禁暗自唾弃自己一把!

“你好，我是宋汶！”感觉到岑亮的不自在，宋汶主动伸出手自我介绍道。

“你好，我是薛铭！”薛铭带着些许审视上下打量着宋汶。

“阿亮，霖霖走后难得遇见，喝一杯？”而后，她转头看着岑亮说道。

一提汪晓霖那女的，岑亮脸色一僵，心里一阵不快。顾及到一旁的宋汶，他忍着怒火不发。

宋汶颇有些担心地看向他，伸手轻轻拉了拉他的手。

“抱歉，改天吧！很晚了，我得送她回去！”感觉到手心传来的温度，岑亮暴躁的心一下子平息下来。

“好！那就改天再聚喽！”薛铭看着两人的互动心里一紧，暗叫不好，却也无法，最后只得目送两人离开。

“宋小蚊子，有些事现在恐怕没办法告诉你，给我点时间，好吗？”自与薛铭分别后，两人间萦绕着一股淡淡的不自在。

岑亮目不斜视专注地开车，梗着脖子不敢看宋汶，心中百转千回。

“没事！每个人都有段不忍回视的过往，想好了再说。”宋汶大概猜得出与岑亮前女友汪晓霖有关。她也没有资格去逼问岑亮的过往，刚才那一幕让她猛然想起她和吴晗的事，不也是无法开口吗！她在思量着找个合适的时间给岑亮说清楚。

“来日方长，我们一起面对！”她想了想又补了一句。

“好！”宋汶不追究，岑亮不禁松了口气。

薛铭心绪烦躁，如坐针毡浑身不自在，岑亮和宋汶的事如鲠在喉。

“该死！”她低骂一句，拿起电话。

“快接啊！”她交叠着的修长的腿随她烦躁不安的情绪抖动着，手指笃笃笃地敲击着桌面。

这是一个越洋电话，电话那头连接着的自是远在英国伦敦的汪晓霖。

“Goodbye! See you!”

“See you!”汪晓霖刚结束今天最后一堂课，同好友们一一道别，穿过校园的林荫大道回她在异国他乡的小窝。

此时此刻的伦敦是下午三点多，是个阳光晴天。明媚的阳光穿透繁茂的枝叶，斑驳地跃动在地面上，哗啦啦的像是一群嬉闹的孩子，很是俏皮。

“晚上好啊，Amy！”汪晓霖热情打着招呼。

“霖霖！”接通电话前的千言万语瞬间化作一声叹息。薛铭一时间不知道该如何开口，突然觉得是不是自己多虑了呢？

“怎么了？”

“你还爱岑亮吗？”薛铭背靠着沙发，试图放松紧绷的神经。

“？”汪晓霖呼吸一窒。

“他，好像又在相亲了！”

“呼！你别吓我。”汪晓霖一听不禁释然。

这三年来她当然知道岑亮时不时地相亲，但都未果。她莫名地坚信岑亮会最后守住自己的心，不会随意让人进驻心间。她可不可以偷偷地以为那是因为自己？

“汪晓霖，你别怪我没提醒你，这一次，他或许是来真的！”薛铭听罢恼火不已。她讨厌汪晓霖这点自以为是，当初就大大不同意她出国。而且要命的是，她连一句话都没留下就走得个干净利落。

这两年来，她拗不过汪晓霖的央求，费尽心思关注着岑亮的所有动向都快成偷窥狂了。哪一次相亲岑亮不是冷冷淡淡彬彬有礼刻意保持距离？今天，他看着那个叫宋汶的女孩时的神情，俨然是用了心动了情的！

“你再这样自以为是，终究注定是输。”或许你已经输了，薛铭心中暗道。

“不会的！他爱我！至多一年，一年后我就回国！”汪晓霖极力忽略心底一闪而过的动摇，坚定地说。

“你他妈不要忘了你们之间梗着一条跨越了两年的伤口！你没有一句交代就算了，难不成还不许有人来将它填平？”薛铭怒火顷刻上涌，不禁爆粗口。一把将电话挂断，她实在没心情再跟汪晓霖说话了。这女的太唯心了，以为全世界都围着她转呢！

“看什么看！没见过女人发火啊！”这一番动作惹来四周好奇探究的目光。薛铭目露凶光恶狠狠地瞪眼喝道，猛地起身抓着包包气势汹汹地离开。

汪晓霖愣愣地看着被挂断的电话，仿佛瞬间被抽走了所有力量般，脱力地瘫坐在路旁的椅子上。

她佝偻着背双手颤抖地捧着手机，一脸苍白的看着岑亮拥着她自拍的照片。

“不！你不会离开我，你还爱的我对不对?”仿佛要将心中的不安驱逐一般，汪晓霖固执地念叨着。但是，名为害怕的情绪自心底窜起，汹涌着向周身蔓延开来。

“快了！你再等等，一定要等着啊!”汪晓霖双手紧紧地握着手机低声祈求着，低头亲吻手机里笑得一脸灿烂的人儿。

传说中，人本来就是四只手四条腿圆球状的，一颗头颅上生着相反的两张脸，这样的怪物将奥林匹斯山的众神吓坏了。大神宙斯不由分说将其一分为二，但人被分成两半之后痛苦不堪，每一半都急切地扑向另一半，他们拼命缠在一起，希望重新合而为一。

这，就是人类爱情的来源。

茫茫人海，我们寻寻觅觅磕磕绊绊也只为那一半灵魂之伴侣，有的人很幸运地回眸刹那便是永恒，有的人历经万险千难小心地试探着找寻着……

正式交往的宋汶和岑亮都带着一份期盼，将未来放在心中憧憬着它的N多个可能，跃雀、不安地甜蜜着。

另一方面，大概是因为之前所经历的感情创伤，都很默契地选择缄口不对外透露半点消息。这是一个过渡，相互试探着摸索着前进，一旦发觉无法走到一起便会果断结束这段感情。

而首先发现两人“奸情”的人是林芸芸和朱学晔，那是他们正式交往半个多月后的某个星期三晚上。

“芸芸，星光电影城最近有活动，赶明儿我们去看看?”baidu 烤肉店里，朱学晔将林芸芸最喜欢的鸡胗挑出来。

“周末吧！把宋汶和岑亮拉上，就我俩没意思。”林芸芸大快朵颐，不经意抬头，脸上的表情顿时僵住了。

她愣愣地看着对街一家餐厅靠窗坐的，有说有笑还动手动脚的两个人。

“我靠！这就重口味了!”林芸芸眼睛往上一瞟。

简·爱？情侣餐厅?

“怎么了?”朱学晔觉察有异，顺着林芸芸的视线侧脸一看，也愣在当场！

“闪瞎老娘24k钛合金狗眼啊！赶紧的！GO！GO！GO!”林芸芸猛地跳起身来，抓着包包就往外跑。朱学晔忙不迭跟上。

被林芸芸看到的那两个人就是宋汶和岑亮。那个时候宋汶正在给岑亮解释什么是“呆毛”。

“给你解释不如给你做个示范。”岑亮捧着一本漫画图册问宋汶“呆毛”是什么意思。宋汶站起身，隔着餐桌在岑亮的头上挑了一小撮头发，往上一提捻了捻，那撮头发就这么孤零零地立着。

“你别动哈！”宋汶乐呵呵地拿出手机咔嚓咔嚓三连拍。

“真形象！”宋汶乐不可支地看着手机上一脸茫然的岑亮，加上头顶上那小撮毛，呆萌呆萌的。岑亮无辜地眨眨眼，伸手趴了趴脑袋，伸手跟宋汶要手机。

“呆毛就是头发中翘起的一缕或几缕头发，又叫傻毛、笨毛或是阿呆毛，是ACG文化中的萌属性之一。”宋汶解释道。

“ACG?”岑亮对于宋汶时不时蹦出来的专业术语晕乎乎的。但是并不讨厌，他在慢慢地理解消化，以便尽快同宋汶的思想境界接轨。

“Animation动画、Comic漫画、Game游戏的总称。”宋汶解释的时候有些担心岑亮是否是真正的，心甘情愿的去接受这些东西。面对喜欢的人，总恨不得将自己的所喜所好一股脑儿说与他分享，却又害怕对方觉得无趣。

“啧啧啧……甜蜜蜜你笑得甜蜜蜜，好像花儿开在春、风、里！”突然，急吼吼冲进来的林芸芸有些漫不经心地走近两人，用柔得仿佛能拧出水的声音唱道，只是唱到后面那句越发唱得狰狞起来，扭曲着一张脸瞪着两个人。

“?”岑亮、宋汶两人一惊，始料未及会遇见这两人。

“呵呵呵！好巧！”随后追来的朱学晔有些玩味地看着惊讶不已的两人。

“你俩说说，你俩对得起党，对得起人民，对得起生你们养你们的爹妈，对得起为你俩两肋插刀的我们吗？赶紧的，坦白从宽，抗拒从严！”林芸芸笃笃笃地敲着桌子，朝对面两个人声色俱厉。

朱学晔揽着林芸芸在一旁点头附和。

“就那样，还能哪样。”宋汶无所谓地耸耸肩，捧着一块蛋挞窝在岑亮的臂弯里，活像只小松鼠一样，吧嗒吧嗒地啃着。

“我勒个去，当初是谁信誓旦旦地说‘他不是我的菜’的?”林芸芸不禁翻白眼嗤笑。

“这不看对眼了嘛！”宋汶撇撇嘴嘀咕道。心想着这事又不全怪她啊，是岑亮先追着不放的嘛！

“不是不想告诉大家，只是还没有正式确定关系前先处处，不行就分开，省得大家担心。”岑亮伸手抽了一张纸巾将宋汶嘴角的碎屑抹去。宋汶抬头看了他一眼，又在餐盘里拿了一个蛋挞，举到他面前，见岑亮笑着摇摇头后毫不客气的一口咬去。

“谈恋爱是公主王子童话剧，结婚就是柴米油盐酱醋茶了。别跟优点恋爱携手了缺点，慎重点的好！”朱学晔想了想说道。他也没想到这两个不着调的人会凑到一块儿去。但是，他始终不大看好两人。

“怎么着，你这是在暗示什么吗？”恨不得将两个人揉为一体的林芸芸不高兴了！结实地给朱学晔一肘子，痛得他嗷嗷叫。

“学晔哥说的也没有错啊！”宋汶吃完东西时会舔手指的坏毛病犯了，岑亮眼疾手快地一把抓住，拿纸巾给她擦手指。

“万一半路分道扬镳就我俩尴尬而已，不至于弄得大家伙儿一起不自在。”岑亮一边认真地给宋汶清理手指，一边郑重地说道。

林芸芸歪着头，若有所思地看着互动的两个人，突然觉得聪明理智的人太可怕了。要是她，呵！早就干柴加烈火，哪会斤斤计较着这些枝末细节？

数日后，阴，厚重的云层像口大铁锅倒扣在这座城市上空，空气异常的沉闷，让人喘不过气来。

“你说什么？”吴晗看着眼前西装革履的男人，艰难地消化着他方才抛出来的，极具毁灭性的信息。

“说多少遍都一样。马玥的那个孩子很有可能不是你的。”男人一脸疲色。

当得知孩子就这样没了，他无比怨恨马玥。就算她不喜欢自己只要流掉那孩子就是了，可是拿个无辜的孩子来做诱饵何其残忍！

“在她回来见你的半个月前我们就发生了关系，之后她请了假回来跟你呆了将近一个多月。那段时间不管你们发生了什么，那个孩子有50%的概率不是你的。”男人烦躁地扯开领带解释道。

他喜欢马玥，那天晚上是个意外，两个人都醉得厉害。他并不想在不甚清明的时候玩这种乌龙情感，偏偏老天有意捉弄。

“马玥辞职后消失了两个多月，等我得知她的消息时，这边已经闹得鸡飞狗跳了。她爱你，但我也爱她。我思前想后，作为当事人之一，你有权知道这些内情。”这件事后，男人突然觉得好累。长期等待得不到回应的无望蚕食着他，将他的耐性一点点磨光。绝望了，那便放手吧，放她自由也给自己解开枷锁。

“我走了。你，好自为之吧！”男人站起身来，拍了拍一脸呆滞的吴晗的肩膀，然后转身离开。

“为什么会这样？为什么？”吴晗脸色苍白，将脸埋在颤抖的双掌间喃喃自语。只觉得如坠冰窟，浑身刺骨的冰冷，心脏仿佛被挖去了一角，血淋淋，撕裂般的疼着。

马玥一直心神不宁，等她总算找来时，却看见男人刚从咖啡馆里出来。心，不由得一阵慌乱。

“为什么！为什么要出现！”她冲到男人面前，声嘶力竭地嘶吼着。男人先是一愣，随即释然，淡淡地看着眼前疯狂的女人，想着这些年来他到底喜欢着的是怎样的一个人？

“你满意了吧！你高兴了吧！你这是在报复！你不觉得卑鄙无耻吗！”马玥气得双目赤红，恨不得将眼前的男人生吞活剥了般。

“卑鄙无耻？”男人冷笑，觉得很讽刺。

“与你相比怕是小巫见大巫吧！你不是用那个无辜的孩子逼退了那个女孩吗？你不是用那个孩子挽回了你的爱情吗？可是，马玥，像你这种不择手段的方式早晚会害死你自己的。”男人冷笑道。

“那是一个意外！意外！”听罢，马玥脸色一僵，心中一痛，慌乱地辩解。那个时候，在她还在犹豫着怎么处置那个孩子时不慎跌下楼梯，老天直接替她做了决定。

“你该关心的人，在里面。”是不是意外已经不重要，男人已经失去了与之对话的心情，侧身绕开马玥头也不回地离开。

“不！不会的！”马玥一惊，浑身冷得发颤，然后跌跌撞撞地朝咖啡馆里跑去。

第十一章 这绝望无期的爱

当马玥冲进咖啡馆，百米外远远看到呆坐在那的吴晗时，没有由来的，原本慌乱的心一下子慢慢沉淀下来。

她停下脚步，定定地看着他。

为什么，为什么两个人会弄成这般田地呢？

马玥的思绪不禁慢慢飘远，她想起了很久很久以前的一些事儿。

那时，她和吴晗都才大三。

“你和马家那丫头谈恋爱了？”吴家客厅里，吴晗的母亲张素欣语气不善地质问吴晗。

“怎么了？”吴晗嘴里叼着颗棒棒糖，疑惑地看着愤怒的张素欣。

“什么时候的事儿？我怎么不知道！”如果不是昨天晚上下楼倒垃圾，不小心看到吻得难分难解的两人，张素欣还不知会被瞒到什么时候！趁着马玥出门的当儿，憋了一晚上的张素欣忍不住出口问道。

“刚上大学的时候就在一起了！”吴晗不甚在意地笑笑。

“什么？”张素欣只觉一个五雷轰顶。三年，也就意味着该发生的不该发生的全都发生了！这生米都煮成熟饭，那还了得？

“我要你赶紧跟她断了！”张素欣怒不可遏。

“什么？”吴晗一惊，口中的棒棒糖吧嗒掉地上了。

“我说，我要你跟那丫头断了！”张素欣抖着手指着吴晗，气得声音都有些抖。

“为什么？”吴晗有些不可思议地看着张素欣，像是看怪物一般。

“那丫头有什么好的？还是她给你灌了什么迷魂汤？”

“什么迷魂汤不迷魂汤的？你不是也很喜欢小玥的吗？”两个人从小一起长大，可谓是青梅竹马。张素欣平时对马玥也很好啊！两人顺理成章在一块儿也没什么吧！若是因为隐瞒引来张素欣的不快，也不至于要闹到分手这一步吧！吴晗就闹不明白张素欣今个儿是吃错了什么药？

“小晗，这跟妈喜不喜欢她没关系！听妈的，赶紧跟那丫头断了吧！”张素欣深吸一口气，苦口婆心劝儿子。

“为什么？你说个理由啊！小玥哪儿不好了？”吴晗只觉得张素欣不可理喻。

“你别管，你只要知道妈是为了你好！”张素欣皱眉，不愿谈及棒打鸳鸯的理由。

“什么叫我别管？他是我女朋友！不是毫不相关的路人甲乙丙！”

“作孽啊！那死丫头家一大烂摊子，将来你来收拾吗？”张素欣气急，骂道。

“烂摊子？”吴晗一愣，一时没搞明白张素欣什么意思。

“她那病秧子的爹，一个月几大千，就她妈一个人苦撑！她一女孩子家家，将来还能指望挣什么大钱？还不是死抓一个条件好的不撒手，你想做这冤大头不成！”张素欣破口骂道。

吴晗震惊，突然觉得自己相处了二十多年的妈很陌生，也很可怕。

“别怪妈狠心！这门不当户不对的，你们还年轻，将来都会遇到适合自己的。”张素欣看着一时傻掉的儿子，上前抓住他的手，轻拍，安慰道。

“你是我妈，你怎么能这样？他们家好不好跟我喜不喜欢她有什么关系？”吴晗甩开张素欣的手，几步退开，皱眉看她。

“别跟我谈什么喜欢！喜欢能当饭吃？你以为这个社会那么简单像书里写的那样美好？书读多了吧你！少年不知愁滋味，妈也是为了你……”

“够了！”吴晗心里一阵不痛快，高声喝止张素欣越发不堪入耳的话。

“我懒得跟你讲！”吴晗转身疾步回房，再继续下去他敢保证绝对会出事的！

“站住！你给我站住！”张素欣赶忙追上前。

砰！吴晗毫不客气地甩上门。

"开门！你给我开门！"张素欣气得直捶门。

吴晗不禁翻白眼，点开电脑的QQ音乐，将声音开到最大，掩盖掉张素欣的叫骂声。

自始至终，母子两人怎么都不会想到，马玥就在门口玄关处站着，一字不落听完他们的对话。

她一脸惨白，咬着下唇，微抖的双拳上暴起的青筋显示她用了多大的力。

马玥的父亲是个孤儿。年少生活颠沛流离，尝遍人间艰辛，拼死拼活努力到三十五岁时开了一家小饭馆。一次意外认识了来G市游玩的母亲，一见钟情。母亲也不顾家人阻拦毅然决然从张家界嫁到了G市。在马玥的记忆里，一家人虽清苦了点，却很快乐。

后来呢？后来又怎样了呢？

马玥稍稍回神，眼见远处的吴晗已经站起身来，慢慢朝她而来。

噗通！噗通！

吴晗每走一步，心跳越发的快，快到要窒息。

直到两人擦肩而过，马玥一把抓住即将离去的人。

似乎，想要抓住某样就要失去的东西。

"放开！"吴晗冷冷地说出来的话，像是裹了一层冰渣子似的，砸在马玥的心头，又痛又冷。

她倔强地咬着下唇就是不放手。

吴晗伸出另一只手，用力地、一点一点地将抓住自己的，纤细却有力的手掰开。

马玥心间的酸涩泛滥，直冲到眼眶，两行清泪滑落脸颊……

曾经捧在手中的幸福就在她被吴晗掰开手的那瞬间，消散在风里、空气里，一无所有。

"呵呵呵！"马玥笑了，一脸讽刺。

"懦夫！"她低声嗤笑。

"吴晗！"她猛地转身，高声喊道。

吴晗一顿，停住脚步，转身。

这一喊，两人成了大厅里的焦点。

"你就是一个懦夫！"马玥一脸恨意地走向吴晗。

啪！

她手一扬，狠狠地甩在吴晗的脸上。

如果，如果当年他能再坚持一下，不妥协的话，或许两人就不会是现在这个样子了。

"！"吴晗怔怔地看着马玥。

"这是你欠我的！"马玥说罢，大步朝门口走去。

"懦夫吗？"吴晗抚着被打的脸，有些失神。

那么，那个时候的吴晗、马玥又怎样了呢？

马玥将偷听来的那些事儿深埋在心底，尽量减少到吴晗家里的次数，避开与张素欣独处的时间。吴晗能不回家就不回家，每次接到张素欣的电话直言课业繁忙，避而不见。

正所谓山不来就我，我便去就山。

张素欣主动出击找到了两个人的学校。然而，当张素欣寻遍学生寝室得知两个人两年前就搬出去同居时，再也顾不得什么脸面问题，直接撕破了脸。

马玥永远忘不了那段时间的混乱，张素欣的又哭又闹，吴晗摇摆不定的态度。

她更没有想到的是，屋漏还偏逢连夜雨，父亲病情加重到最后不治而亡，再来是积劳成疾的母亲一病不起。

面对这一切，她连死的想法都有！

"对不起！我们分手吧！"当吴晗艰难地说出这句话时，马玥忽然有种终于可以解脱了的感慨。

她一言不发地看着眼前这个她深爱过的，曾经山盟海誓许了个遍的男人。

累了，真的累了！在她最无助，最需要一个坚实可靠的肩膀来分担生活所带来的苦难时，这个男人做了什么？

哈！分手！

既然求而不得，那就放手吧！

"好！"马玥说出这个字的时候，吴晗的身体微不可见地颤了一下。

再后来，大学毕业后的马玥带着生病的母亲去了张家界。

半年后，她的母亲病逝。

又半年后，她从 G 市的朋友那里间接知道吴晗相亲了，没多久就订了婚。也就在吴晗订婚的那天晚上，借酒浇愁的她在酒精的麻痹下和办公室里一个爱慕了她一年的男人发生了关系……

当马玥再次踏上 G 市那片土地时，连她自己都不知道到底撞了哪门子邪会回来！

原本只是想远远看上吴晗一眼的马玥，终是敌不过相思煎熬的苦楚，就像是溺水之人，紧紧抓住吴晗这棵浮木，狠狠地放纵了一回。

那是她离开吴晗后最为快乐的一个月。

原本对吴晗的未来小新娘宋汶心怀愧疚的她，在吴晗无微不至的照顾下变得理所应当起来。甚至滋生出了不该有的念头：夺回属于自己的幸福！

没有任何的内心挣扎，在她刻意的引导下，避开吴晗的父母，堂而皇之地和吴晗在客厅里红浪翻滚时，好巧不巧地遇上了宋汶。

彻底剔除掉宋汶这个障碍的下一步计划还未实施，不期然降临的孩子让她、让吴晗，乃至他的父母都措手不及。却也大大加大了她翻盘的砝码，同时让她想起了那个混乱的夜晚，担心着孩子到底是谁的？

在她犹犹豫豫不知该如何处理孩子时，老天直接替她拿了决定，一时不慎从楼道上滚了下来。

孩子，没了！

都到了这份儿上，张素欣再也没有阻止两个人的理由。

而宋汶，带着满身情伤黯然退出了两个人的世界……

思绪拉回现实。

马玥倚坐在阳台上。

一夜未眠，脑子里纷纷扰扰着过去的点点滴滴。

或快乐的，或悲伤的，或幸福的，或痛苦的。

“是该走了！”她看着天边翻涌的朝霞，太阳伸着懒腰冒出了头，又是新的一天！

她慢慢起身，动了动僵掉的四肢朝屋里去。

马玥简单地洗漱了一下，在厨房的柜子里找到一包方便面煮了，不紧不慢地吃完。

她深吸一口气，站在厨房门口，环视整个厨房，仿佛还能看见昔日两人打打闹闹地做着饭。

她转身，走到阳台的躺椅边上，坐下……

在这里的每一个午后，两个人安安静静地相拥在这里，晒着太阳，岁月静好。

起身，走过客厅。

两个人晚上你来我往争夺遥控器，倒不是真的想看哪个电视节目，仅仅只是觉得很好玩。

她定定地看着那扇半掩的门。

深吸一口气，有些艰难地迈步前进，推开。

那是两个人的房间，原本床头柜上大大小小摆着两个人最珍惜的美好回忆。

现在，统统被收拾得干干净净。

踱步到洗手间。

空荡荡的摆台上，原本是两个人的洗漱用品。

再次深呼吸，马玥睁眼的瞬间，各种失控情绪萦绕着的眼睛里嚯地变得清明起来，然后迈着大步走到玄关处。

一个行李箱，一个鼓囊囊的蛇皮袋。

“再见了！这无望的爱！”当把一切回忆打包（蛇皮袋），扔在垃圾堆里时，马玥眼神坚定地对自己说道。

然后，转身，拉着行李箱，头也不回地走向晨曦撒满的大道……

第十二章 苍蝇不叮无缝蛋

吴晗彻底和马玥玩完了。他突然很想念宋汶，想得每一次呼吸都伴着撕心裂肺的疼痛。

为什么都是等到失去后才知其珍贵？但是，他却没有勇气再去找宋汶，哪怕是远远地看上一眼。面对父母的质问，他连解释的勇气都没有了。索性夜不归宿，一宿一宿像是孤魂一样游荡在这座城市。

“林芸芸！”从酒吧晃悠出来的吴晗一抬头就看见林芸芸和朱学晔从面前走过，想都没想就叫住了两人。

林芸芸笑着回头，见是吴晗，脸色一沉，拽着朱学晔赶忙走人。

“等一下！”吴晗苦笑着追上去。知道自己不被待见，但是还是想知道关于宋汶的点点滴滴。

“你想干嘛！”朱学晔挺身上前，将林芸芸挡在身后。

“我，我只是想知道宋汶过得好不好！”他迟疑了一下，有些底气不足地说道。

“哼！好不好关你什么事！”林芸芸冷笑，拉着朱学晔绕开就走。

“我跟马玥分手了。”吴晗急急地喊道，急于要表达着什么。已经走远的林芸芸和朱学晔动作一僵，眼中闪过一丝不自然。

“我警告你，别有事没事在宋汶面前晃悠，到时候不用她动手我就先灭了你!”林芸芸转身快步上前，一把拽住吴晗的衣领咬牙恨道。

“芸芸!”朱学晔上前将女友拉开。

“是男人就该绅士点，不要再纠缠不清了。”朱学晔皱眉对吴晗说。

“走吧，芸芸。”朱学晔拉着怒火将要暴发的林芸芸赶忙走人。

“是吗？已经来不及了吗?”吴晗眼神一暗，低声叹道，转身摇摇晃晃的离开。

只是，在他们没有看见的地方，转出一个看着双方离开若有所思的人。

“Amy！你跑这来干嘛？还不快走!”酒吧里走出一男人来叫落单的薛铭。

“好的，来了!”薛铭同同事来酒吧玩，倒没想到会碰上吴晗、林芸芸和朱学晔刚才那一幕。

“人渣！不行，我得打电话给宋汶，让她提防着。”走出很长一段距离后，林芸芸愤愤道。

“你干嘛！你这不是给她添堵吗?”朱学晔并不赞同林芸芸打预防针的行为。

“难道要等那混蛋跑到宋汶面前恶心她吗?”林芸芸怒道。

“他那种人不敢的。”朱学晔笃定道。

“你怎么知道!”林芸芸掏出手机就要拨号。

“芸芸!”朱学晔一把夺过手机，严肃地看着她。

“你?”林芸芸一见朱学晔这副表情就知道没得商量了。平时随她怎么闹腾，朱学晔自是让着她，一旦摆出这副样子，林芸芸还是很怂的。

“他们之间的事让他们自己解决。我们能帮一时不能帮一世，治标不治本只会恶性循环。”朱学晔揽着林芸芸柔声说道。

“可是……”

“我知道你担心宋小蚊子，可她不是水做的，让她自己去面对。不然这事儿一直搁在那会影响到她和岑亮以后的生活的。”朱学晔耐心地说道。

“好吧!”林芸芸想了想觉得在理便不再纠结。原本打算吃宵夜的两人经这么一闹也失了胃口，只好打道回府梦周公去。

一场暴雨眷顾这座城市后结束了这令人窒息的桑拿天，夏去秋来。

“俊★临天下”决定赶在夏天的尾巴拍摄最后一组 cos。

主题：长安幻夜。

拍摄地点选在了 G 市一处明清时期的古镇。它曾是军事重镇，同时它又是远到川、湘、滇、桂的通衢，往来的商贾都要由此经过。于是，军事和经济的双重需要，成就了这座古镇。如今，它早已失去了军事价值，所谓城墙也不过是一段断壁残垣而已。然而，看着那起伏的山势，仍能想象出它当年那蜿蜒的身姿。城楼后面，当街而立的是一座石牌坊，是光绪皇帝赐给当地一位状元的，距今已有一百多年的历史了。

拍摄时间定在中秋节次日，加上恰逢周末，假期整整五天，一大队人马浩浩荡荡杀向古城。

节前，薛铭知道办公室有人组团去古镇的时候没有犹豫地报了名。

最近，她费了些心思总算打听到那天晚上的男人叫吴晗，宋汶的前男友。为了将汪晓霖、岑亮、宋汶和吴晗洗牌重组，决定找宋汶谈一次。而宋汶一行人将去古镇拍摄 cos 的事正好提供了机会。到达古镇前，她还在烦恼怎么才能避开岑亮找宋汶，让她意外的是岑亮因为出差要比拍摄组晚到一天。

“姐姐！”一个十来岁的小姑娘拉了拉闲晃在拍摄组外的宋汶。

银发黑袍黑唇苍白脸色的“师夜光”扮相的宋汶回头。

“那边有个姐姐找你！”小女孩伸手往后一指。宋汶看过去，见街道拐角处站着的人时，一愣。

薛铭见宋汶已经看见了她，就转身消失在街角。

“谢谢！”宋汶道谢。回头看了看拍摄组，皱了下眉就朝薛铭消失的那个街角走去。

今天的天气凉爽舒适，太阳隐匿在云层间悠闲得像个小老头，金色的光华倾泻在清澈见底的河面上，波光粼粼的，仿佛一群调皮的小孩子嬉闹着随清风荡漾开去。

竹藤桌椅，一壶茗香。

薛铭捧着一杯茉莉花茶惬意地品着，等着随后而来的宋汶。

“你好！”宋汶在桌前站定，收敛起脸上的疑惑礼貌地同薛铭打招呼。

“坐吧！”薛铭朝她笑笑，为她倒了杯茶。

“能在这里遇见你真是好巧！大老远就看见了，你们在玩 cos?”薛铭的语气既不太热情也不至太冷淡，把握得很到位。

“废话！奇了怪了，我们总共只见过一面，穿成这样你都能认得出来?”宋汶面上带笑，内心不禁吐槽。

“阿亮没来吗？都没看见呢。”薛铭状似不经意地问道。

“出差会晚点过来!”宋汶心头一跳，觉得这丫的来者不善。

“是吗？直到霖霖走后，我们这帮子朋友很久都没有聚过了。”薛铭感慨，颇有些无奈。

“没聚过你 call 他啊！你找我干嘛!”宋汶不动声色，内心咆哮。

“本想遇见你就能见到他呢！他啊，以前很黏人的呢!”薛铭径自笑道，满目怀念。

宋汶囧。

“他是一个认死理的人，一旦认定了就算头破血流也会坚持到底的。”薛铭捧着茶杯，眼睛盯着杯中打转的茉莉花意有所指。

“明人不说暗话，有话直说!”宋汶眉一挑，直截了当地问。

“你和阿亮发展到什么程度了?”薛铭抬头，饶有兴趣地看宋汶。她其实蛮惊讶宋汶的定力的，在她的预演里模拟着宋汶整个炸毛过程的 N 多个可能，却没料到她如此镇定。

“我冒昧问一下，你以什么立场来管这件事?”宋汶眉头一皱，不悦道。突然觉得这人生真 TM 的是天雷滚滚的狗血剧，自家男人前女友的亲友团侦探敌情来了?

“恼羞成怒了?”薛铭眉一扬，挑衅道。

“不说我也知道是汪晓霖!”宋汶深吸一口气，告诉自己冷静！冷静！慢慢地将内心的怒火压下去。

“我和岑亮之间无需外人插足，是好是坏听天由命。你那么闲，不如关心关心怎么把一个还活在过去的 Super Dollfie 拉回现实。毕竟不是所有人都愿意在原地等你回头的。”宋汶觉得再待下去就真的给自己添堵，站起身来就要走。

在她看来，汪晓霖就像完美的玩偶娃娃活在童话世界里，不切实际地等着被她气走了的骑士回头来拯救自己，是一个不敢面对现实的懦夫而已。

“好一个听天由命！我还真期待你跟汪晓霖短兵相接的那一天。”薛铭看着离开的宋汶笑道。

“那就准备好一副 24k 钛合金眼，擦亮喽！等着！等着看清楚我和岑亮是怎么走到最后的！”宋汶听罢堵在胸口的那口气犹如火山喷发，猛地转身，专属“师夜光”的烟杆指着薛铭霸气十足地说道。

只是，只有她自己知道，心里的波涛汹涌正冲击着她对岑亮筑起来的信任。

“是吗？听说，吴晗——”薛铭死死地盯着宋汶的脸，试探性地说出这个名字。

果然！宋汶表情一僵，被戳中痛处。倒不是她还在乎这么个人，只是面对岑亮时还没有办法完全将过去全盘托出，更不想在她还没准备好前，岑亮从他人口中得知这件事。

薛铭饶有兴味地欣赏着宋汶的表情。

“他已经和马玥分手了！那个孩子可能不是他的哦！现在，他后悔的要死，还找林芸芸打听你来着。怎么，你不知道？”薛铭很满意宋汶满是愤怒的眼睛，佯装惊讶道。

“弃我去者，昨日之日不可留！哼！”宋汶深吸一口气，咬牙恨道，转身挥袖离去。

“霖霖啊！快点回来吧！这回，你也许真的输定了！”薛铭看着宋汶消失在街角的背影，喃喃自语。

只是，她们两人谁都不知道被林芸芸奴隶去买冰激凌的朱学晔，远远地隔着人群看到了这么一幕……

晚上十来点。

“小呀嘛小二郎，背着书包上学堂，不怕太阳晒，只怕——咦？”林芸芸牵着朱学晔欢快得像只鸟儿，唱着儿歌蹦跶着回来了。眼儿尖的她看见农家大院门口一处凤尾竹背光坐着一个人，不是宋汶又还有谁？

“怎么了？”朱学晔顺势看去，只见宋汶呆呆地看着远处发愣。

“嘿嘿嘿！”林芸芸笑得贼兮兮的靠近。

“别离是淡苦的水，孤独是一勺咖啡。”

“哇啊！”林芸芸小心贴近宋汶，在她耳旁犹如深闺怨妇声情并茂地吟哦道。一心沉浸在自己世界里的宋汶冷不丁被吓得半死，险些从椅子上跌下来。

“我把相思煮得浓浓，品你留下的芳味儿。”听着林芸芸酸不拉几地念着，那“儿化音”念得甚是销魂，让宋汶浑身鸡皮疙瘩直窜起。

“怎么的？想你家小橙子了！”林芸芸笑嘻嘻地调侃。

“去去去！你这有情人星球来的异次元生物赶紧滚你的吧！别理我！”宋汶一脸不爽道，现在“有情人”在她眼里就像是异次元的“邪恶大军”，是存心给她添堵的。

“哟哟哟！孤家寡人星人这是怎么了？谁惹到你了？”林芸芸察觉出宋汶不对劲，抬头朝朱学晔递了个眼色。他点了点头先进了旅馆。

“还不快滚啊你！”宋汶一脸深仇大恨地盯着某人。

“说吧！这又是在闹哪样？”林芸芸坐下，一把揽住宋汶。

“没有！”宋汶低头，闷闷地说。

“你这全身上下都贴着‘我有事！我郁闷！我苦恼！’当我瞎的呢！快说！”林芸芸揽紧宋汶左右晃了晃。

“吴晗是不是找过你！”良久，宋汶讷讷地开口。

“你听谁说的！”林芸芸一惊，扳过宋汶的身体，一脸惊慌地看着她。

“我在小镇上遇见了薛铭。”宋汶将脸埋在林芸芸的肩上，瓮声瓮气地说。鼻子酸酸的，有点想哭。

“薛铭？”林芸芸疑惑，一时闹不明白宋汶那跳脱的脑回路，不是说吴晗吗怎么又蹦出个薛铭来了？

“你们根本就没见过面，她？”林芸芸将人扶起，想要确定什么似的死死盯着宋汶，话到一半脑袋里有些凌乱的信息凝结出一条更为骇人的信息。

“她调查了你！”薛铭知道吴晗的唯一可能，就只有她时刻关注着岑亮，并调查过宋汶。

“等等，也不对？她没见过你，她怎么会认识你？”林芸芸有些混乱了。

“和岑亮坦诚那天见过一回。她似乎把我们几个的底细全摸清楚了。”宋汶扶额叹道。

“怎么老有苍蝇啊！吃饱撑的还是怎么的！”林芸芸啧了一声，骂道。

“就因为鸡蛋有缝吧！我想先冷却一下和岑亮的关系！”宋汶现在心烦意乱得很。

“你疯了！这不像我认识的宋汶！魂兮归来！魂兮归来！你快给我醒醒！”林芸芸惊诧地看着宋汶，抓着她双肩拼命地摇晃。

“他的情况和吴晗的相似度太大，我怕，我怕他……”宋汶推开林芸芸，一脸凝重。

“但是岑亮和吴晗是不同的，相处那么久你不会看不出来啊！”林芸芸心里急得像热锅上的蚂蚁，恨自己怎么就不是那月老，一根红绳死死将两人捆住，谁也别想拆了他们。

“我——没那个自信！”宋汶低头叹道。

“可是你这样单方面做决定对岑亮不公平！有什么事坐下来慢慢讲，理清楚了才能解开这个结，不然就一辈子纠结着吗？”林芸芸捧起宋汶的脸急道。

“宋汶，你到底在害怕什么？不能因为一个不值得的人而封闭对外界的感知。我们那么多人看着，祝福着，你们是承载着那么多的希冀才走到这步，幸福唾手可得！谁若阻挡，遇神弑神，遇佛杀佛，我们披荆斩棘给你开路！”怒到极致，林芸芸不禁豪气万丈地承诺。

“扑哧！”闷闷不乐了一个下午的宋汶被林芸芸正气凛然的豪言逗笑了，紧绷的神经一松，整个人舒畅了许多。

“曾为你冷风中颤抖，曾为你泪水狂流，曾为你万事都低头，你怎么舍得开口，你们能不能不分手，亲爱的别放弃，全世界都让你要爱他，难道你就不会心动？”见宋汶总算放弃自个跟自个死磕，林芸芸不禁深情一曲。

“好！明天我会好好找他谈谈的。对不起，让你们担心了！”宋汶展臂抱住好友由衷谢道。

“真不想对不起我们就不要做这么傻缺的事，找抽呢！”林芸芸笑骂着，心头总算松了口气。又寻思着回去是不是得给岑亮打打预防针？

“不会了！”宋汶深吸一口气俏皮地朝林芸芸眨眨眼睛，俨然又恢复活力四射的宋汶了。

第十三章 彼此坦诚解心结

话说朱学晔接到林芸芸指示离开后，立马给岑亮打电话。白天看到的事他并没有告诉林芸芸。依他估计，林芸芸那急吼吼的脾气要是知道了必定又要闹得鸡飞狗跳不可。

“你现在在哪?”倚在三楼房间窗前，朱学晔一边同岑亮通电话，一边关注着院子里宋汶和林芸芸的情况。虽然听不到，但是从表情和动作不难猜到宋汶的情绪波动很大。

“在家，刚洗完澡!”岑亮赤裸着上身坐在床上，一手拿手机，一手拿毛巾呼噜呼噜地擦头发。

“今天在镇上见到了薛铭。”

“薛铭?”岑亮皱眉，总觉得没好事。

“她私下和宋汶见过面，不知道说了什么，宋汶整个人恍惚了一个下午。”

“她到底想干嘛!”岑亮揉揉突突直跳的太阳穴，微怒道。

“不管她想干嘛。总之，你跟汪晓霖那点破事最好尽快跟宋汶说了的好。让她从别人嘴里听来鬼才知道会扯淡到哪个爪哇国去!”

“嗯！那就先麻烦你们先稳住宋汶的情绪。”

“芸芸已经搞定。那就明儿见吧!”院子里，林芸芸拉着宋汶有说有笑地进屋来，看来是圆满地完成任务了。

“明儿见！”

次日，太阳公公休假了，微风徐徐甚是怡人。

岑亮七点不到就驱车将近一个多小时，迫不及待地杀进古镇。

“俊★临天下”大队人马用完早饭聚在农家大院里化妆，热火朝天。

楚国公主小美扮相的宋汶板着一张脸，骑着主人家 8 岁儿子的自行车哐当哐当地在院门口来来回回的碾轧，时不时望着门口，像是在等谁。

“嗯嗯！状态不错，斗志高，士气足，此战必大捷！”盘踞大院东北角的六个不良家伙借由大院中间忙乱的众人掩护，明目张胆地一副看好戏的样子看着宋汶。

COS 并蒂莲姐姐优钵罗的秦琴嘴里含着只棒棒糖窝在“大明宫之花”八重雪杨子君的怀里，抚着下颌一脸高深莫测地说。

与之形成对比的是 COS 并蒂莲妹妹伽摩罗的林芸芸，有些精神不济地窝在红发中郎将皇甫端华朱学晔的怀里，好像还没睡醒。

隔着点距离站在一旁的李琅琊扮相的杜涛囧着一张脸。

“你那是什么表情？别在心里诅咒我姐姐哈！他们俩的结合是全世界的希望，你敢破坏就是世界公敌，本殿下可会代表月亮消灭你的！”坐在并蒂莲两姐妹中间前面的是 COS 金发太子爷的宋旻，左手托腮微眯着眼睛危险地睨视杜涛，心里亢奋着的是他的那顿大餐就要实现了。

“别用你那脑残细胞去想别人！”杜涛咬牙恨道。

“来了！”这时，朱学晔看着门口突然眼睛一亮，赶忙摇了摇怀里的林芸芸。六双眼睛瞬间发亮，活像饥饿已久的狮子见到了美味的羊羔般注视着大门外迎着晨光而来的岑亮。而一直徘徊在大门口的宋汶火力全开，骑着那辆小小的儿童自行车哐当哐当，杀气腾腾地冲了出去。

“呃！”岑亮有些意外地看着宋汶和与之不成比例的自行车的组合，以一种别扭而可爱的方式冲过来，然后不禁笑了。

“笑笑笑！笑个屁啊！”宋汶怒骂道，骑着小车围着岑亮转了一圈，将腰间扎着的流苏抽了一缕拴住岑亮的手，骑着小车哐当哐当地往左边拐去。

“小的们，上！”秦琴从杨子君怀里跳了起来，一脸兴奋。

“得令!”坐在小凳子上的宋旻摩拳擦掌，打了鸡血似的窜了出去。

“哎！等等我!”杜涛先是愣，然后追了出去。

“怎么办怎么办？亲爱的，人家好想看现场版的哦!”秦琴抱住杨子君的胳膊摇啊晃啊的撒娇。心里住着只小兔子蹦跶着闹腾着想要去凑热闹。

杨子君上下打量了一下秦琴。

“太招摇，容易打草惊蛇！乖!”男人伸手揉揉秦琴的脑袋，某人瞬间治愈了，一脸痴相。

林芸芸白了一眼这腻歪的两人继续窝在朱学晔的怀里补觉。

宋汶一脸凝重地骑着小车往主人家后山上走，那里清静无人，是个谈话的好场所。

被牵着走在后面的岑亮嘴角上扬。

“就这样一辈子地走下去吧”，情到浓时，岑亮不禁想到。

参天的松树肩挨着肩伫立，笔直挺拔，清风拂过，浓密针尖般的松针相互摩擦发出沙沙的声音。大自然浓郁的青翠铺天盖地，让人瞬间心情舒畅，忘却红尘凡间的喧嚣繁杂。

长年累月掉落在地上的松针厚厚的一层，踏上去柔软舒适，是一床天然的拉舍尔毛毯。

宋汶、岑亮面对面席地而坐。

“昨天我和薛铭见了一面。”宋汶严肃地看着岑亮。

“嗯，学晔已经告诉我了。”岑亮点头答道。

“我觉得咱们内部建设太不牢靠了。”宋汶煞有介事地说。

“扑哧!”看着宋汶一本正经越发觉得可爱到爆。

不知不觉中被眼前的人吸引，深深地为她着迷。

“喂！严肃点!”宋汶眼睛一瞪，腮帮子微微鼓起表示不满。随手抄起地上的一颗小松果丢去，力道却是极轻的。

“咳咳!”岑亮立马敛笑，板起脸来。

“现在急需达成统一的作战协议，并重新构建强而有效的防御系统，任敌人威逼利诱糖衣炮弹我方自岿然不动，绝不给敌人任何有隙可乘的机会。”宋汶郑重道。

“知彼知已方能百战不殆，那就先从知已开始吧！”岑亮深吸一口气。

两个人是下定决心将来的路要携手一起走下去的，宋汶已经意识到并指出了两人间的问题，并拿出了她的态度。作为一个男人，他可不能在这节骨眼上拖后腿。

“No！Lady first！”宋汶坚定地说。

“哈？”岑亮倒是有些诧异，对上宋汶认真的眼睛也不好说什么。

“在你之前谈过一次恋爱。对方姓吴，名晗，长我三岁，已经到了谈婚论嫁的地步了。我妈给老年活动中心送饮料时认识了张姨（吴晗的母亲张素欣），两老人家相谈甚欢东拉西扯就扯到了我们两个年轻人身上，于是就自然而然在一起了。我和他订婚后第三个月，那天我接到张姨的电话到他家打扫卫生就看见原本应该出差的他和前女友在客厅上演活春宫。”说到这里，宋汶撇嘴眼中有些不屑。

“之后就一直冷战，他也没有主动出来解释什么我也懒得理他。到最后，没有办法了，我只好主动点喽，谁知道才谈到一半就接到医院来电说他前女友流产了，赶到医院时又是一片混乱。”宋汶轻描淡写，无所谓地耸耸肩。

当时她看见了所有人眼中的茫然，吴晗的震惊时，那心情犹如六月飞霜，拔凉拔凉的。自此，两个人算是彻底玩完了。而后，极力压下内心被欺骗的愤怒转身回家给家人做思想工作，安抚情绪失控的父母，尽量将这事大事化小，小事化了。

“你，没事吧！”岑亮有些心疼地伸手抚上宋汶的脸。宋汶笑着摇摇头。现在她过得很好不是吗？有个关心自己爱自己的人，知足了。

“原本这事过了就过了，但是，你知道吗？”说到这里，宋汶的脸不禁有些扭曲了。

“有天晚上起来喝水，我看见我妈一个人坐在客厅里哭！我才知道我妈一直在内疚这件事。哪家父母不希望风风光光地将女儿嫁出去，可到了我这里，人没嫁就出了这种丑事，背后指不定被人指指点点说成什么样了！”宋汶心中怒火瞬间喷发，握紧双拳咬牙恨道。

“宋汶！”岑亮一惊，立马将人拥进怀里，宽厚的大手撑开紧握的拳头。宋汶知道自己失态了，持续几个深呼吸平息内心的躁动。

“我怎么样都无所谓的，但是因为这种不负责任的行为伤害到我的家人那就无法原谅，那时候真恨不得一刀宰了那个混蛋。”宋汶控制不住又激动起来了。

其实，她对吴晗的怨气一直积压在心中。家人因为这件事的情绪波动不允许她的情绪有一丝崩溃，一直以来强迫自己冷静理智，神经绷得过紧。如今，有了一个宣泄口，愤怒犹如决堤的洪流来势汹汹哪还有收得住的道理？

“好了好了！没事了没事了！”岑亮心头直跳，一时词穷不知如何安抚怀中失控的人，很是心疼地轻拍着宋汶的背，重复那几个苍白无力的词，希望能够平息她的怒气。

“那之后，我除了不断重复那些安慰母亲的话就只能将一切负面情绪揉碎往肚子里咽，让自己好好地不让他们再操心。”良久，宋汶渐渐安静下来，说道。

“那不是你的错，人生在世不称意十之八九，这道坎过了就不要再回头了，好吗？”岑亮安抚性地亲吻了下宋汶的额头，捧着她的脸认真道。

“嗯！说出来好多了！”宋汶感激地笑道，心头一直悬着的大石总算落地，轻松了。

“我和汪晓霖算是青梅竹马，一起长大，一起读书，自然而然就在一起了。说句实话，她很任性，到现在我都没弄明白当初我是怎么忍受得了的。”见宋汶已经没事，岑亮接着将自己和汪晓霖的是非恩怨娓娓道来。

“典型的情人眼里出西施嘛！”宋汶点头附和道。

岑亮摸着鼻子，不好意思地笑笑。

当不再将对方的优缺点视为可爱，开始反思对方的无理取闹时，岑亮惊奇地发现，汪晓霖已经慢慢地淡出了自己的记忆。而那些他曾经对汪晓霖的怨怼和不甘已如过眼云烟，随风而去了。

“她研究生毕业那天我就向她求了婚，并约定等她工作稳定了再结婚。三个月后却传来她怀孕的消息，两家人高兴坏了，婚期只得提前。但她却一直闷闷不乐的，我以为她担心工作的事情不断地安慰她。直到一个月后，我接到薛铭的电话说她已经上了去了英国的飞机，我这才知道她之前闷闷不乐是因为她在学校争取到了英国留学的名额，孩子是肯定不能留的。”岑亮叹道，眼中闪过一丝黯然。宋汶握住他的手以示安慰，她可以想象得到毫不知情的两家人得知消息时是何等混乱的。

“你知道吗，我曾经天真地想，只要她回头，哪怕是来个电话说句‘对不起’我都会原谅她，可是……”岑亮苦笑着摇摇头。

“也有想过去找她，但是太累了，已经没有那个精力去追逐了。然后，日子就稀里糊涂地过着。”岑亮耸耸肩算是交代完了。

“那薛铭是怎么回事？”宋汶有些好奇地问道。

“她是汪晓霖的死党。”提到这个人，岑亮忍不住翻白眼，当年汪晓霖折腾人的法子没少她的份。

“哦，敢情是汪晓霖的感情间谍人形远程监视器！专挖你八卦的啊！”宋汶扶着下颌意味深长地说道。

“以后见到她，不管她说什么都不用理会。”岑亮有些担心地看着宋汶，特别申明道。

“我信我所信的！一切魑魅魍魉自是无所遁形！”宋汶神气活现地睨了一眼岑亮。

“是！女王大人！”岑亮心头一乐，忍不住捧着宋汶的脸就要亲。宋汶一愣，然后脸轰地一下红得像番茄，眼睛一闭不好意思了。

“哎哟！”躲在草丛里看戏的宋旻眼见自家老姐不争气地毫无反抗地等着人家“轻薄”，着实慌了。想都没想就把身旁看戏看得入迷的杜涛一脚踹了出去。

被惊到的宋汶和岑亮双双推开彼此。

看清两人时，脸一下子就黑了。

杜涛一愣，眨巴着眼睛没搞清楚状况。

“哎哟！我未来的大姐夫哎！”紧接着，宋旻扯着嗓子一声吆喝朝岑亮扑去。

三人一惊，浑身一个哆嗦！这厮唱的哪出啊？

“我姐就交给你了，你要好好对她，把她当作你的心、你的肝，甚至你生命的四分之三。OK，不妨碍你俩，请继续。但是，只许神交，不许动手动脚啊！”宋旻执起岑亮的双手语重心长道。完后猫着腰退后几步，霍然转身就跑。

“白痴！不跑等我姐追杀呢！”呆愣的杜涛被宋旻一喝如梦初醒，跳起身拔腿就跑。

“宋旻！老娘不宰了你就跟你姓！”宋汶拳头捏得咯嘣作响，额头青筋暴跳。

“额？你还不是姓‘宋’！”岑亮无语地瞄了眼怒火中烧成妖的宋汶。

“你有意见？”咻地！宋汶一记冷光扫来，岑亮一吓猛摇头，心道：生气的女人惹不起！

第十四章 相恋容易相处难

一把勺子，一把铲子，一锅糖稀。

以勺为“笔”，糖稀为“墨”，只见一来一回左钩右收各种惟妙惟肖的人、物跃然而出。

这就是糖画，以糖做成的画，它亦糖亦画，可观可食。民间俗称“倒糖人儿”、“倒糖饼儿”或“糖灯影儿”。它是地道的民间画种，颇具特色的街市艺术，广泛流传于巴山蜀水之间，备受老百姓喜爱的工艺食品。几块钱的小本买卖，方方正正不大的罗盘上绘制的各种人或物，轻轻旋动，没有师傅做不出来的。

“Dragon！Dragon！Dragon！”Dragon，龙，罗盘上最大的糖画。

“Mouse！Mouse！Mouse！”Mouse，鼠儿，罗盘上小得可怜的小家伙。

农家大院里，“俊★临天下”众人围着主人家当家的，一双双眼睛紧紧地盯着罗盘上旋转的指针划过的每一幅图，紧张它会停在哪里。

被围在中间的大叔抱着自家小孩笑呵呵地看着这帮年轻人。

闹哄哄的大院里，穿着现代的父子两人与一群着古装风情各异的年轻人，远远地看着就像是穿越剧，颇具违和感。

“停！”双手抱臂，一副帝王态的杨子君在嘈杂的人群中轻声说了一个字，那旋动着的指针仿佛施了魔法般当真停在了 Dragon 上面。

“嗷！杨子君，爱死你了！”秦琴一口吞掉兔子尾巴，一阵狼嚎扑向杨子君。

“切！有什么了不起！大公鸡也不错啊！”挽着朱学晔的林芸芸一口咬掉大公鸡的脑袋，酸溜溜地说道。一旁的朱学晔笑着摸摸她的头。

“我靠！这也太假了吧！”没有得到 Dragon 的人有点酸葡萄心理。

“始皇一出，谁与争锋！”杨子君同一战线上的人毫不客气地顶回去。

“给，大叔，一共两百四十三块钱！耽误大叔做生意喽！”大赢家的秦琴欢天喜地地将大伙儿的账给结了。

“没有的事！”大叔喜滋滋的将钱收好，几下子干净利索地将摊子收起，担在肩上，牵着儿子出了门，留下一院子的群魔乱舞。

“几番，红尘苦寻，愿与君逢忆往昔，擦身过，再回眸，阴阳隔，难忘，是你的浅笑，此生所依，与君彼岸花中，琴舞长相伴……”这时，秦琴的手机响了起来。

“摩西摩西！”

“长江长江！我是黄河！收到请回答！”另一边，宋旻和杜涛气喘吁吁地倚在一处墙根处。宋旻有些兴奋地打着电话，杜涛对他的行为不禁翻白眼。

“嗯？”秦琴一听暗号，敛去脸上的不正经。

“Be quite！”气运丹田大喝一声，顷刻间，整个闹哄哄的大院安静了下来。

“黄河黄河！我是长江！收到请回答！”秦琴抑制不住激动，将手机调成免提。

众人一听这暗号，双眼噌噌直冒光，动作迅速地围着秦琴，竖起耳朵听着。

“长江长江！我是黄河！贝吉塔行星人成功与地球人达成统一战线对抗冬之星的弗利萨①！收到请回答！收到请回答！”

“感谢天！”立马，秦琴身旁的林芸芸左手置于胸前，右手朝天一扬扯开嗓子就唱。

“感谢地，感谢命运，让我们相遇，自从有了你，生命里都是奇迹，多少痛苦，多少欢笑，交织成一片灿烂的记忆！”众人齐声又唱又跳响应成一片……

宋汶和岑亮开诚布公暂时解开了梗在两人间的那些个不痛快，也算是有了

---

① 弗利萨是日本漫画家鸟山明作品《龙珠》中的反派人物角色。

一个质的飞跃，彼此约定不管将来遇到什么都要坦白说出来，不许闷头一个人扛着。

后来，结束旅程前一天，在古镇城墙上拍照留念的宋汶和岑亮不期然又一次与薛铭相遇。

她像背后灵一样出现在给她拍照的岑亮的背后、宋汶的正面，加上本来就是在城墙游人较稀少的最南端，那种感觉瘆得慌。

站在百米开外的薛铭神色淡淡地看着他们两人。岑亮发现宋汶的不对劲立马回身，看见来人，皱了一下眉，身体微微一侧挡住了宋汶的视线，维护之意甚是明显，而他眼神坚定一脸平静地回视着薛铭。

一个人的时候，习惯独来独的生活，习惯独立的思考，怎么高兴怎么来。但是，当不再一个人，一个人时的习惯很难适应并将另一半纳入自己的习惯里。毕竟，不再一个人后，原本的时间将要一分为二，甚至更多的都要跟另一半待在一起，意识里却是不愿意的。

周末。

宋汶大改平日的精明干练，一身运动装，平底鞋，推着购物车混迹在一群周末大采购的大妈叔伯之间。

她时不时摸手机看时间，估摸着时间预计与岑亮约会前是否能干完该干的事。看着前面不紧不慢挑着白菜心的大妈，时不时跟老伴儿讨论好坏，挑挑拣拣对比着。宋汶不禁翻白眼，无语问天，暗想买棵白菜怎么就像挑女婿似的？宋汶想了想，暂时放弃买白菜推着购物车绕道去看别的东西。

一番折腾下来，宋汶一身燥热，累得不想动，数着前面还有几个轮到自己，无聊地四处乱看打发时间。

“I never knew what this song was about，but suddenly now i do，try to reach out to you，touch my hand……”

“喂！”是岑亮来电，宋汶喜滋滋的。

“你在哪？”岑亮一手拿电话，一手把衣服扔进洗衣机里，定好时间。

“超市买家用。你呢？”看着前面移出的空位，宋汶赶忙补上。

“洗衣服！我来接你吧！”岑亮心头一动，提议道。

“不用了！马上就好了！我们还是老地方见吧！”宋汶笑道，有个贴心的男友就是好。

“跟我客气什么？那么多东西，很重吧！”岑亮浑身散发着“求我吧！求我吧！”的得瑟样。

“真不用！诶诶，等会儿，我先挂了，该我了！拜，一会儿见！”宋汶匆匆忙忙将电话挂了。

“哎！我……”岑亮听着已经挂断电话的嘟嘟声有些无奈了，心里一阵无力。

他这男朋友当得还真是失败，这样的“宋汶周末”模式已经持续很久了。宋汶总不在状态，没有意识到要将他带进自己的生活，一个人撑着扛着。

他觉得自己的存在就是一个摆设，别人的男朋友替女友拎包宋汶却不让；别人的男朋友逛街当免费苦力，他连想的权利都没有；别人小鸟依人在男朋友怀里各种撒娇卖萌，他差点没对调角色。

想到这里就一阵气闷！让他亲口说出来吧，总觉得别扭！不说吧，心头又不爽得很，内心纠结着。

话说另一头的宋汶，说句不好听的就是“自作自受”！好好的人力资源岑亮不用，宽敞舒适的小轿车不坐，非独自儿提着大包小包的东西艰难地挤上公交车，双手不得空连个扶手都没法儿抓住，夹在人群里左摇右晃直翻白眼。

一个自我感觉良好，一个发现症结却别扭的不愿说，而最终的结果就是两个人的距离将渐行渐远。

每一次见面都像是为了完成某项任务，说话心不在焉，话题越来越少，到最后即便待在一起却也是各自神游在自己的世界，而见面的机会在各自的默许下能不见就不见了。两个人后知后觉出彼此间出了问题，宋汶觉得自己没有错，性格上的强势不允许她向岑亮低头，于是日日夜夜神情恍惚焦虑得不知所措。相对岑亮则冷静很多，偶尔分神想想宋小蚊子在干嘛，其余时间该干嘛就干嘛。

“阿亮，你跟宋小蚊子是不是闹什么别扭了？”周五中午食堂吃饭时，朱学晔看着对面埋头吃饭的人问。

他原本不是多事的人，可谁让他们一个是自己的好哥们，一个是自家亲亲宝贝的好姐妹？

“哎！”岑亮放下筷子，无奈地叹了口气。

“连你都看出来了？”岑亮伤脑筋地挠挠头。他也不知道该怎么说，很多时候他伴着一种莫名的焦躁，考虑着他和宋汶是不是真的适合在一起？怀疑当初会对宋汶来电只是一种错觉。

“废话！”朱学晔不禁翻白眼。

“你别管！是自己的跑不掉，不是自己的，捧在手心也一样会跑。”岑亮想了想说道。

“你说得倒也是。但是，两个人总要有人示弱吧，有问题不说出来，到时候该是你的也会跑掉的。”朱学晔皱眉。

“我可以示弱。但是，她的态度也有问题啊！”岑亮恼怒。

“岑亮！”朱学晔语气加重，试图让情绪有些失控的人冷静。

“你比她大三岁，有很多她不明白的你就应该提点提点她啊！岑亮，哪怕你能拿出当年你对汪晓霖三分之一的耐心，现在哪有什么问题？”朱学晔看着焦躁没有耐性可言的人劝解道。

“行了行了！我知道了！但是，别拿汪晓霖给我添堵。还有，用在她身上的那套根本就不能用在宋汶身上。”岑亮不耐烦道。

“话在此，听不听由你！”朱学晔无所谓地耸耸肩，起身离开，留下烦躁不安的岑亮。

次日，同朱学晔相互交换宋汶和岑亮两人近况后，林芸芸决定周末陪陪宋汶。

“真是不省心的娃儿！”林芸芸窝在朱学晔怀里愤愤道，害她都不能跟她家亲爱的约会。

“别抱怨了！两个别扭小孩，咱们不管谁来管？孩子他妈！”朱学晔看着林芸芸咬牙切齿地可爱模样，嘴上忍不住调侃。

“孩子他爸！”林芸芸倒是很配合地回应道。

周六，阴。

“哎呀！累死了累死了！”林芸芸拉着宋汶疯狂 shopping 了一早上，提着大包小包一头扎进某茶餐厅里，招来服务员先来一大杯的热饮再说。

“你点餐，我打个电话！”林芸芸大口吸溜了几口热饮，然后像是干涸已久恰逢甘霖的鱼，一脸舒畅。良久将眼前的菜单塞给一脸不情不愿要死不活的宋汶，掏手机准备骚扰某个姓朱的家伙。

“所以说，I hate shopping！”宋汶不禁翻白眼，内心腹诽，走了一早上，腿都快断了。

“喂！朱学晔童鞋坐标速速报来！”林芸芸很女王地问道。

“又是CS？你丫的就没点新玩意儿了？赶紧的，老娘在大西门，火速来接！”点完餐的宋汶有些无聊地看着窗外川流不息的人和车，听着林芸芸和朱学晔互侃耍混，心头有些羡慕。

“哎！”她微微叹了口气。她怎么都没弄明白她和岑亮为什么就不能这样呢？

“得了！晚上是搓衣板和键盘，你自己选吧！”看见宋汶一脸落寞，林芸芸不等对方回复就匆匆挂断。

“亲爱的，你又怎么了？老娘挪了一早上时间陪你，你就是这样半死不活报答我的？”林芸芸见不得宋汶一脸怨妇样，食指一指戳在她的脑门上发飙了。

“什么搓衣板和键盘？”宋汶摸摸有些被戳疼的脑门，歪着头不解地问。

“搓衣板是用来跪的，键盘当然是玩游戏喽！”林芸芸一脸鄙视。

“玩游戏？”宋汶一惊，记得林芸芸对此是深恶痛绝的啊。

“哼哼！朱学晔现在连CS都未必是我的对手！”林芸芸得意地扬着下巴说道。

“你？”宋汶有些愕然，然后茫然了。突然觉得这样的林芸芸很陌生，在她不知道时候，物是人非地变化着。

“不过话说回来，你跟小橙子相处那么久，我敢打包票！”林芸芸抱着手臂朝她眨巴着眼睛。

“你连他喜欢什么讨厌什么，闲时干什么喜欢上哪儿都绝对不知道！”林芸芸一脸肯定。

“我……”宋汶表情一僵，一时无话。她的的确确不知道，也不曾想要去问。

“哎！汶汶，你是一个很独立的人，比起很多同年人的迷茫，你清楚自己想要的是什么。但是，你的行为和你的想法是不成正比的。”林芸芸感慨。

宋汶不禁低头沉默，她是一个不喜欢改变的人，当一贯的生活模式遭遇岑亮时，她贪心地觉得她可以兼顾爱情和生活这两者。然，古人诚不我欺，她忘记了鱼和熊掌是不可兼得的！

“你这种神交式的柏拉图恋爱就一乌托邦构想。我们都是凡人，谁都跳脱不了生活就是柴米油盐酱醋茶的圆圈。‘我将在茫茫人海中寻访我唯一的灵魂之伴侣’不仅仅是精神上的契合，还有应对现实生活中种种突然事件的磨合。爱情和生活本来就是一体的，你把它们分得太清楚就没有什么意思了。”林芸芸语重心长，如果两个人就这么错过了实在可惜。

宋汶一愣，抬头看林芸芸，难道她想错了吗?

“像朱学晔这样的dota达人，游戏永远是他的NO.1，女朋友是小妾。你知道吗？我最惨的时候就是在大雨天里足足等了他三个多小时，就因为他玩游戏忘记了时间。那时，我恨不得将他和他的电脑锉骨扬灰彻底送到地球以外的星球从此老死不相往来。”林芸芸满眼的怀念，一脸感慨。宋汶惊诧地看着她，这些都没有听她提及过。

“舍弃自身不必要的，哪怕再不愿意也要强迫自己去适应并接受，将一个人的快乐升华到两个人的幸福你就圆满了。我逼着自己搞反恐学格斗，捏着他喜欢逛动漫城满大街找小吃的饵，顺手捞我喜欢shopping的福利，何乐而不为?男人要顺着毛哄，毛顺了你就是女王了。”林芸芸颇为自得地对正在迷茫中的宋汶传授心得。

“舍不得孩子套不住狼?”宋汶有些不太确定地看林芸芸。

“然也！舍得舍得，有舍必有得。你舍弃的那一部分必将是你所得的那部分，这不就是左手鱼右手熊掌，生活、爱情二者兼得了吗?”林芸芸一副“孺子可教”的样子点头笑道。

“听君一席话，胜读十年书!”宋汶醍醐灌顶，之前纷纷扰扰纠结的思绪豁然开朗，扬起一抹灿烂的笑容，然后拨通那心中早已生根发芽，熟得不能再熟的号码。

第十五章 拙劣演技被拆穿

接到宋汶的电话时，岑亮正窝在他摒弃了许久的游戏宅居的温柔乡中，颓废且昏天黑地着。

“汶汶？怎么了？”砍怪正欢的岑亮心头一跳，手忙脚乱地一手接电话，一手移动鼠标退出战斗圈。

“哦！也没什么事，就是被堵在了大西门，来接我吧！”宋汶说完就挂，也没给他说个话的机会。

“哈？”岑亮懵了，然后不淡定了，这什么跟什么啊？

“But if you wanna cry，Cry on my shoulder，If you need someone who cares for you，if you’re feeling sad……”

“喂！”还没等岑亮纠结完，宋汶又来电了。

“顺便说一下，贝吉塔行星人与地球人是盟友，现在贝吉塔星人有难，地球人该怎么做？相亲相爱还是撕毁盟约？你自己选吧！”又是说完就挂，岑亮微眯着眼睛看着挂断的手机心头一阵不痛快。

“切！”威胁！这是赤裸裸的威胁！岑亮不屑地将手机往床上一扔又回到电脑前，热血上涌重新加入战斗圈。

“哎！”大约十来分钟后，岑亮耷拉着头无趣地退出游戏。

“宋小蚊子，老子欠你的吗！”他双手抱头，有些自虐地撸着那头鸡窝似的乱发，心头烦躁的很。

“Shit！”他一脸煞气地起身进浴室梳洗。

等岑亮到达目的地时是将近两个小时后，从二环上路顶多就四十分钟左右，也就是说，岑亮同志迟到了差不多一个多小时。他并不知道，在他拖拖拉拉迟到的这段时间里，宋汶心中的煎熬和不安。

“我打电话给他！”接到电话火烧屁股般杀过来接林芸芸的朱学晔等得很不耐烦了。

曾经，他因为游戏忘乎所以而被林芸芸以彼之道还施彼身，他很清楚那种没有准时见到对方又无法联系上对方时，那种不安像是无形的手扼住咽喉般令人窒息，从今往后，他再也不敢无故迟到，哪怕是堵车也会电话给林芸芸报告一声。

“不用！我慢慢等！”宋汶笑得很勉强。随着时间的推移，失望一点点吞噬她的神经，害怕纠缠着她的理智，那种感觉濒死一般无力而绝望。她强制冷静思考着，哪怕是个旮旯角落也统统过滤一遍，回放着两个人中间会出错的环节，罗列让彼此的轨道渐行渐远的各种原因。

“不好意思！路上堵得很啊！”岑亮脸不红心不跳地乱扯，脸上的歉意看不出一丝假。

朱学晔抬头看了一眼，沉默以对，心中大骂说谎不打草稿！他仅仅用了三十来分钟就杀到了这里！不是宋汶打过招呼，他真想痛揍这小子一顿。

“能来就好！”林芸芸暗里捏了捏朱学晔的手，她比朱学晔更想揍岑亮。

“那我们就先走了！”宋汶淡淡地笑道，拉着岑亮往外走。岑亮再神经大条也不会看不出气氛不对劲，心中有些不安起来。

“帮我拎包吧！”宋汶笑着，视线却始终不与岑亮对视。

“哦！”岑亮愣愣地接过手，看到宋汶那不达眼底的笑容，裹着一层淡淡的殇，不由阵阵心慌。

“陪我逛逛街，晚上咱们吃火锅还是炒菜？”不等岑亮继续深思，宋汶双手一捞，抱着他的胳膊，在撒娇？岑亮瞬间惊悚了，这太不寻常了！

之后，长达三个小时时间里，他慢慢地体会着他曾经肖想已久的情人模式：

疯狂 shopping、拎包当苦力、享受着女友的撒娇卖萌。

四个字：苦不堪言！与想象中的相去甚远……

五个小时后。

一旦深秋了，天黑得越发的早，看着车窗外黑得深沉的夜，不过才八点过而已。

岑亮现在的心情就像是独自一人走在深夜的深山里一样，被无尽的黑暗侵蚀包裹着，有股难言的恐慌。

“宋果皮，到××广场来接我。”离家还有五分钟车程时，宋汶打了个电话给宋旻。一直在扮雕塑的宋汶的一举一动都让岑亮有些草木皆兵，听着她电话联系宋旻接人才松了口气。

这种感觉很不好，猜不到对方的心思，看不到事情的发展前景，那种被动等待的挫败让人煎熬。岑亮心头想着幸好还有几分钟就可以解脱了，心情指数不由得慢慢回升。

“为什么？就几步路还要我接你!”电话那头的宋旻一阵惊呼，满满的不情愿。

“乖！就当饭后消食!”宋汶好言道。

“少爷我三小时前吃的饭啊，早消完了!”宋旻咆哮道。

“赛亚人[①]变身啊!”宋汶揉揉突突直跳的太阳穴叹道。

乒乒乓乓！电话那头突然传了一阵混乱声，

“祖宗诶！哪个不知死活又惹你了嘛？要死了要死了!”宋旻一阵哀号，然后挂了电话。

“我有话跟你说。”岑亮将车停在他一贯停在的××广场一角，一想到就要和宋汶分别了，有心想说点什么却突然发觉不知该说什么时，宋汶冷硬的声音打断他的思绪。

“啊?”他一抬眸就看着宋汶看他的那双眼睛，黑白分明清澈透亮。

宋汶有一双很黑很大的漂亮眼睛。每每遇上自己喜欢的事或物时，自瞳孔中绽放出来的光很是耀眼，仿若百花绽放的瞬间，令人惊艳。如今，那双眼睛

① 赛亚人：鸟山明《七龙珠》中贝吉塔行星上的人，战斗民族，天生嗜战，性情暴躁。

依旧漂亮，却染上了一层淡淡的疏离，深深地刺痛了岑亮，不由得左边狭小的胸腔一阵刺痛。

“不要！不要听她的话！快走！快离开！”大脑蓦然想起一个声音，催促着他离开。

“你说！”岑亮甩开脑袋里的声音，冷静道。

“我们曾经承诺过，不管将来遇到什么都要说出来，不要憋在心里一个人躲起来瞎想。可是，好像我们从来都没有谁愿意身体力行为之付出过行动吧！既然这样，我们还是……”

“宋汶！”岑亮一惊，暗叫不好，高声喝道。

“分手吧！”宋汶武装起来的一脸淡漠瞬间坍塌，一脸快哭了的样子，然后迅速打开门跑了。

“宋汶！”岑亮惊慌失措地追了出去。

“离我远点！”在岑亮刚触碰到宋汶时，宋汶猛然回身指着岑亮惊声尖叫道。

岑亮一惊，趔趄地退后了几步，怔怔地站在那看着已经背对着他蹲在地上抽泣的人。

“我……”岑亮一时不知所措，心头乱得很。

“喔？”所以，当宋旻急吼吼赶到时，惊讶地张大嘴巴看着蹲在地上“哭”得梨花带雨的老姐和她身后不远处站着一脸纠结痛苦着的未来大姐夫。

他眨巴着眼睛看看远处不知所措的男人，又看看蹲在地上埋着头，一脸算计捣鼓着将眼药水挤得满眼都是的宋小蚊子，真心觉得这未来大姐夫好悲催！

“我承认我有错，我自以为是地认为感情和生活是可以分开彼此不干涉的，将你拒绝在我的生活之外，殊不知只会将你推离我的世界！”宋汶将被挤空了的眼药水瓶子塞进包包里，眨眨眼调整了下面上的表情，声情并茂说得那个肝肠寸断。

“但是——”她猛地起身，红着眼睛，翻江倒海的痛苦中是满满的控诉。

“你明明知道问题在哪，可你从来不说！”宋汶声嘶力竭地朝他吼道。

姐，奥斯卡不提你名是他们的损失！

宋旻囧囧有神看着自家老姐自编自导的悲情大剧，心头腹诽连连。

“不是的，你听我说，我……”岑亮手足无措，有些语无伦次。

事情的发展正朝着某个诡异的方向而去……

“不听不听！我不听！”宋汶捂着耳朵猛摇头，将电视剧里女主角不肯听男主角解释的别扭劲儿学了个十成十。

姐，奥斯卡小金人真该给你！宋旻只觉得浑身鸡皮疙瘩群魔乱舞了。

“不是这样的！唔！”下一秒，异变突起，让宋家姊弟两人瞬间石化了。

岑亮大喝一声，上前一把抱住宋汶，想都没想吻了再说。

被吻了！宋汶瞪着水汪汪的眼睛呆呆地看着眼前的俊脸，脑袋一片空白！

老姐被非礼了！宋旻风中凌乱了！

“不哭！不哭！”岑亮呼了一口气，乱麻般的情绪随着这一吻慢慢梳理开来，也总算让某个失控的人安静了。然后，他一脸心疼地捧着宋汶的脸。

“对不起！对不起！我错了！”他低头，轻吻宋汶的眼角，细细吻掉她眼角的“泪水”，满心的疼惜，懊恼自己曾经纠结的心思带给宋汶的伤害。

轻吻一路向下，脸颊，鼻尖，嘴角……

每吻一下，一句句心碎的“对不起”倒像是一把把小刀直戳宋汶的心间，疼得发紧。

“嗷！”宋汶瞬间回神，岑亮悲剧了，腹部结结实实挨了宋汶一拳。

“宋、宋汶？”岑亮捧腹疼得跪倒在地上，难以置信地抬头看她。

宋汶的脸慢慢地扭曲起来，大口大口地喘着气，一股子莫名的怒火急速聚集起来。

“吃老娘豆腐！我踹死你！”如果仔细看，你会看见恼羞成怒的宋某人双颊飞红的别样风情。

“救命啊！杀人了！”宋旻见势不妙，大喝一声百米冲刺冲到宋汶身后一把将暴走的人抱住往后拖。

“放开我！我要踹死他！踹死他！”宋汶不依不饶手脚乱蹬。

“未来姐夫，您保重！我先撤了！”宋旻吃力地架着自家老姐快速“逃逸”了。

“宋汶。”岑亮翻身依靠在车旁，一脸麻木地看着夜空喃喃自语。

他揉着被宋汶打中的地方，很疼，却敌不过心口撕裂般的疼。为什么两个人会走到这一步呢？都是自己不够用心，不够耐心，不够强势，拖拖拉拉造就了如今的局面。

可是，这个世界最缺的就是“后悔药”这玩意儿。

“嗯?”不经意抬手擦拭还残留在嘴角的“泪渍”时，舌尖触碰到一股子苦涩的味道，不是眼泪的咸涩，倒像是——

他有些不可思议地用舌尖触碰着沾了一手“眼泪”的手背，因为这个味道而慢慢具象化的东西不容置疑地占据整个脑子——眼药水!

“呵!呵!呵!”岑亮又气又笑，然后将所有的情节重新拆分、拼接、重组。从一开始就被宋小蚊子的节奏牵引而乱了阵脚，没有注意到那些个“小阴谋”。

“宋小蚊子!这辈子该你的吧!”想通了，岑亮一脸哭笑不得，语气间有些许认命的味道。

“姐，别闹了!人家都看不见喽!”宋旻将人拖进小区后拍了拍还在自顾自演得 happy 的宋汶的肩，似笑非笑的看她。

“嗯哼!”宋汶小心的左右瞄了瞄四周，确认安全后煞有介事的理了理仪容后大步朝家去。然后忍不住想起方才被岑亮吻了的那一幕，最后，血气上涌，宋汶头顶上一朵小蘑菇云砰地爆炸开来。

“看什么看!再看老娘揍你!”宋旻何其有幸亲眼目睹自家老姐变成娇羞的小番茄，然后恼羞成怒到炸毛的过程，耐人寻味啊!

“呵呵呵，姐，小番茄哦!”宋旻伸手戳戳自己的脸，笑得开怀。

“宋果皮!老娘宰了你!”宋汶砰地又炸了，脸更红了，朝宋旻扑去。

“哈哈哈!”宋旻大笑着跑开。

接下来，明了一切的岑亮并没有急着找宋汶，揣着一份优雅将日子过得像一曲欢快、热烈的华尔兹，他在预谋着怎样俘获他的猎物。

而他的沉默却让某人“压力山大”了。整个周末战战兢兢寝食难安。她诚惶诚恐在岑亮绝不放过她的种种设想中，欲哭无泪，好歹痛痛快快一刀早死早超生啊!她原本只是想试探一下岑亮对她的态度，如果他毫不犹豫地答应分手，两人也就彻底没戏了。谁知道会闹那么一出，自个儿被非礼了不说（虽然她还有点小高兴来着)，现在也不知道岑亮是个什么想法？自个儿有没有被拆穿？想见人又害怕，不带这么纠结的!

“看你的心情，你们周末过得很愉快！”周一午餐时，朱学晔忍不住朝明显好心情的岑亮挤眉弄眼道。

“噗嗤！”一想到周末，岑亮忍不住笑喷了。

“抱歉！”迎上朱学晔疑惑的目光，岑亮敛了敛笑。

“学晔，我怕是彻底栽在宋小蚊子手里了！”岑亮感慨万千。

“哦？”朱学晔眉一挑，来了兴致，很好奇眼前的兄弟那认命的神情是怎么回事。

“那天和她逛街……”岑亮娓娓将那天所发生的一切道来，听得朱学晔是惊叹连连。

“够奇葩！”朱学晔忍不住伸出大拇指大笑道。

“让人又气又恨，却舍不得放手！”岑亮总结道。

当天晚上。

“哈哈哈！”听完朱学晔的汇报，林芸芸毫无形象地捶桌大笑。

“亏她想得出来！可人算不如天算啊，哈哈哈把自己也坑了吧！哈哈哈，笑死人喽！”林芸芸笑作一团差点滚下沙发，朱学晔眼尖手快的将人捞进怀里，宠溺地任女友大笑不止。

“一二三，很害怕，四五六，卷铺盖，七八九，我要逃离到月球。”笑够了，林芸芸有感为宋汶而唱道。

“经这一遭，两人算是定下来了吧！”朱学晔一手拿着纸巾替林芸芸擦掉她眼角的泪迹，一手梳理着她被滚乱的长发。

“哼哼！敢做不敢当的宋小蚊子这回成Jerry了，岑亮是Tom，看他们几个回合终结。”林芸芸懒懒地赖在朱学晔怀里审时度势。

“猫和老鼠！”朱学晔不解地看看林芸芸。

“在宋小蚊子的剧本里，岑亮的设定绝对是死的，就她一个人的独角戏。问题是，现实里的岑亮是活生生的，情急之举误打误撞撞破了她的阴谋。你说，她能不怕不躲吗？而岑亮被气得七窍生烟，泥人都有土性，何况是人！”

“哦？有道理！”朱学晔恍然大悟。

之后一个星期，宋汶和岑亮之间就像林芸芸所说，猫捉老鼠的游戏，一个不亦乐乎，一个苦不堪言。

第十六章 执子之手生死依

“好的！我会尽快为您解决的，基于时间关系，明儿一早回复您，可以吗？”宋汶在备忘本里快速地记录着客户的要求，抬眼瞥了一眼电脑上的时间，还有五分钟就下班了，心头没有由来的做贼般的心虚。

“好！再见！”挂断电话，宋汶长舒了口气。

“嗯！”起身伸展了一下久坐僵直的腰身，拿着水杯去茶水间弄点水润润喉。但是，她刻意地朝着茶水间相反的方向，沿着正对着大门的那排窗子慢慢地踱步，时不时朝外张望，像是在找什么似的。

“宋小蚊子，你要走吗？”岚姐拎着包包，看看窗边扮石雕的人，又看看她桌上乱七八糟的文件开口问道。

“你先走！我还有一会儿！”宋汶头也不回地答道，眼睛雷达似的扫射窗外的动静。

“哦！那你也早点走！记得关灯哈！”岚姐不甚在意地耸耸肩。

“哟！宋小蚊子家那位啊！来接宋小蚊子？”岚姐笑道。

“嗯！要不岚姐等等，我送你。”岑亮这样年轻有为的男士，大方有礼深得岚姐的喜爱，只叹自己没有一个一般大的女儿，不然拐回家做女婿去。

“不了！宋小蚊子可能还有一会儿，我就先走了！”岚姐笑着摇摇头道，超大号电灯泡什么的她可不做。

而他们话中的女主角呢？当然是看到岑亮现身的那瞬间，理智被轰成渣渣，干净利落地收好东西慌不择路地从公司后门遁走。

“对不起！您拨打的电话暂时无法接通，请您稍后再拨！Sorry，the telephone you dial is busy now，please……”岑亮在等了二十来分钟后打了十几通电话，机械的客服女声提示让他不由得眉一挑。

“啧！逃得过初一躲不过十五！我看你躲到什么时候！”岑亮笑着耸耸肩，将电话收好，瞟了一眼宋汶办公的地方后开车离开。

虽然共同生活在同一片蓝天下，同一个城市，哪怕只相隔一条街。如果有心躲一个人，任你千方百计绞尽脑汁未必就能找到对方。

当岚姐连续两天看见宋小蚊子像第一天那般站在窗前扮雕塑时并没有急着离开，她敏锐地觉得这俩小年轻遇到了什么大麻烦。

看到瞬间惊慌失措退离窗边的宋汶拿着包包逃难似的跑出办公室的那刻，岚姐一时没反应过来。直到数分钟后，保安将岑亮带到办公室来时，她终于明白宋小蚊子到底在怕什么。

“哟！来晚一步哦，那丫头估计从后门跑了。”想到宋小蚊子逃难的模样，岚姐被取悦了，笑了。

“后门？”岑亮一愣，很快知道这两天他算是白等了，随即就乐了起来。

“你还笑得出来？”岚姐不解地看着眼前挂着笑的人，真心觉得现在的年轻人让人捉摸不透啊！

“因为是宋小蚊子啊！”所以让人哭笑不得，却也恨不起来。

“所以，你明天再来吧！”岚姐背上包包准备回家，年轻人的事她才不要瞎掺和嘞！

“我送你吧！”岑亮赶忙跟上。

“那就谢谢喽！”岚姐不客气道。

次日，岑亮打昨儿起就知道宋汶每天都会站在窗边侦查情况，看见他的车绝对不会打前门过的。今天索性提前半小时下班，不开车就直奔宋汶的公司，然后溜进保安室守株待兔。

“岑亮小童鞋！”岑亮同保安大叔聊得正兴的时候，已经下班的岚姐从窗外探进头来。

“岚姐，下班了！”岑亮起身向外张望着，找寻那个让他脑仁疼的家伙。

“你又要失望喽！”岚姐有些好笑地说。这俩娃儿可真能闹腾。

“呃！”岑亮疑惑地看着岚姐。

“你运气不好哦！今天是公司月度经理例会，本来是没宋小蚊子什么事的，谁知道她今天说她要聆听领导的教诲，努力奋发向上！”想想那丫头鼓着腮帮子一副大义凛然的表情，不由得觉得好笑。

“额？”岑亮无语以对，什么“聆听领导教诲，努力奋发向上”？鬼才信！分明是为了躲他嘛！

“好吧！什么时候能散会？”岑亮也不恼，只是无奈地叹了口气。

“晚上十点左右吧！”

“我等！”岑亮深吸一口气，下定决心道。

“你先回去吃饭吧，九点左右再过来呗！”岚姐建议道。

“不了，没事的。”开玩笑，万一宋小蚊子中途跑掉怎么办？

“放心吧！那丫头是个有始有终的人，即使例会再无聊她都会听完再走的。”仿佛看穿了岑亮所担心的，岚姐说道。

“有始有终？”听到这词时，岑亮不禁腹诽：怎么不见她对我有始有终呢？

“走吧！先回去吧，在这可有你等的。”岚姐说完便离开了。

岑亮想了想还是回去了，等晚上九点左右再过来，扑空了也没关系，反正他有的是时间跟某个人玩猫和老鼠的游戏。

晚上九点四十五，公司大门口呼啦啦涌出一堆人和车来。

五分钟后，人都走得差不多的时候，宋汶才晃悠悠地走出办公楼，一阵冷风吹来浑身一个哆嗦。她拢拢衣服跺跺有些僵掉的脚，缩着脖子掏手机慢慢走出公司大门。

“宋汶！”岑亮驱车上前，摇下车窗喊道。

“哇嗷！”宋汶一惊，如果不是手机挂链缠在手指上，估计已经英勇牺牲了。

“你，你……”宋汶难以置信地看着眼前出现的人，张口结舌“你”了半天，然后突然意识到了什么脸唰地一下惨白起来，最后一个趔趄跌跌撞撞的居然跑了！

岑亮一愣，当机立断，下车抓人。

“你跑什么?”这场景让他想起那段暧昧的日子里，宋汶一见他就像见鬼似的。可是，最近他并没有哪里触了她的逆鳞吧?

“你放开！你放开!”宋汶低着头，一手拼命地想要抠开岑亮死死抓住自己的大手，声音哽咽。

岑亮心里咯噔一下，这丫头哭了?当即二话没说就放开她，转而双手将她的脸捧起，一看，满是泪痕。

“你哭什么?”那惨兮兮的样子怎么看都像是被抛弃了似的。岑亮眉一皱，心疼了，柔声问道。

“我骗你是我错了！我就是喜欢你了，怎么了?我有错吗?这种事情是我能控制的吗?你大半夜不睡觉等在这里不就是想要说‘分手’吗?好啊！分就分!”宋汶哭着一口气吼完，猛地推开呆立当场的岑亮转身就走。

那天，在岑亮迟迟不现身的那两个多小时里，她是真的怕了。通往幸福的列车何其有幸能够遇上岑亮，因为自己的任性屡屡伤害了他，害怕岑亮连改过自新的机会都不给她就要放弃。

那天晚上，如果没有岑亮那慌乱中的一吻，她的计谋就不会被拆穿，也就没有后来那些个惶恐不安的万千纠结。

“分手?”岑亮完全还没从宋汶毫无缘由一阵乱吼中回神。他好像不是来分手的吧!

“哎哟!”然后，一阵惊呼彻底让他清醒过来。

“破鞋！连你也欺负人!”大概，老天爷要让你倒霉，连喝口水都会塞牙吧!就像宋汶，没走两步高跟短靴直接崴断了，狼狈地跌倒在地，泄愤地将断了跟的鞋扔了出去。

“哎！我该拿你怎么办?”岑亮蹲下身，捧起那张哭花的脸，无力地叹道。

“不是分手了吗！你管我死活!”看着这张脸，想着以后再也见不到，悲从中来，眼泪哗啦哗啦不要钱地掉个没完。

“嘿！我的祖宗诶，你哪只耳朵听到我说‘分手’两个字了?左耳还是右耳?”岑亮看着那气鼓鼓的花猫脸顿时乐了。

“笑！笑！笑屁啊!”岑亮毫无同情心的笑甚是扎眼，抡起拳头狠狠地捶在他肩上，岑亮也不躲任她闹。

“祖宗！算我求你了，先上车行不？”虽是询问，岑亮却没给对方反应的机会，将人直接抱走。

车内。

“别看了！脚没事，有事的是那只鞋！”宋汶有些不自然地缩回被岑亮握在手检查伤情的脚，眼神游离就是不敢看他。

“平时明明一副精明能干的样子，怎么关键时刻就尽做些蠢事呢！”岑亮打量着眼前浑身不自在不知如何自处的人感慨万千。

“喂！你嫌弃个啥？我爹妈含辛茹苦养我这么大，他们都没意见，你有哪门子鬼意见啊？”听罢，宋汶额头青筋直冒，拳头捏得咯嘣响。

“哈哈哈！炸毛了！”岑亮大笑，大手一伸抚摸宋汶的头，满是宠溺。

“喂！你！”宋汶不乐意了，挥开岑亮的手，准备开打。

岑亮眼疾手快，不等宋汶动手先将人抱了个满怀。

宋汶先是一愣，然后轰地一下闹了个大红脸，僵硬的任岑亮抱着。

“汶汶！汶汶！汶汶！”岑亮内心一片柔软。眼前的人，总能拨动他自以为傲的理智。他一遍一遍地唤着，舌尖跳跃着的名字在口腔里萦绕回旋，口有余香唤上千百万变也不会腻。

“叫叫叫！叫魂呢！”那一声声柔声细语里包含的浓情犹如一股股电流，刺激着宋汶的神经，生怕不能承受之轻会溺毙而亡，她只好带着些许羞涩的恼意轻斥道。

“对不起！”岑亮稍稍退开些，宽大厚实的手掌捧着那张红彤彤的脸，与额相抵。

“岑亮！”宋汶愣愣地看着那张咫尺俊颜。

“就像你说的，我们曾经的约定从来都没有谁愿意身体力行为之付出过行动。”听到这里，宋汶的脸唰的惨白起来，紧咬着唇克制着内心翻涌不息的悲伤。

“许下的承诺就是欠下的债，我们重新开始，将那一张张空开出来的感情支票一一兑现，好不好？”岑亮伸手拨开那被牙齿蹂躏的嘴唇，轻轻地摩挲着惨不忍睹的齿痕，郑重地说。

“不是分手？”宋汶猛地抬头，暗淡的眼眸因这句话迸溅出耀眼的光芒，期待之中隐隐有些不敢相信。

“我从来就没有想过要分手，你这脑袋瓜里到底都是些什么乱七八糟的东西啊！”岑亮想到这就有气，戳着宋汶脑门愤愤不已。

“呵呵呵！”宋汶一阵傻笑。

“我送你回家吧！”岑亮叹了口气，这些天郁结在胸的那口浊气总算消散殆尽，顺手将一包湿巾递给她。

“嗯！”宋汶眉眼弯弯地接过湿巾。

“傻气！”岑亮忍不住伸手摸了摸宋汶的头，看着傻得冒泡的人，岑亮突然有种就此拥有一整个世界的满足。

“等一下！”路过夜市时，岑亮将车停在路边，丢下一句话就下了车。还在犯傻的宋汶不甚在意地点头，眼睛跟随着岑亮，直到淹没在人群里，然后一动不动地傻笑着盯着岑亮消失的地方看。

很快，岑亮提着两个袋子回来。

“暖暖手吧！”岑亮递给她一杯热奶茶。

“谢谢！”宋汶心头一热，忍不住凑上前“啵”的一下在岑亮脸上戳了个印。

“！”岑亮一愣，无声地笑了。紧接着从另一个口袋中拿出一双卡其色毛茸茸的保暖鞋，执起宋汶的脚就往里套。

“阿、阿亮？”宋汶见状一阵错愕，一时间脑回路不够用了，呆愣愣地看着岑亮的动作，千言万语全堵在了嗓子眼里，心头酸酸涩涩的。

“别嫌弃啊！这大冷天的能找到双保暖的鞋就不错了！”替宋汶掖了掖裤脚，岑亮退开身左右端详着。

“合不合脚？紧吗？”想了想，他又俯身动手捏了捏宋汶的脚趾头问道。

“岑亮！”宋汶又忍不住想哭，猛地扑上前将人紧紧地抱住。那种被人捧在手心里的感觉太过不真实，像是站在云端里，却又害怕某一天被狠狠地摔下。

“怎么了？”岑亮不解地拍拍她的背。

“别太宠我，宠坏了怎么办？哪天要是……”宋汶有些哽咽了，那种只是想象就让人窒息的“被抛弃”感突然间冒了头。

“不会有那一天的！”

我会把你宠得无法无天，宠你到非我不可！

岑亮眼中闪过一抹狡黠的光，沉默地将最后那句未出口的话深埋心中。

“可是？”

“你水做的吗？怎么哭个没完？”岑亮不想再继续这个话题，将人推开些，看着宋汶眼中一汪水气皱眉道。

“还不是你惹的！”宋汶瞪着他龇牙咧嘴。

第十七章 真情患病最难求

当树枝上最后一片叶子掉落在地，秋走了，冬至了，天地间一片清寒。

雪，纷纷扬扬了一整冬，万物萧条冰冻三尺，冷却不了的却是心间的炙热，抹不掉的是彼此的相濡以沫。

“我走了！到家来电哦!”给岑亮一记离别吻后，宋汶不舍地下车，一步三回头地离开。

“什么时候才能真正的登堂入室啊!”岑亮倚在车门旁看着时不时回头朝他挥手的宋汶，摸着脸颊上仿若还有余温的吻喃喃自语。

随着两个人关系越发密切，岑亮心中的占有欲越发强烈。

爱到极致，恨不能将其融于骨血，更希望得到彼此至亲之人的认同与祝福。

那一声冬末的叹息，岑亮心心念着的事，终于在那春光明媚东方风来满眼春的时节实现了。

阳春三月，草长莺飞，气温温和正是一个旅游好时节，岑瑞、王丽华索性跟着小区的一大帮子大妈大爷到海南晒太阳吃海鲜去了，这一走便是整整七天。

于是，被放任自生自灭的岑亮同志光荣地病倒了。周四下午他就觉得身体不对劲，想着睡一觉就好了也就没在意。若是平时，王丽华非逼着他量体温吃药才罢休。直到第二天，他头重脚轻浑身酸疼才知道问题大了，趁着还有一丝清明打电话请假就直接昏睡过去了。

“对不起！您所拨打的电话暂时无人接听，请您稍后再拨。”宋汶一下班就打岑亮的电话问他要不要一起吃饭，可这十来通电话一个都没人接就有点奇怪了，女人的第六感让她心头有些不安。

“学晔哥，岑亮跟你在一起吗？”没办法，她只好打电话找朱学晔。

“哎！你不知道他生病了？”朱学晔一阵诧异。

“生病？”宋汶一惊，根本就没人告诉她啊！

“糟了！”电话那头的朱学晔大叫一声。他突然想到岑亮平时生病都是王丽华一旁督促吃药的，可这会儿她老人家还在海南呢！依那小子的德行管他个三七二十一直接倒头就睡。

“你在哪？”朱学晔估摸着岑亮大概昏死在床上了，这才一点反应都没有。

“公司门口。”

“你在那等着，我一会儿就到。”朱学晔二话没说调转车头去接宋汶，然后直杀岑亮家。

当宋汶、林芸芸、朱学晔三人用岑亮家放在盆栽底下的备用钥匙打开门，看到倒在客厅里面色潮红不省人事的岑亮时，不由得倒吸一口气，手忙脚乱地将人赶忙往医院里送。

“你们先回去吧，我在这里守着。”一阵兵荒马乱后总算将岑亮的病情稳了下来。宋汶将房门带上，对坐在走廊椅子上的林芸芸和朱学晔说道。

“那就辛苦你一下了，有什么问题一定打电话给我们。”林芸芸起身伸了个懒腰说道。

“他估计没那么快醒的，你先去吃点东西吧！”朱学晔透过玻璃窗看了看躺在床上的岑亮，对宋汶说。

“也好！那麻烦学晔哥送我回家一趟，我顺便给阿亮带点吃的。”宋汶想了想说，然后打电话回家。

“妈，你在家吗？帮我熬点粥吧！我一会儿来拿。”

“怎么了？”接到电话的周英有些担心地问道。

“我朋友生病躺医院里，这两天可能都要陪陪他。”宋汶下意识地没将生病对象性别说出来。

宋子强、周英都是热心肠的人，听说宋汶的朋友生病了，两口子在厨房里一通忙活。不知道是不是对自家女儿的绝对信任，从来都笃定宋汶口中的“朋友”都是女的，不曾怀疑。

宋汶一回到家，随便吃了点就拿着父母准备好的一盅白米粥，一盅鸡汤和几样下饭菜急吼吼地往医院跑，生怕岑亮醒来找不到人会担心。

而在宋汶到达医院前十几分钟岑亮就醒来了。迷迷糊糊没搞清楚身在何方，只记得自己好像口渴起来喝水，然后就昏倒在客厅里了。

脑袋不甚清明，只是愣愣地看着天花板。

岑亮动了动因久睡而有些僵的身体，找了个舒服的姿势靠着。

病房里空荡荡的，安静得只有点滴的滴嗒声。

“汶汶！”岑亮看着漆黑的窗外发呆，无意识地喃喃自语。

咔嗒！

这时，门被打开来。

“汶汶？”岑亮看清了来人，诧异。然后笑了，满脸暖色渲染开来，让整个冷清的病房一下子暖了起来。

“你醒了！”宋汶快步上前，将手中的东西放好，抱着他脑袋就是一吻。

岑亮不禁一怔。

“呼！总算退烧了！还有哪里不舒服的？”以唇试温，感觉着正常了，宋汶大呼一口气，如释重负。一边说着，一边将岑亮暴露在空气中的手往被子里塞。

“没有。”岑亮安静地看着宋汶。

“怎么那么凉？”宋汶抬头看了他一眼，皱眉。两只纤细娇小的手握着远比自己宽大厚实的手来回摩擦想让它暖一点。

“汶汶！”岑亮眼眶一热，有些想哭的冲动，哪怕他是一个大男人。

“干嘛？”宋汶没有看他，觉得这样做的效果不好，转而将保温杯里白米粥倒进白瓷碗里，让岑亮捧着再将自己的手覆上去。

“这样有没有好点？”宋汶满意地笑着看岑亮，眼睛亮晶晶的，像是做了好事邀功的小孩。

“嗯！”如果不是另一只手打着点滴，岑亮真的很想伸手摸摸她的头。

白米粥的温度慢慢地渗透白瓷碗传递到手心里，一路直达心底……

在医院折腾到晚上十点来钟，岑亮和宋汶办好相关手续就出了院。

“我先送你回去吧！”医院门口，岑亮伸手招了辆taxi转头跟宋汶说道。

“不用！直接去你家，你一个人我不放心。”想想几个小时前高烧不省人事的岑亮，宋汶就后怕。

“?”岑亮吃惊地看着宋汶。

“你那是什么表情?”后知后觉自己说了什么的宋汶脸上微微发烫，有些懊恼地瞪岑亮。

“没！没什么！”岑亮赶忙否定。欣喜的同时心里却苦得要命，突然想起家里乱得连他都不忍直视了。

“那啥。”十来分钟后，岑亮握着门把手回头，摸着鼻子不好意思地看宋汶。

“家里，家里有点乱！呵呵呵！”岑亮四十五度角朝天看，干干巴巴地笑道。

“哦！”之前匆匆一瞥也看了个大概，她也没指望独居的单身男人会干净到哪儿去！

“你、你坐！”岑亮有些慌张地将沙发上茶几上散乱的衣物杂志一股脑儿一裹，匆匆扔下一句话抱着就往房间跑。

宋汶放下包包，脱了外套四下里看了看，然后朝厨房去。

“汶汶！”很快，岑亮出现在厨房门口，局促不安地看正在翻冰箱的宋汶。

“哎！你能不能正常点?你那副小心翼翼的样子是不欢迎我呢还是不欢迎我?”宋汶扶额叹道。

“当然欢迎的！只是，只是觉得很丢人！”岑亮苦着脸说。任何一个人在爱人面前都希望自己的形象永远是最光辉美好的。

“你丢哪门子的脸啊大哥！我饿了，煮点面吃，你吃不?”宋汶翻了半天，只在冰箱里找到几枚鸡蛋，两个西红柿，这就两碗西红柿鸡蛋面了。

“那我帮你！”岑亮撸了撸袖子就要帮忙。

“Stop!”宋汶一听，双手一交叉就一个“Stop!”的动作。

“你才刚刚好，瞎折腾什么?出去看电视，好了叫你。”说着毫不客气的就把人推了出去。

十几分钟后，一碗热腾腾的西红柿鸡蛋面摆在岑亮面前，感慨万千。抬头看看一旁的宋汶，似乎真的很饿，吃得很香。

“怎么了?不好吃?”感觉到岑亮的目光，宋汶抬头不解地看看岑亮，又看看他面前的面。

“不！不是！”岑亮摇头，拿着筷子吃了起来。

次日，十点多钟。

“嗯！”周末里最幸福的事就是睡觉睡到自然醒，不用惦记着上班迟不迟到的问题。

岑亮醒了，却依然闭着眼睛，然后舒服地在床上伸展了下腰身，又有些孩子气地蹭了蹭枕头。

猛然间，一个挺身坐起。

“糟了！汶汶！”昨天的事情很快地在脑子里过了一道，惊慌地爬起身来，鞋都来不及穿就往外跑。

“汶汶！汶汶！”岑亮满屋子乱转的找人。

“在这里！”宋汶听见唤声从阳台处转出来，可一看到岑亮赤着脚就火了。

“你搞什么！病才刚刚好就给我乱来！”宋汶二话没说上前就是一记爆栗子，拉着人往沙发上带，回身到鞋柜处找拖鞋。

“额！”岑亮有些无辜地看看自己的脚丫子，又看看气呼呼的宋汶笑了，心情大好。

“笑笑笑！白痴啊你！”宋汶不禁翻白眼，懒得理他，转身进了厨房。

岑亮环顾了一下亮堂堂的屋子。明媚的阳光照射进来，仿佛能够看到空气中跃动的光粒子在欢腾跳跃着。

回头，看着厨房里头戴方巾，腰系太后老佛爷那张花枝招展的围裙的宋汶，正熟稔地摆弄着锅碗瓢盆。

人妻！

“喂！你发哪门子呆啊！还不快去洗漱来吃饭？”不等岑亮荡漾完，宋汶已经将一碗白米粥及几个小菜端了出来。

“啊？哦！”岑亮一惊，手忙脚乱地往洗手间跑。

“太后老佛爷驾到，小橙子接驾！”岑亮在厨房里洗碗时，裤兜里手机一阵怪叫。那是闲时，自家太后老佛爷逼着他录的短信提示音。

“小橙子今儿何在啊？”

“禀老佛爷，小橙子很乖的，在家呢！哪儿也没去！”岑亮笑了，发着短信出了厨房。

“嗯！今个儿六点驾到，接驾吧！”接到太后老佛爷的短信，岑亮手一抖，险些把手机扔了出去。

“不是明天吗？”

“切！没劲儿玩了，回家！”

岑亮看看短信，又看看阳台上晒东西的宋汶，心里琢磨了良久，一咬牙下了个重大决定般一脸肃穆地回短信。

“得令！给你个惊喜！”

而此时此刻的宋汶并不知道岑亮在酝酿着一个堪比惊吓的惊喜。

“汶汶，下午有什么安排？”岑亮走到阳台，帮着宋汶将最后一床被单挂起。

“暂时没有。”宋汶满意地看着一早上奋斗的成果，收拾剩余的衣架和其他东西，今天的事情就差不多了。

“不如把学晔两口子叫过来玩吧！”岑亮提议。

“也行！”宋汶想了想说。

“对了！你屋子里没有什么见不得人的东西吧？”宋汶将东西放好，想着似乎还有某个家伙的房间没打理，直勾勾地看着岑亮，隐隐地还有些兴奋？

“没有！”岑亮看着宋汶的那小模样怎么觉得她好像是很希望能找出些什么“见不得人”的东西来呢！他的屋子就只是乱而已啊！

“是吗？”宋汶一脸不信，乐颠颠地直扑岑亮的房间。

“喂！学晔，你和林芸芸今天没什么安排吧？”岑亮站在阳台最角落，谨慎地朝屋里看了看，确保安全后压低声音给朱学晔打电话。

“你的病好了？”朱学晔正在厨房里给他家亲爱的切水果做冰粥，手机夹在肩膀上，拿着刀子将水果切成大小均等的块。

“就算有安排也要取消，今天你们必须过来一趟。”岑亮想让自家那俩老祖宗见见宋汶，人多了帮忙救场就少点尴尬。

“你们吵架了？”朱学晔挑眉，想着是不是他又和宋小蚊子闹别扭了，找人救场？

“太后老佛爷今个儿回家，我想让他们见见面。”岑亮深吸一口气，说道。

“什么?”朱学晔一惊。

“啊!”接着是一声惨叫。

碰！然后是什么东西落地的声音。

“该死的岑亮，老子的苹果有个三长两短跟你没玩!”最后是朱学晔一阵暴喝。

“额!”听着电话里的嘟嘟声，岑亮默了。

另一头。

“怎么了？怎么了?”林芸芸在书房里奋斗着下一季 cos 的服装，突然听见厨房里传来的惨叫，顶着一头鸡窝似的乱发，握着尺子，趿拉着人字拖冲了出来。

“哎哟！还好还好!”朱学晔捧着手机，一阵肉疼地蹲在厨房门口。

“你干嘛呢！杀猪都没你那么惨嘞!”林芸芸凑了过来。

“嘿嘿！咱们有好戏看了!”朱学晔朝爱人眨眨眼，拉着人坐在沙发上回拨了岑亮的电话……

第十八章 酝酿中的大惊喜

下午两点左右，朱学晔、林芸芸才不急不缓地敲响岑亮家的门。那会儿，宋汶和岑亮在商量着晚餐吃什么。

“那，一会儿芸芸煮饭。”决定菜单后，宋汶忽然想到了什么，对懒骨头似的赖在朱学晔身上的林芸芸说道。

“Why？人家才不要嘞！”开玩笑，今个儿可是宋汶这个准媳妇的主场秀，她才不要抢人家风头呢！

“你帮个忙会死啊！”宋汶抄起桌上的一废纸团朝林芸芸扔去。

“你搞清楚啊，我可是客人，哪还有要客人自己动手的道理?”林芸芸捡起废纸团扔回去。

“你不帮忙今个儿就没饭吃！”宋汶有些伤脑筋地说道。

“汶汶，怎么了?”岑亮有些疑惑地问道。

“其实……”宋汶有些不好意思地挠挠头。

“我不太会用电饭锅。”宋汶嘟哝道。

“对哦！我想起来了，宋小蚊子家是没有电饭锅的。”林芸芸一拍脑门叫道。

岑亮、朱学晔面面相觑，然后看向一脸坦然的宋汶，见她没有开口解释的意思，最后将目光投向林芸芸。

“他们家做的都是蒸子饭。”林芸芸道。

“我听我妈说过，蒸子饭远比电饭锅饭好吃多了。她老人家嫌麻烦从来都没有做过，我还没吃过这种饭嘞！”岑亮脑门一亮想到了什么，一脸希冀地看宋汶。

“你看我也没有用，你们家根本就没有那些东西，巧妇难为无米之炊。”宋汶无奈地耸耸肩。

“这有什么嘛，超市里有的是，买一个不就完了！”岑亮是铁了心是要吃这蒸子饭的。

“额？”宋汶有些无语地看他。

“我们也要吃蒸子饭！”一旁的朱学晔、林芸芸自是知道岑亮心中的小九九的，很默契地同声说道。

“三比一，你就从了吧！”林芸芸道。

“那好吧！我先把米泡一下。”宋汶最后妥协道，起身往厨房去。

下午五点。

叮铃铃……

为了方便接太后老佛爷，岑亮特意设置了闹钟，时间一到他不得不退出游戏。

“要走了？”见岑亮退出游戏，正酣战的朱学晔也退了出来。

“嗯！”岑亮起身回房间拿车钥匙，心里有些忐忑却也万分的期待。

“还是我去吧！”朱学晔想了想，觉得岑亮留下陪着宋汶比较好。

“我也去！”在一旁嚼薯片嚼得嘎嘣响的林芸芸瞅了瞅厨房，压低声音凑过去说道。

“这不太好吧？”岑亮想了想，说道。

“你把我俩扔在这里作陪才不好嘞！”林芸芸抽了张纸巾细细地将手指擦干净。

“赶紧的！晚了太后老佛爷拿你是问！”

“宋小蚊子，我和学晔出去一会儿。”林芸芸蹦跶着朝厨房去。

“都要吃饭了，又要野去哪嘛？”宋汶放下菜刀不满道。

“要你管！”林芸芸朝她做了个鬼脸就跑了。

“疯子！你总得告诉我什么时候回来吧，我好炒菜啊！”宋汶洗了洗手追出来问道。

“我们会提前半小时打电话回来的。”走到玄关的林芸芸朝她挥挥手尾随朱学晔出去了。

“他们俩又要去干嘛？”宋汶得不到答案，只好问岑亮。

“还有什么没弄完，我帮你吧！”岑亮耸耸肩，撸了撸袖子转移话题。

“都好了。”宋汶想了想，林芸芸本就是个人来疯，也就不甚在意。

“那就休息一会吧，等他们打电话来再动手！”岑亮上前，将宋汶身上的围裙取下拉着人坐下来。

林芸芸、朱学晔这一走就是一个多小时。

“宋小蚊子，赶紧的！我们回来了喽！”回程途中林芸芸喜滋滋地打电话嚷嚷道。

“宋小蚊子？谁啊？”王丽华对于岑亮一大早就承诺的惊喜很是期待。而小林子口中的“宋小蚊子”又是哪号人物？

“嘿嘿！秘密！太后老佛爷回家就知道了。”林芸芸从副驾驶回头朝王丽华俏皮地眨眨眼睛。

“老岑，你猜猜咱儿子能有什么惊喜给咱们？”王丽华转头问老伴儿。

“额！把屋子打扫得很干净？”不要怪岑瑞如此怀疑。每年他跟老伴儿都会出去旅游个七八天，可每一次回来那个家就一猪窝了！那么，最大的惊喜就是岑亮会打扫屋子了！

“呵呵呵！亮哥要是听到这话会抓狂的。太后老佛爷，您猜猜！”林芸芸期待地看着王丽华。

“嗯！”王丽华摩挲着下颌想着什么。

“不会找了个媳妇儿吧？”王丽华半天才憋出这么一句话。

“哦？何以见得？”林芸芸心头一惊，面上却是八卦兮兮的样子探过身子想要跟王丽华更进一步的探讨。

开车的朱学晔也被惊到了，心下感慨太后老佛爷，您真相了！

“老娘最操心的就是这件事，自然就是最大的惊喜喽！”王丽华理所当然地说。

“言之有理！但是呢，还是不能告诉您真相，不然就没有意思了嘛！对了！伯父伯母这次都去了哪些好玩的地方啊？”林芸芸笑嘻嘻地说道，将话题扯开。

“天涯海角肯定是要去的喽，还有啪啦啪啦……”

半个小时后。

宋汶将最后一盘炒菜端上餐桌，看着桌上五个菜加上还没端上桌的鸡汤，她琢磨着会不会太多了？

咔！开门声。

“回来了！”宋汶听见响动，想是林芸芸两口子回来了，几步就从餐厅转了出来。

“刚好赶上！”当看清进门来的人时，说到一半的话硬生生卡在喉咙，僵在原地难以置信地看着同样吃惊看着自己的岑瑞、王丽华。

“岑亮！”宋汶大叫一声，像是受惊的小动物般慌不择路地往厨房逃！

“老岑，咱俩没穿越吧？”王丽华环视一圈屋子，亮晃晃的，她老人家也未必能将屋子弄得那么干净。

“穿越剧看多了吧你！”岑瑞白眼一翻说道，心里也很惊奇这干净得发亮的屋子真没走错？

“爸妈，回来了！一会儿就可以吃饭了。”岑亮这时从厨房探出半个身子来打招呼道，很快又缩了回去。

老两口一惊，眼睛一亮，眼神交汇，四个字“发现奸情”。

“伯父伯母站门口干嘛？扮雕塑啊？”这时，停好车回来的林芸芸和朱学晔纷纷进屋来。

“小林子！那姑娘？”王丽华一把抓住进屋来的林芸芸，两眼冒光地看着她。

“嘿嘿嘿！太后老佛爷英明！您真相了！”林芸芸很狗腿地说道。

厨房里。

“你是故意的！”宋汶一脸愤怒，低声咆哮道。

“汶汶！”岑亮头疼地试图靠近宋汶，可她犹如受伤的小兽警惕地退后，与敌人保持安全距离。

“不带你这样耍人的！”宋汶心头慌乱得不知所措，恨不得就地消失一了百了。

“你听我解释，好不好？”岑亮耐心地小心翼翼地说道，尽可能的不去刺激宋汶。

“解释？解释个屁啊！”宋汶忍不住爆粗口，心头计算着逃跑路线。

“你……”岑亮扶额哀叹，这算不算自作孽不可活？

客厅里。

“那是我未来媳妇？”王丽华一脸怀疑地看着林芸芸、朱学晔两口子。

“对啊！”林芸芸应道，抱着一大杯水咕咚咕咚地喝着。

“小亮没有告诉那个姑娘我们要回来！”岑瑞笃定地说。他可没有忘记小丫头见到他们像见鬼似的。

“惊喜嘛，怎么可能说！”林芸芸又指挥着朱学晔给自己倒水。

“惊喜怕是没有，惊吓还差不多！”王丽华伸头看了看厨房那边，很好奇自家儿子怎么跟人家解释的？

“他们好上多久了？这保密工作做得好嘛！”岑瑞有些感慨道。

“差不多半年了吧！”林芸芸咬着杯子想了想，道。

“这次是岑亮临时起意的！前两天他发烧，汶汶一直在照顾他，她也知道你们明天回来才放心呆在这里的。但是，世事难料嘛！”朱学晔说道。

“发烧？”老两口一听不由得一惊，这不让人省心的孩子！

“没事没事！他现在不好着吗！对亏宋小蚊子看着他呢！”林芸芸不满地瞥了朱学晔一眼，赶忙解释道。朱学晔一愣，讪讪地摸摸鼻子，暗骂自己嘴贱。

厨房里。

“你放开！”宋汶分神研究逃跑路线的时候，岑亮趁机上前一把将人拥在怀中。宋汶顾忌着厨房外的四人不敢挣扎得太明显。

“我们不要闹了好不好？”岑亮埋头靠在宋汶的肩上，瓮声瓮气地说。

“你！”宋汶一脸扭曲，恨不得一口咬死他。想到便做，白森森的牙齿毫不留情的一口咬去。

“嗯？”岑亮一阵闷哼，心想着这丫头还真狠心咬了？

“汶汶，我只想牢牢抓住你！我很害怕，害怕哪天我转身的时候你已经不在。我恨不得每一分每一秒都将你禁锢在身边，哪怕你恨我怨我。”宋汶咬得越紧，他抱得越用力。然后，宋汶微不可查地感到拥着自己的爱人的身体有瞬间的轻颤，牙齿渐渐松开来，脸上有些许迷茫。

“我也只是个俗人，现在的我们仅仅只是两个人的交集，你若要走会走的干净利落毫无牵挂。我已经迫不及待地想将你介绍给我的家人，同时也得到你的家人的认同，如果将来某一天你要走，我还可以用‘家’这个词来圈住你、牵绊你。”比起汪晓霖，他对宋汶的感情来得更加炽热和真实，其中夹带着的却是挥之不去的不安，他需要一个更为实质性东西——两个人的世界，来牵绊彼此。

而这个东西却是宋汶所害怕的。

在宋汶根深蒂固的某些认知里，她固执地认为‘见家长’是最后已经确立彼此要走到最后时的最终步骤。她就是不想一个到最后都只是毫不相关的人走进自己的世界。

幸福，原本就没那么容易。这种近似扭曲的想法一定程度上受影响于第一次恋情，从密不可分的两人演变到毫无干系的陌生人这一过程彻底毁了宋汶世界的宁静。一朝被蛇咬十年怕井绳让她慎之又慎，一有风吹草动立马就“龟缩”起来。

岑亮很清楚这样的想法只会将宋汶逼进一个死胡同里，她注定会错过很多，却也万分庆幸她遇见的人是他，他有足够的强势和耐心，逼迫她去面对，去选择，并始终不离不弃地守着她，直到她完成这一蜕变。

“对不起！”宋汶讷讷地说道。

岑亮的企盼她不是没有想过，她生气只是在气岑亮的突然袭击，她不想这么毫无预兆毫无准备的就“见家长”了。

“你选的可不是个黄道吉日，我的形象我的气质全被你毁了！”想想刚刚的囧态，宋汶很是不满地嘟哝道，右手泄愤似的在岑亮腰间不轻不重地拧着。

“不气了？”岑亮听口气知道宋汶气消了，将人推开些，看着她一脸哀怨的小模样忍不住想笑。

啪啪啪！宋汶拍了拍有些僵掉的脸，深吸一口气，转身端着一盅鸡汤就出了厨房，一身大义凛然赴死的悲壮，留下还没回神愣在当场的岑亮。

“岑爸爸岑妈妈好！”迎上四双齐刷刷投来的目光，自动忽略那两个帮凶的，宋汶有些破罐子破摔中气十足地吼了一嗓子。

“……”岑瑞，王丽华一愣神，茫然了，这称呼？

宋汶喊完就囧了，你这是闹哪样啊！内心深处风中凌乱了。

“岑亮！出来见人了！”她眉头一皱，红着脸转头求救似的朝厨房喊道。

“来了！”岑亮一惊，立马从那有些令人荡漾的称呼中回神冲出厨房。

“爸，妈，这我女朋友宋汶，唐宋元明清的宋，三水文的汶！”岑亮长臂一展搂住宋汶正式介绍道。

第十九章 俩熊孩子吓死人

除开最初的尴尬外，在林芸芸家两口子的活络下，总算将整个有些僵掉的氛围拉回正常的轨道。宋汶也放开最初的拘谨和岑瑞、王丽华相谈甚欢，一顿饭吃得也算是宾主尽欢，直到晚上十点左右才结束这场惊险连连的“见家长”。

“岑亮!”看着宋汶高兴地哼着小曲儿上车后，朱学晔忍不住叫住他。他和林芸芸都有些担心待会儿宋小蚊子又要和他闹腾。

“没事!”岑亮笑着道，知道他们的顾虑。

“有事打电话。”朱学晔还是不放心，嘱咐道。

“好！你们也快点回去吧!”岑亮不甚在意地挥挥手转身就走了。

“岑亮!”下车之前，原本一路笑嘻嘻哼哼着的宋汶突然板着脸一脸严肃。

岑亮精神一振，竖着耳朵听。这一路上，宋汶情绪都很 hight，自顾自哼着小调，有一搭没一搭跟岑亮说着有的没的的话，逻辑都很跳跃，他吓得个半死。

“我会尽快跟家里说我俩的事，然后找个时间让咱爸咱妈见见面。”宋汶说道。

“啊？哦!”岑亮先是一怔，然后笑了，心道终于可以正式登堂入室了!

“那，再见!”宋汶脸一红，快速吻了一下岑亮的脸下车就跑了。

“呵呵呵，还真是纯情！”岑亮自个傻乐着看近似落荒而逃的人。

岑亮心情很好地哼着歌开门进家时就看见客厅里正襟危坐的老爸老妈，俨然有话要问的样子。

“坦白从宽，抗拒从严！”王丽华端起茶几上的水，抿了一口说道。

“额！”岑亮愣了一下，挠挠头，想着该从哪讲起。

“去年五月份左右学晔家两口子有意撮合我们两个，但是我们两个当事人都没这意思就不了了之了。后来，老妈你不是有段时间特见不得我整天窝家里被你扫地出门吗？她刚好单身就找她玩，慢慢接触多了就来电了嘛！”岑亮简明扼要。

“就那么简单？”王丽华眉一挑，显然没那么好糊弄。

“你有段时间魂不守舍是因为她？”岑瑞记得大概就去年十月底岑亮早出晚归，有时候忧心忡忡，有时候发呆傻笑闹得两口子跟着不正常，想要问个究竟时人又好了。

“嗯？”岑亮一想，岑瑞大概说的是宋汶躲他的那几天吧！然后忍不住想到宋汶装可怜坑他的那天晚上，一时没忍住噗呲一声笑开了。

“？”老两口面面相觑，奇怪地看着他。

“那个，想到一些好笑的事情了。”岑亮不好意思地笑道。

“那段时间真的很糟糕，我有想过放弃算了，那丫头被惹急了。”岑亮想了想，娓娓将那段时间所发生的道与父母听。

“这也太能闹腾了吧？”王丽华听罢，眉头直皱，心想着不会又是另一个“汪晓霖”吧？

“妈，你别误会！这事是我的错，不关她的事。”一见太后老佛爷那表情就知道她想岔了，岑亮赶忙解释道。可不能让她老人家对未来媳妇有什么不好的想法。

“当初说好私底下交往，一旦不合适就分开。她有的地方的确做得不是很好，但是一直在努力。反观我呢，三心二意吊儿郎当，加上缺心眼地挑她毛病觉得放弃算了。她是真的想跟我好的，怕我就此放弃不要她了就犯傻闹了那么件蠢事，被拆穿了就做缩头乌龟天天躲着不敢见我。”同比汪晓霖让人不切实际心力交瘁，宋汶让人踏实安心，是个能过日子的人。

“妈，你也看见了，这屋子，今天的晚饭都是她一个人弄的！这样的媳妇打着灯笼上哪儿找去？”岑亮琢磨着双方家长见面后，宋汶就正大光明到家里来了，到时候不愁自家太后老佛爷见不到她的好。

“看见是看见了，但是……”王丽华仍是担心宋汶不是个省事的主。

“我和你妈也没什么要求，日子以后是你们自己在过，找个踏实理事的你的日子也会好过得多。”岑瑞适时地拉了下老伴，他看得出宋汶比起汪晓霖要懂事得多。哪个人没有点小脾气？只要是个顾大局的就好。

“谢谢爸！”岑亮感激，他知道岑瑞算是承认这个儿媳妇了。

“好了！你觉得好就是了，你们能安心过日子就好！”王丽华不耐烦道，妥协地就此将这事揭过了。

“妈，你会见识到宋小蚊子的好的！”自古婆媳关系最为微妙，但他相信，以宋汶的聪明一定会处理好的。

“对了！”突然间，岑亮眉头一皱想到了什么，有些为难地不知道该不该说出来。

“有件事，我觉得还是跟你们说一声比较好。”良久，岑亮觉得多一事不如少一事，避免将来父母知道了心里起疙瘩，不如一次性摊开来说算了。

“我认识汶汶之前她曾经订过婚，后来又退了。”果然，岑瑞、王丽华一听这话脸色就变了。

“到底怎么回事？”王丽华好不容易放下的心又提了上来，岑瑞眉头攒起，隐隐也有些担心。

“那事不是她的问题。男方是个没有主心骨的人，认识宋汶的时候还心心恋着前女友。后来因为父母的压力和宋汶订了婚，但是也没和前女友彻底分干净最后还把人家肚子弄大了。宋汶毫不知情，老天有眼让她抓奸在床，两人就彻底玩完了。”岑亮忐忑不安地看着父母，生怕他们对宋汶多想了什么。

两口子一时无话，彼此对视了一眼。

“哎！”王丽华长叹，听到宋汶的这些经历就让她想起岑亮和汪晓霖的那些个纠缠，还有那个与他们无缘的孙子。

要看清一个人最好的方式就是先看她的言行举止，只要开口就能将这人猜出个一二三来。说句心里话，经这一晚上的观察，她还是蛮喜欢宋汶的。

“咱也不能太挑了不是？每个人都有自己的故事，你的那些个破事不也是吗？只要你们将来能好好过日子，我和你爸就放心了。”王丽华语重心长道。

“谢爸妈成全！”岑亮听罢，感激道。

他知道这件事多少在父母心里有些影响，但是只要不是寻死觅活的大闹，这事就算是烂到肚子里都不会再被提起了。

而宋汶和家人摊牌则是在次日早上。

“爸妈，这是我处的对象！”宋汶将两张A4纸打印资料递给对面坐着父母。她则规规矩矩坐得像是被检查功课的小学生。

“噗嗤！姐，你这搞得像是应聘似的，也太搞笑了吧！”宋旻凑近一看，乐了。

A4纸上彩印了一张岑亮的高清照片，然后是姓名、年龄、籍贯、工作等等一一罗列开来，满满一大篇。

“去死！”宋汶额头青筋一爆，伸脚朝一脸欠揍的宋旻踢去。

“呵呵呵，恼羞成怒了！”宋旻朝她做了个鬼脸朝爸妈身边躲去。

“这是什么时候的事了？”宋子强一脸凝重地看向宋汶，这消息来得实在太突然，比广岛原子弹还强悍，消化不良了。

“半年多了。他是学晔哥的好哥们，我们原本没啥关系的，那两口子有意撮合接触久了就在一起了。”宋汶也很不安，时间不够很难揣摩父母的意思，现今能让他们彻底消化这个消息就不错了。

“看你这怎的就一神人似的，靠谱？”周英晃了晃手中的A4纸，怀疑道。

“能过日子就是靠谱的！”宋汶坚定地说道。

“主要是人家怎么看你？”怀疑的同时，周英更担心的是男方对自家闺女是不是一颗心，毕竟有前车之鉴。

“还别说，人家就跟你闺女看对了眼呢！”宋汶一板一眼说得极认真，力求让宋子强，周英信服。

“而且，我昨天已经见过他爸妈了！”不等还在疑虑重重的宋子强，周英提出意见，又一重磅炸弹来袭。

宋子强、周英一惊。

“姐，你真绝！这家长都见完了！”宋旻也不禁咋舌惊呼。

“诶，不对！”周英立马抬起左手做了个“停止”的手势，右手扶着额皱眉陷入了沉思。

“你不是照顾你生病的朋友吗？怎么就见家长去了？”周英想了很久，才费劲地将混乱的思绪理出了个头。

“对啊！”宋汶很坦然地说道。

“妈，你不会一直认为老姐的‘朋友’都是女的吧？”宋旻立马抓住了关键，他倒是知道宋汶一整个周六都和岑亮呆在一块儿的。迎上周英“怎么就不是”的模样，宋旻扶额哀叹，怎么老姐每回都会让老爸老妈坚定地认为她不会单独跟男人呆一块儿？到底哪里出错了？

“你别说你那生病的‘朋友’是这小子哈？然后顺便连家长也见了？”宋子强脸马上就绿了，气的！宋家孩子没有那么随便！

“我是被他给坑的！”宋汶见自家老爸那张脸心脏凸的一下跳到了嗓子眼，不经大脑地说，还甚是委屈。

“什么？”宋子强听罢直接炸了，自动理解为自家闺女‘吃亏’了，把原话不知曲解扭曲到了哪个爪哇国去了！

“老子宰了那小子！”宋子强急得四下里搜寻着可以作为武器的物什。

“老宋！老宋！你冷静点！听孩子把话讲完！”周英也是一惊，但是很快的冷静了下来赶忙拉住要暴走的老伴。

“姐！赶紧把话说清楚！”宋旻不禁翻白眼。

“他生病不假，那天找到他的时候他已经昏死在家了都，再晚就小命不保了。他爸妈出门旅游我不放心他一个人就在他家呆了一晚上，谁想他爸妈第二天就回了家，他闷声不响要给我和他爸妈一个惊喜，就这么稀里糊涂的见家长了！”宋汶一紧张就直接不打标点符号溜口而出，还不带喘的。

宋子强、周英一时无话，看着宋汶欲言又止。

“哎！”良久，宋子强叹了口气。

“爸妈不是反对你谈朋友，但至少给家里吱个声，你那么久了才说出来，都赶上谈婚论嫁了！”周英看看宋子强，安抚似的拍拍宋子强的手，说道。

“我……”宋汶一时无话。她是想慢慢说来着，谁知道被岑亮这一闹就彻底乱了节奏。

“原本就没打算要走到最后的，大概是缘分来了吧，就渐渐用了心。去年不是有段时间一直恍恍惚惚的吗？”宋汶调整了下情绪，平心静气地说道，现在最重要的是让爸妈消化这个消息。

“不是因为工作!”周英了然道。因为宋汶参加工作的时间并不算太长，宋子强、周英一致认为是因为工作压力，也就没往那方面想。

“嗯！人很好，觉得不就此抓住就会后悔一生，那段时间两个人的关系又一度降到了零点，很怕就此错过了!”宋汶每回想起就觉得‘胃疼’，却又伴着莫名的悸动。

“人是追回来了，一直计划着带给你们看看的，谁知道他也很怕我后悔，就干脆一不做二不休见家长先斩后奏。”

“你觉得好，我们也没什么意见，有空带回家我们看看吧。”宋子强最后无奈地想，是神是鬼先看再说，反正他们吃过的盐比那小子走过的路还多，这回得仔仔细细看清楚把好这最后的关卡。

“另外，有件事得跟你们说清楚。”宋汶想了想，岑亮以前的事还是跟家人交代交代，让他们心里有个底，将来也不会拿乔这事儿没完没了。

“三年前他也差不多要结婚的，女方连孩子都怀上了。”果然，宋子强，周英听到这话，脸色都变了。

“但是，女方一心想出国深造，一声不响的将孩子流掉就跑到英国去了。我知道这事你们心底会有疙瘩。但是，那不是他的错。当年他很痴心，被狠狠伤过后我也不怕他还会对那人念念不忘，他不是那种自虐犯傻的人。我希望爸妈不要揪着这事不放，每个人都有自己不堪回首的过去，你闺女不也有？不也没遭人家嫌弃嘛?”宋汶说着这话时心想，要是爸妈不同意她这辈子打定主意抓着岑亮死都不放手。那种鱼死网破破罐子破摔的决绝充斥在狭小的胸腔，久久不散。

“那女还跟他联系不?”良久，周英不掩担忧地问道。

今天从宋汶的态度不难看出自家闺女算是彻底陷进去了。因为极其相似的情况让周英很担心那小子会和之前那混蛋一样。而宋子强一旁“虎视眈眈”，一旦宋汶的回答不能令他们满意，他不介意充当‘刽子手’，哪怕女儿再情深，哪怕要打断女儿的腿也要灭了这段孽缘。

“嘿！老爸老妈诶!”宋汶不禁翻白眼，身子向前一探，凑到父母面前。

“那女的一声不吭的打掉孩子，间接杀人犯诶！爸妈，要是宋旻也摊上那么个女的?”

"喂喂喂！你别拿我开涮啊!"一边的宋旻听了就不乐意，不满地嚷嚷道。

"这不打比喻嘛!"宋汶抬手挥挥不耐道。

"宋旻再敢往那凑，老子非得废了他不可!"宋子强道。

"你儿子我又不是傻子!"宋旻愤愤道。

"那不就结了!"宋汶微微抬起身，又挪回沙发上，双手一摊，"难题"什么的都是浮云。

"于岑亮，他没的是儿子，于他爸妈，没的可是宝贝孙子！岑亮再想破镜重圆，那也得掂量掂量他爸妈心中那口怨气。更何况，他可比你儿子聪明太多，怎么可能还心无芥蒂的见她?"宋汶很不厚道将自家老弟开涮开到底。

"我靠！你这是贬低你弟抬高你男人是吧!"宋旻听罢，怒了，抄起手边的抱枕朝宋汶扔去。

宋子强、周英你看看我，我看看你，想了想觉得在理，微微点了点头。

"爸，妈，你们先忙着别下定义，先看看人，好与坏让时间见证好了!"最后，宋汶见爸妈似乎想明白也只能这么说了。

健身房。

"喂!"刚洗完澡出来的薛铭看见好几个越洋未接电话，顺手回拨过去。

"Amy!"听得出对方很兴奋。

"怎么了?"薛铭拨了拨额前的湿发，不咸不淡地应着。

"我五月份就可以回来了!"那轻快的声线像是插了翅膀的鸟儿，欢快不已。

"什么?"薛铭一惊，站了起来，生怕自己听觉出错了。

"我要回来了!"

"是吗！什么时候的飞机吱一声，我去接你!"薛铭听罢，很高兴地应道。

第二十章 情敌见面急红眼

五一小长假，岑亮和宋汶合计着去G市有名的度假村金翠湖的自助BBQ。

那里青山叠翠、绿树成荫、植被满园，以及截河成潭形成了天然的金翠湖，古朴纯真的美景、秀丽独特的韵味、田园风光的格调、情画意的风情，是个再好不过的好去处。

宋汶、岑亮、林芸芸、朱学晔、秦琴、杨子君、宋旻、杜涛，八个人三辆车不急不缓地投向波光粼粼的金翠湖的怀抱。

这一次的旅行时长三天，临湖定了户农家大院。

微风轻拂，淡蓝色的天空浮云淡薄，三三两两结伴而行，甚是惬意。

“三万！”朱学晔摸了张牌，看也没看就直接打了出去。

“等一下！和了！”不等杜涛摸牌，朱学晔的对桌，自家亲亲林芸芸大叫一声，推牌，和了！

“学晔哥！你故意的吧！”杜涛一脸哀怨地盯着朱学晔说。他的荷包哎！他自上桌以来就没赢过！

“赶紧的！拿钱来！”林芸芸乐颠颠地算着牌面，等着收钱。

“你还可以赢得再贱一点吗？”杜涛恨得咬牙切齿，肉痛地数票子。两口子像是说好的，五回就有三回朱学晔打出来的牌都能让林芸芸赢得满钵。

“呵呵！该老娘了！”一旁蠢蠢欲动的秦琴摩拳擦掌，迫不及待地把杜涛赶开。

“亲爱的，我来了！”秦琴朝对桌一脸面瘫的杨子君抛了个媚眼。

“打牌就打牌，要调情，门口在那，直走不送！”林芸芸一阵恶寒，鄙夷地睨了一眼秦琴。

“哼哼！看我和我家亲亲双剑合璧，打不死你们这对狗男女！”秦琴手不停，一边摸着牌，一边跟林芸芸斗嘴斗得不亦乐乎，看着牌面又是阴笑连连。

“小秦 people！收起你那一脸淫笑！矜持点！”面瘫的杨子君看着秦琴那算计的小模样，忍不住出口调戏。

“嘤嘤嘤！”秦琴很配合地扭捏着一副害羞样，顺手出了张“大饼”（一筒）。

“恶！”林芸芸、朱学晔、杜涛、宋旻绝倒！

“碰！”紧接着，朱学晔一张九条碰了秦琴的“大饼”。

“杠！”不等林芸芸乐呵，杨子君慢条斯理地推倒三张九条，顿时让苦着脸的秦琴一脸百花齐放，灿烂了。

“我靠！老娘绝对要代表月亮消灭你们这两个该死的‘恶心死人’星球人！”林芸芸生吞苍蝇般一脸扭曲了。

“喂！东西都弄好了，要烤东西吃的自已动手啊！”这时，从厨房里端出腌制好的各类肉食的岑亮看着笑闹成一团的几人，出声提醒道。

在 G 市，据说“k 歌”和“麻将”是现下年轻人较为主流的娱乐。

闲时小聚，多半都是往 KTV 里钻嚎他几嗓子。

周末、小长假就泡在度假村的麻将桌上杀他个昏天黑地。他们这圈子里的“麦霸”、“麻神”一麻溜儿。这不，这几位少爷小姐们一大早就霸着麻将桌不放，甭指望他们会动手弄这些个东西，他只好和宋汶两人来伺候着喽！

“岑亮！”正当岑亮感慨万千时，身后传来一声激动的呼唤。

“嗯？”岑亮笑着回身应道，突觉眼前黑影铺天盖地而来。

“啵！”不等他回神，嘴角被某个柔软的东西响亮地触碰了一下。

“阿亮！我回来了！”八爪鱼般扒在岑亮身上的汪晓霖抑制不住心潮澎湃朝他吻去。

“！”岑亮一怔，愣愣地看着挂在身上的人，那张似曾相识的脸，恍若隔世。

“宋小蚊子！”秦琴惊恐捧着双颊做爱德华·蒙克的《呐喊》状。

“你男人被人抢了！”林芸芸不甘落后同样《呐喊》了。

岑亮一时间有些糨糊的脑袋顿时间一片清明，毫不犹豫地将身上的人推开，右手用力地蹭着嘴角，又有些慌张地朝厨房看去。

汪晓霖脸一沉，咬着嘴唇，一脸哀怨地看岑亮！

“汶汶！”岑亮真的慌了，生怕再有什么误会，疾步就朝站在厨房门口的宋汶去。可看到她手中提着的不知在哪沾了血的菜刀时僵在了那，心想着她会不会一气之下一刀砍了自己？

“你们两个！就算再怎么《呐喊》也不可能会有1.199亿美元！”宋小蚊子朝那两个搞怪的人骂道。

“切！”《呐喊》的两个人右手一扬，撇嘴唏嘘。

宋汶懒得理会这两人，面无表情地扫了一眼岑亮，最后将目光定格在“非礼”岑亮的人身上。

同样的，被注视的汪晓霖很快将情绪整理好，带着探究、不屑等等神情毫不掩饰地挑衅回视宋汶。

“我靠！原来你们这伙人在这啊！”正当双方交锋无数回合，旁观者意犹未尽时，一个豪爽的声音打断这场没有硝烟胜败未定的战斗。

“李明？”最先反应过来的是岑亮。看着大门口外的“壮汉”以及他身后的两男两女，尤其是薛铭和只曾在照片里见过的宋汶的前男友吴晗时，各种思绪瞬间涌进大脑。

当然，岑亮身后的那几个人脸上也是跟调色盘一样，各种精彩！

“难怪了！Amy和晓霖非这金翠湖不来，原来是为了给你小子惊喜啊！”李明牵着女友进门来，身后是眼观鼻鼻观心的薛铭和一门心思放在宋汶身上的吴晗。

李明算是薛铭的青梅竹马，连带和汪晓霖也是极熟悉的。汪晓霖和岑亮间的是非恩怨他当然是一门儿清的，只是神经大条的他单纯地认为哪怕是分手了也还是可以做朋友的。对此，一旁的女友邓欣雨只得无力翻白眼，懒得跟他那根“很傻很纯（蠢）很天真”的粗神经较劲。

一番寒暄后，岑亮几人这才知道汪晓霖一行人也同他们一样定了这农家大院。

这是有目的的预谋！两路人马，各怀心思。

情敌见面分外眼红，有些人很没义气地期盼着一场血雨腥风。

有的人心心念念地期盼着能旧爱重燃。

砰！砰！砰！

将一众“麻友”打发好后，龟缩在厨房的宋汶面无表情地将一只兔子腿砍得砰砰响。进门来的岑亮看着那发泄似的砍法，不禁头皮发麻，仿佛砍在身上般不自在。

“怎么了？”他小心地靠近，将人圈在怀中，下颌轻轻搁在宋汶的左肩，柔声问道。

“阿亮！”宋汶将砍好的兔腿肉装盘，脱掉一次性手套，放下菜刀，向后靠了靠，叹了口气。

“会没事的！”岑亮知道宋汶这会儿正心烦意乱，无外乎“吴晗”。可他也好不到哪去，汪晓霖单独现身倒没什么，可加个“吴晗”那就闹心了，一股子“阴谋”的味道。

“我闻到了一股电视剧里才有狗血味儿！”宋汶一脸忧心。

“呵呵呵，我还听见了滚滚天雷呢！”岑亮见状，忍不住笑道。

“笑笑笑！笑屁啊！”宋汶不禁翻白眼，将搭在腰间的大手掰来揉去，捏捏掐掐表示不满。

“汶汶！”岑亮倒也不恼，将人摆正，捧着那张染上忧愁的脸，一脸肃然。

“我欲与君相知，长命无绝衰，山无棱，江水为竭，冬雷震震，夏雨雪，天地合，乃敢与君绝！”十指相扣，四目相对，岑亮说了一首乐府诗以表真心。

“恶，肉麻死了！”宋汶说不触动，那是假的。只觉得双颊一热，不好意思了，猛地推开岑亮，双手扶着手臂一副寒战样，眼神飘忽着不知该往哪看。

“喂喂！我好不容易诗情一把，你也太不买账了吧！”岑亮佯装生气地伸手去戳宋汶微红的脸。

“阿亮！”正当两人闹得欢腾时，汪晓霖很不是时候地出现在门口，她的身后是吴晗。

其实，他们一早就在门口了，那些话一字不落地全听见了。

这一幕太刺眼，汪晓霖忍不住想去破坏！

岑亮一愣，宋汶也敛容。

两个人的手，始终紧紧相扣。

……

出发前所有糟糕的预想中那丝丝心存的期望，瞬间被他们彼此间的信任消灭得干干净净。

之后一整天，仍不死心的俩人试图趁着他们落单的时候逐个击破。可是，俩人仿若连体婴般如影随形，直到晚上……

那时候，岑亮和宋汶在湖边钓鱼。

因为没有带水，宋汶哼着小曲去买水，然后就被一直在他们周围转悠的吴晗拦住了。宋汶脸色一僵，二话没说转身就跑，慌慌张张地掏手机拨岑亮的电话。

“汶汶！”吴晗几步上前拽住宋汶的手臂。

“走开！”宋汶不耐烦地挥手格挡开吴晗伸来的手。见逃无可逃，她一脸戒备地保持一定距离冷冷地看着吴晗。

“就算我曾经对不起你，你也没必要这样吧！”吴晗苦笑，试图上前，宋汶见状就后退。

“我求你了，别再来烦我好不好？”宋汶一脸烦躁，此时此刻是如此的期盼着岑亮能听到她的呼唤马上出现在自己面前。

“对不起，我还是放不下你！我已经和马玥分手了！”吴晗深吸一口气，天知道他多想将眼前人拥入怀中。

“关老娘屁事啊！”宋汶怒道，转身就要走，她可没闲工夫跟这人瞎扯。

“汶汶，你听我解释！”吴晗急了，上前就去抓想要走的人。

“放开我！”宋汶只觉得被吴晗触碰的地方让她忍不住犯恶心，猛地转身。

“哎哟！”由于用力过猛，加之吴晗也始料未及，宋汶就悲剧了，一屁股跌坐在地。

“宋汶！”几乎同一时间，被电话传唤而来的岑亮的心一下子提到了嗓子眼，飞一般的冲上前将罪魁祸首吴晗一拳打倒在地，接着是第二拳。

“岑亮！”宋汶颤巍巍地喊道。

“疼啊！”宋汶惊声尖叫，痛处自尾椎处渐渐蔓延开来，疼得脑门发凉。

“宋汶！”岑亮即将落下第三拳时，被那声尖叫吓得个激灵，马上回身去查看宋汶。

“哪疼哪疼？”岑亮蹲下身焦急地查看痛得扭曲了脸的宋汶。

“屁、屁股啊！”宋汶一把扑上前，死死地抱着岑亮，一口咬在他的肩上以减轻身上的痛楚。其实，她跌下时本就不会太疼，问题在于出现了颗拳头大小的石头，硌的。

“没事了没事了！”岑亮一阵心疼，将人抱起就往住处跑。

起身离开时，岑亮恶狠狠地瞪着脸上挂彩的吴晗。冷冷地瞥了一眼尾随而来的汪晓霖。

在吴晗找上宋汶的同时，汪晓霖也同岑亮搭讪上了。

不同于宋汶的偏激，不喜欢的绝对老死不相往来绕道而行。岑亮觉得情不在谊可存，两人就着汪晓霖国外生活有一搭没一搭地说着，处得还算融洽。

直到宋汶打来的那通电话……

“林芸芸、秦琴，赶紧来看看宋汶！”岑亮急吼吼地闯进院子，朝为麻将疯魔了的人喊道。

这伙人先是一怔，然后立马抛下手中的东西跟上跟龙卷风似的卷上楼的岑亮。

一时间，院子里只留下薛铭、李明和邓欣雨三人面面相觑。

很快，院门口就出现了精神恹恹的汪晓霖和嘴角青肿的吴晗。

“晓霖！怎么了！”薛铭迎上去，急切地问道。

汪晓霖扯了扯嘴角摇头苦笑。

吴晗木着脸毫不犹豫地上楼，他想看看宋汶有没有事。

汪晓霖犹豫了一下，也跟了上去。

薛铭见状也跟了上去。

“欣雨？”李明有些担心也想上去看看，却被女友拉住了。

“关你什么事？”邓欣雨白了他一眼。

“可是？”

啪！邓欣雨毫不客气的一掌拍在他的后脑上。

“你想以后和岑亮都没得兄弟做的话，你就去！”邓欣雨挑眉看他。

“欣雨！”李明有些不悦地皱眉。

“你是真傻还是装傻？你看不出来那两个人是存心找岑亮的不痛快的吗？”

“我……”说实话，见到岑亮他们的那瞬间，他就明白汪晓霖心中的小九九了。可他们毕竟是好朋友，被人利用什么的厌恶情绪只是那刻钟在心中一闪而过而已，不想还是出事了。

“‘就算分手还是朋友’什么的都是鬼话，恐怕你也没那么大度吧！更何况岑亮和汪晓霖之间的事情本来就复杂。还有那个吴晗，对宋汶那种赤裸裸的目光是瞎子才看不出来！说白了，咱们两就一对托儿，瞎掺和什么？”邓欣雨恼怒道，这一趟真不该来！平白给自己添堵！

“怎么样？”看着林芸芸和秦琴从屋里出来，岑亮焦急地问道。

“没事！就是青了一大块，过些天就散了！”秦琴说道。

“吴晗！老娘宰了你！”个性较冲动的林芸芸见走道另一头站着的人忍不住想要冲上去好好教训一番。

“你还嫌不够乱吗！”朱学晔一把将人拉住，低声喝道。

“我……”林芸芸红着双眼瞪朱学晔。

“都进去吧！”岑亮看了一眼那三人，脑仁一阵阵抽疼，最后进屋去了。

“汶汶？”岑亮试探性地喊了一声。

“嗯！我没事！”趴在床上的宋汶，一双黑白分明的眼睛闪过一丝冷光。当岑亮唤她时，敛去所有情绪一脸无害地笑着抬头看他。

“明儿一早就回家，有没有意见？”岑亮见她没事舒了口气，然后对着在座的人说道。

“没意见！”从那两个“瘟神”出现后，注定他们这趟出游要黄了，再加上刚刚那一出谁还有心思再玩下去？

第二十一章 烦扰不休的纠缠

金翠湖那场小风波后，大家伙又投入了朝九晚五忙碌的工作中。

早在四月份时，岑亮、宋汶双方家长就已经见过面了。

之后，两个人彼此时常这家住个几天那家蹭个几天，日子过得有滋有味。

六月之后，时不时会有几场暴雨，早上还是阳光明媚，到了中午黑云滚滚自天边毫无预兆地涌来，接着是一曲热烈华丽的交响乐，来得快，去得也快。

当岑亮的车被汪晓霖挺身拦在公司大门口时，他突然觉得自己阳光灿烂的日子正含泪同自己挥手告别，是被名为"汪晓霖"的狂风暴雨驱逐出境了。

只是，他不知道这场"暴雨"是否能像今天午后那场暴雨，来得快，去得也快。

"上车吧!"岑亮看着站在车前期期艾艾的汪晓霖，不禁皱了下眉。现在是下班高峰期，他不想引人注意只好将人叫上车。

"找我有事?"岑亮方向盘向右拐，朝他原本既定的相反方向而去，他是不可能带着汪晓霖去接宋汶的。然后带上蓝牙耳机准备跟某个人报个备，他不想瞒着宋汶自己跟谁在一起。

"我，我就想见见你！我们那么多年没见，我……"汪晓霖低着头，磕磕巴巴地说着。天知道她花了多大力气才鼓起勇气来的。她紧张地绞着衣角，偷偷瞄着岑亮英俊的侧脸。

“也是！你回来那么久，也没给你接风洗尘，倒是我们疏忽了。我看，赶明儿我联系联系大家伙儿出来聚聚吧！”岑亮内心一阵厌恶，面上却不动声色。

耳机里传来“奶茶”的《幸福就是》，他急需那只“小蚊子”的声音来抚慰心中的烦躁。

“岑亮，我……”汪晓霖一听那话就知道岑亮故意岔开了话题，急忙解释些什么。

“汶汶！”而电话那头正好接通，也就打断了汪晓霖想要说的话。

“今天就不去接你了，我跟汪晓霖在一块儿，打算请她吃顿饭。”岑亮含笑，声音轻快。

汪晓霖听罢不禁脸色煞白，然后怨怼地盯着岑亮，试图引起他的注意。

“岑亮，你要是我，会大度到请自己的前男友吃饭吗？”宋汶接到电话的那会儿刚出公司大门，远远地就看见她最不想见的人——吴晗，正扬着灿烂的笑容朝自己来。

一听到岑亮“遭遇”了汪晓霖，好巧！巧得她可以肯定这两人滚一窝里狼狈为奸了！

“什么？”一听这话，岑亮眉头紧皱。

“该和你风花雪月怎么就遇上了自个儿的前任了呢？晦气！”宋汶看着走近的男人咬牙切齿道。

“别气了，乖乖回家，晚点打电话给你！”顾及到汪晓霖，原本是想逗弄一下那只现在应该怒火成妖的“小蚊子”，想想还是留在晚上来好了。

“我呸！你丫的自个儿出去鬼混，让我回家可怜巴巴等你传召宠幸，想得美！”听那头的轻笑声，宋汶像是被点着的炮仗，炸了！然后用力一戳，气愤地挂了电话。

“汶汶！”吴晗几米开外站定，柔声喊道。

宋汶昂首挺胸，看也不看满脸激动的吴晗，像只骄傲的孔雀越过他自顾自地走人。

“汶汶！”吴晗赶忙追上。

“汶汶！”吴晗有些着急地拉住宋汶手臂，却又害怕宋汶会有什么过激的反应，见她转身来面对自己了就立马松了手，只是局促地看着她。

“你到底想干嘛？我和你已经没有什么关系了，你还来纠缠不休做什么？”宋汶不耐烦道。

“对不起！我只是想要解释清楚之前的事情，你是当事人之一，有权利知道真相！”吴晗煞有介事地说，脸上要多真诚有多真诚。

装得跟真的似的，是傻子才信你！宋汶腹诽。

“什么真相？”宋汶饶有兴味地看他。

“我已经和马玥分手了。她那时候找我，我见她精神不好就抽时间陪陪她，谁知道，谁知道……”吴晗见宋汶并没有拒绝听他说话，欣喜得赶忙解释。

宋汶歪着头，冷漠地看着吴晗声情并茂，一副受害人的姿态。心想着当时真是瞎了眼才会觉得这样的人值得托付终生，现在却恬不知耻地拿一个女人的不幸来彰显自己的无辜，真真的人渣！

“人非圣贤，孰能无过！过而能改，善莫大焉！汶汶，我错了！原谅我好不好？我们重新开始，好吗？”吴晗瞅准时机上前执起宋汶的手一番深情告白。

“不管真相如何，你都没有办法否定当时你是爱着她的，不然一个巴掌拍不响。”宋汶极力忍下想要狠狠狂扁眼前的人的冲动，将手从对方的手中抽出来。

“我知道，你一时间还没有办法接受我，但是我可以等，总有一天你会明白的！”吴晗听罢眼中有瞬间的黯淡，但很快恢复常态对着宋汶笑得一脸笃定。

宋汶无语地看着吴晗，很奇怪他骨子里的自信来自哪里？

“可你严重地影响到了我的工作和生活！我还要陪我男朋友，哪有时间跟你瞎磨叽？”宋汶恼怒道。

“你是说岑亮？他也不比我好到哪里去，你不知道？”吴晗一听宋汶提及岑亮，今天装出来的好脾气新形象一下子绷不住了，那个人的陈芝麻烂谷子比他的还离谱。

“够了！他怎样关你什么事？我警告你，不要再出现在我的面前，小心我揍你！”宋汶大骂，愤然转身走人。

“宋汶！我不会放弃的！”吴晗心有不甘地朝着离去的背影喊道。

某餐厅小隔间里。

汪晓霖看着若无其事吃着饭的岑亮，欲言又止。

出发前建设好的信心和自信面对岑亮的冷漠，瞬间，溃不成军。

“怎么不吃?”岑亮又不是木头，自然是感受得到汪晓霖那毫不掩饰的炙热视线，简直就是一种煎熬，天知道他有多想快点结束!

“岑亮！你还恨我吗?”汪晓霖一脸懊悔地看着岑亮。

金翠湖之后，她感受到前所未有的恐慌，意识到三年前的不告而别已经成为梗在他和岑亮之间无法跨越的鸿沟。可她爱岑亮，无法释怀他怀中的人不是自己，无论如何都要挽回点什么。

“曾经恨过，现在不恨了!”岑亮擦了擦嘴，一脸坦然。

他以前也有想过再次见到汪晓霖时会是怎样的心情。以为会是满腹怨恨。而今见到了，除了那似曾相识的恍惚，什么也没有。

时间，是最好的疗伤圣品，它可以抚平伤口，漂白记忆，却也可以封存记忆沉淀感情。

放下了，曾经的是非恩怨也就烟消云散了。

“可我宁愿你恨我!”汪晓霖痛苦不堪。

若是有恨，那便是爱着的！不恨了，也就不在乎了，放下了，不爱了!

“你别这样!”岑亮撇开眼，不去看汪晓霖眼中深沉的让人无法呼吸的痛苦。

事已至此，他只能说早知今日，何必当初？每一个人都要为自己的所作所为承担后果的。

“已经没有可能了吗?”汪晓霖心有不甘，她不相信那个曾经将她捧在手心视若珍宝的男人会就此放弃自己。

“对！所以，以后能不见面就不见了吧!”岑亮面无表情地说道。

汪晓霖是那种给不得任何希望的人，若因顾及伤害而不忍狠心，她会追着那缕虚无缥缈的光至死方休死缠到底。

“你……?”汪晓霖抬头，不可置信地看岑亮。

那话像是一把尖刀狠狠地插进她的心脏。记忆里，岑亮是不会拒绝自己的!

“我不想汶汶有什么误会！我走了，你慢慢吃!”岑亮起身就走，急于逃开这令人窒息的悲痛笼罩着的空气。

“不!”汪晓霖伸手想要抓住离去的人，却抓了个空，只来得及看见消失在门口的背影。

半个小时后。

“我警告过你的！是你自己不听！”被汪晓霖电话找来的薛铭见到失魂落魄的人时，皱眉。

“Amy，我该怎么办？我不想失去他！”汪晓霖泫然欲泣地看着薛铭。

“不想失去？那你早三年前干嘛去了？现在摆出这副样子给谁看？”薛铭见不得汪晓霖一副悲情女主角的德行，嫌恶地撇开脸。

“那我现在后悔了行不行！”汪晓霖听罢，脸色一僵，不甘地吼道。

“哎！”薛铭按按突突直跳的太阳穴，头疼啊！

以目前的形势来看，她知道汪晓霖是不可能留住岑亮的人了。可让人脑仁疼的是汪晓霖是个就算撞南墙撞得头破血流也未必会回头的人，劝说无效！

“人要脸树要皮。树不要皮，必死无疑，可人要是不要脸——”薛铭咬咬牙，定定地看着汪晓霖。

汪晓霖抬头，一脸茫然。

“这人一旦不要脸就天下无敌了！你要真想要岑亮，那就放下你那自以为是的自尊，放下架子做小伏低。就像当年岑亮掏心掏肺鞍前马后伺候你一样，一个不顺心就给他脸色看，现在不过是对调角色而已。你确定，你做得来？”不是薛铭打击汪晓霖，实在是这女的从来都是被讨好的主儿，哪会拉下脸去讨好别人？受了委屈只会摆着一张惨兮兮的脸，别人少不了上前犯二耍宝博美人一笑的。

“能！”汪晓霖低头深吸一口气。抬起头时，一脸坚定，眼中燃烧着一团炙热的火。

“但是，你要做好最坏的打算。”薛铭心想，最坏的打算就是连朋友都没得做！

“Amy，这算是报应吧！”汪晓霖苦笑道。

“谁知道！”薛铭不置可否地耸耸肩。

也不知道这样鼓动汪晓霖到底是好是坏？成事在人谋事在天，一切看老天爷的了。

宋汶家小区外的广场。

“你不陪你的老情人吃饭，来理我干嘛！”宋汶四肢摊在榻榻米上，右脚极力伸长去钩天花板垂下来的风铃。

“找你消毒来了！”岑亮单手支着脑袋，听着电话那头的情绪，心里描摹着那只“小蚊子”此刻的应有的表情。

“自个儿上苏宁买消毒柜去！爱怎么消怎么消！”宋汶一个鲤鱼打挺坐起，怒了。

“喂，下来吧！我在广场呢！”

“那你怎么不上来？”宋汶眼睛一亮，嘟哝着，站起身，拿外套往外走。

“啊！心灵重创！急需组织救援啊！”岑亮做有气无力状低头轻笑，想着那人的一颦一笑。

几分钟后。

岑亮和宋汶相依偎在广场一隅，安静地看着广场上唱唱跳跳的男男女女、老老少少。

彼此相爱，不一定每时每刻都得感动天感动地的轰轰烈烈，也可以相依静看世间繁花似锦，共赏尘世的喧嚣。

“哎！”宋汶喟然长叹。

“怎么了？”岑亮低头，伸手摸了摸靠在肩上的人的脑袋。

“心里堵得慌！”宋汶扒拉下头上的大手，掰来揉去。

“你说，要是世界上杀人不犯法该多好！”宋汶不喜欢麻烦。汪晓霖、吴晗如卡在喉头的鲠，一日不除，这日子就别想安生。

“好血腥，好暴力！”岑亮佯装很怕的语气，笑道。

宋汶赏他一记眼刀，化愤怒为行动狠狠地蹂躏岑亮的手。

“我吧！就希望能有只哆啦 A 梦的百宝袋，不顺眼就掏按钮对着他一按，消失了！”岑亮看着广场上喧闹的人群有些出神，淡淡地笑着。

他喜欢和宋汶呆在一起的感觉，很轻松惬意，不用费尽心思地去讨好对方，不用担心被猜疑这怀疑那的。两个人有话就直截了当地说，彼此坦诚不用藏着掖着。

“我怎么没想到？”宋汶眼睛一亮，惊喜道。

“哎呀呀！情路坎坷啊！老天是不是闲的没事干了，抽了？”宋汶随即脸一垮，分外哀怨地说。

“大概老天这是在考验我们吧！”岑亮紧了紧怀中人，安慰道。

“好吧！锻造金坚之情好歹也得千锤百炼吧，那就让暴风雨来得更猛烈吧！”心中郁积的不痛快一旦得以发泄，宋汶的心情飞扬，吧唧一口啃在岑亮的脸上。

第二十二章 流言四起引是非

当岑亮连续两次被笑容可掬的汪晓霖堵在公司门口时，之前“一切都会好起来的！”那种侥幸心理此时此刻显得如此苍白无力。

为了避免被围观，他只好客气地将人请上车，煎熬地吃完一顿饭，然后再也不管不顾令他心情郁闷的人，马不停蹄跑了再说。

第四日。

汪晓霖看了看手机，时间比以往都晚了十来分钟，岑亮却没有出现。

“对不起！您所拨打的电话已经呼叫来电转移！Sorry，you……”汪晓霖皱眉，十几通电话无疑都是机械的女声，那种莫名的焦躁和冷意一瞬间袭遍全身。

事实的真相是，岑亮后门遁走了。

那么，宋汶那边又如何了呢？

当吴晗瞪着大门口望眼欲穿，手中的手机不断重复“对不起！您所拨打的电话已经呼叫来电转移！”时，突然恐慌起来。

那么，他心心念着的人呢？早从后门上了岑亮的车，约会去了。

第五日。

汪晓霖依旧那个时间出现，依然如同昨天般没有见到岑亮。

“对不起，我想问一下你们的岑亮岑总监走了吗？”她深吸一口气，上前拦住两男一女，问道。

“应该没有吧？”女的看看身边两位男同事也不太确定地说。

“那他在开会？”汪晓霖猜测道。

“咦？今天没有会议通知啊？”甲男疑惑。

“可电话一直打不通啊！”昨天她还可以自欺欺人地认为岑亮有事走不开。

“你打的是私人电话？”女的问道。公司另给每个部门的主管以上人员都配有一部办公移动电话。

“嗯！”今天，她确定岑亮是在躲她。

“那很有可能是没带或者没电了吧！”女的说道。

“我帮你打公司的电话问问。”乙男热心地掏出手机拨号。

“喂！岑总监，我是××部门的×××。”

“哦，我就想问下您走了没有？”

“没事，就是有人找您，一直打不通您的电话。”

“额！你等下，我问问。”

“对了，请问您是哪位？”乙男捂着电话抬眼问汪晓霖。

“我是他女朋友，汪晓霖。”汪晓霖眨眨眼睛，一脸坦然。

此话一出，三人一怔，不可思议地看着她。因为他们前不久才见过岑亮的“女朋友”，根本就不是一个人！

“能把电话借我一下吗？”三人的表情尽收眼底，汪晓霖面带笑容，心中却堵得难受，同时又生出一股莫名的兴奋。

“啊？哦！好！”乙男呆了呆，然后将手机递了出去。

“阿亮，是我！”

电话那头。

“噗！咳咳咳……”听见汪晓霖的声音时，岑亮正接过宋汶递过来的水喝着，冷不防惊了一下，咳得肺部一阵阵抽疼甚是狼狈。

“怎么了？”身旁的宋汶吓了一跳，手忙脚乱的一阵忙活。

“哦！是你啊！”岑亮拿过纸巾胡乱的擦擦溅在脸上的水，朝宋汶摇了摇头踱步走开。

宋汶眼睛一眯，心头一紧，看着不远处烦躁地来回踱步的岑亮，她有股很不好的预感。

“幸福就是，该结束的时候，不再强求，在你应该珍惜的时候，学会别无所求，幸福就是，去包容……”

“岚姐！”宋汶见是师傅的来电敛了敛脸上情绪。

“汶汶啊！那个，吴晗找你！”宋汶的那点破事，她是知道的，可不知道的是她身边这几位同事。

一个个脸上惊愕过后就是毫无掩饰地探究地看着眼前一副坦荡荡的人。

她有些拿不准这个人到底是什么意思，更加担心自家那小徒弟是不是招小人了？

“她让你接电话。”岚姐将电话递给吴晗。

“你是不是有毛病啊？我说过别再来烦我的，你丫的是来自外星球听不懂人话还是怎么的？”宋汶抑制不住愤怒，开口就骂。

“我就是想见见你！”吴晗朝岚姐她们抱歉地点点头，转身走开些。

“宋汶的男朋友？这跟前些日子的那小伙子不是一个人啊？”

“换了一个？”

“脚踏两只船？”

……

岚姐有些无语地看着身边几位八卦兮兮说得起劲的人，又看看吴晗，心想着小徒弟宋汶这回大麻烦来了。

“去死！”宋汶扬手愤恨地就要将手机扔出去。

“汶汶！”已经接完电话回到她身边的岑亮一惊，赶忙伸手拦住。

“哼！”宋汶恶狠狠地剜了一眼岑亮，挣脱他的手，转身回到车上。

“岑亮！”两个人沉默地坐在车里，各自沉浸在自己的思绪里良久，宋汶忽然转头认真地看着他。

“怎么了？”岑亮伸手握住她的手。

彼此的情绪都很糟糕。但是，彼此间的信任此时此刻更是弥足珍贵的！他在思量着怎样才能摆脱汪晓霖这个麻烦。

“我们，我们不管以后要面对什么，都不要放弃好不好？”宋汶略有些祈求地说道。

“好！”看着那小心翼翼地表情，岑亮心口一抽，将人拥住，无比坚定地说。

正所谓“人言可畏”！很快，宋汶、岑亮、吴晗、汪晓霖四个人各种版本“劈腿”、“脚踏两只船”、“小三”的流言蜚语以宋汶和岑亮为原点，以部门为半径，并持续加长，呈弧状蔓延开来。到最后，有心人竟然将四个人的是非纠葛一点一点地挖了出来。同情、唾骂、不屑、嘲笑等等情绪围绕着这四个众矢之的。

汪晓霖、吴晗不惧流言雷打不动地继续出现。

宋汶、岑亮置之不理避而不见，可并不代表他们的好朋友死党能忍得下这口气。

某家饭馆的包间里。

“这日子能不能再狗血一点！”从朱学晔那听来的各种流言碎语，林芸芸恨不能将那两个罪魁祸首给撕了！

“芸芸！冷静点！”朱学晔将激动的人按坐下。

“还没说你呢！你早就知道那渣女人来找岑亮，知情不报，想干嘛？私通敌人还是怎么的？”林芸芸气急，口不择言道。

朱学晔听罢忍不住皱眉！

“不关学晔的事。我原本想不理会汪晓霖的话，过些日子就消停了。没想到事情会闹到这种地步。”岑亮为平复林芸芸的怒火开口解释道。比起这个，他有些担心身边坐着的宋汶，不怨不怒，安安静静乖巧得很反常。

“吃吃吃！都什么时候了你还吃得下？”林芸芸见宋汶事不关己一般地吃着饭，极度不爽。

“那你要我怎么办？”宋汶头也不抬，扒拉着面前的鱼香肉丝。

“顺其自然呗！”她将肉丝挑出放在岑亮的碗里，淡然说道。

“你！”林芸芸一口气堵在心口，气得浑身发抖。

“芸芸！”朱学晔适时将人抱住，一阵安慰。

“有意思吗？就为了两个毫不相关的人，自家人在这里吵得个面红耳赤，传出去简直就是笑话！”秦琴皱眉道。

“叔叔阿姨，伯父伯母们知道这件事吗？”杨子君想了想问道。这件事闹到家长们那儿问题就大了！

“哪敢说啊！那不是找死吗！”岑亮也知道父母知道这件事是早晚的事，有些不切实际地想着在那之前那两位祖宗不再闹腾了。

“抱歉！刚刚失控了！”这时，平息情绪的林芸芸对着宋汶、岑亮抱歉的说道。

“没事！知道你是关心我们。”宋汶笑了笑。有难相帮有委屈替你抱不平的好朋友难求，千金不换的！

“再有，我和阿亮——”宋汶抬眸看岑亮，她的左手，他的右手，十指相扣。

“我们说好的，死也不松手！”宋汶微笑着，眼睛亮亮的似满天星光般璀璨。

“嗯！”岑亮也笑了，眼里的坚定像是无坚不摧的盾，谁也别想将其破坏。

“你们俩打算怎么办？总不能放任不管，随那两个家伙折腾吧？”秦琴问道。

“明天我会找汪晓霖说清楚。”岑亮想了想说道，利落地将水煮虾剥了放进宋汶的碗里。

埋头苦吃的宋汶一惊，抬头诧异地看着他。要是她，不感兴趣或是讨厌的人老死不相往来，直接无视掉就好。

“你也要一起。把话挑明，将来闹出个好歹就不要怪我翻脸不认人。”岑亮脱了一次性手套，摸摸宋汶的头说道。宋汶满意地点点头，埋头继续吃饭。

只是，计划永远赶不上变化。

当次日下午，岑亮接到太后老佛爷的电话，那足以毁天灭地的狮吼功吼得他一愣一愣的，他这才知道，汪晓霖上他们家负荆请罪去了！

“学晔！”他拿上外套急急走出办公室，叫住要去茶水间的朱学晔。

“怎么了？”朱学晔疑惑地看着一脸焦急的他。

“汪晓霖要死不死找太后老佛爷演负荆请罪的戏码，那边已经闹翻天了！”岑亮烦躁地挠着头，头疼！。

“什么？”朱学晔一惊。

“我先走了，公司有什么事帮忙挡一下。”岑亮拍拍朱学晔的肩转身就走。

岑亮家。

“伯母！您开开门，您听我解释好不好！”被王丽华赶出来的汪晓霖不死心地拍着门，毫不避讳隔壁邻居的指指点点。

啪！一只玻璃杯破空而去，狠狠地砸在门上，碎了一地。

“滚！”王丽华气得浑身发抖。

“您不开门，我就长跪不起！”汪晓霖一脸决绝，当真跪在门口一动不动。

“有本事你就跪死在那！”王丽华指着大门，隔着门大骂。

“丽华！你冷静点！”岑瑞也是一肚子火，性子内敛的他比脾气火爆的王丽华要冷静得多。

“冷静个屁！闷不吭声一走三年，连句‘对不起’都没有。学什么负荆请罪啊？她不是廉颇，老娘也当不起蔺相如！”王丽华气得浑身不得劲，弯腰在茶几的抽屉里一阵翻弄，然后摸出一本牛皮纸笔记本。

“你要干嘛？”岑瑞揉揉突突直跳的太阳穴。王丽华不语，抓着电话噼里啪啦地按了一串电话号码。

“苏——柳——梅！见过不要脸的，没见过汪晓霖这么不要脸的！”电话一接通，王丽华铺天盖地一通臭骂。

苏柳梅，汪晓霖的母亲。

“老岑家的，你、你怎么乱骂人啊？”苏柳梅黑云压顶。

“骂的就是你们这家子人！你教出来的好女儿！你当全世界的女人死绝了非得你们汪晓霖不可？高兴来就来，不高兴一走了之！”

“你什么意思？”苏柳梅不明所以，一头雾水。

“赶紧把她带走，晚点老娘指不定一刀砍了她！”王丽华说罢砰的一声摔下电话，倒坐在沙发上大口大口地喘着气。心口堵着一团火，大有越烧越旺的趋势。

嘟嘟嘟。

苏柳梅没由来心头直跳，二话没说赶紧出门。

宋汶家。

相对于岑亮那边激烈的战场，宋汶这边则是一片死寂。

宋子强、周英都是脾气温和的人，面对突然来访的吴晗，再怎么不喜欢也不会将人赶出去。对于吴晗“无比深刻”的忏悔也只是沉默地坐着，等着一双儿女回来再做决定。

“宋旻，你动手还是我动手？”宋汶和宋旻一同进门时，看到的就是吴晗跪在父母面前絮絮叨叨地说着什么。她的脸一下子冷得挂了霜，眼神森然仿佛要将吴晗凌迟了一般。

“起来!”宋旻二话没说上前将人拽起往门外推。

“汶汶！你不要这样，你听我说!”吴晗殷切地看着宋汶。

“快滚吧！我们家不欢迎你!”宋旻骂道，将人扭送出门。

“汶汶，你原谅我好不好？我错了！以后再也不会了！汶汶!”吴晗不死心地嚷嚷着被推出去，最后很不甘心地被关在门外。

宋汶像根冰桩子似的杵在那一动不动，只觉得浑身冰凉，那些曾经的伤害又将随着这个人的出现而出现。

“姐！你没事吧?”宋旻上前拉了拉她，他能感觉到宋汶面无表情下汹涌不息的不安和恐慌。

“没事!”而她的颤抖声音却泄露了她真实的情绪。

第二十三章 四个人的生死战

岑亮一路走来，小区里的人但凡见到他无不指指点点悄声议论着什么，心头烦躁更甚。

“起来！”看见汪晓霖跪在家门口时，那些已经消弭的恨意翻江倒海地涌上心头。

“阿亮！”汪晓霖眼睛瞬间亮了起来，心情雀跃。但是，还来不及将这种心情表现在笑颜上就被岑亮粗鲁地拽起，踉跄地被拉走。

“你抓疼我了！”汪晓霖一把甩开岑亮的手。因为长时间跪地，膝盖一阵酸麻，嗔怪地看着他。

曾经为之怜惜的表情瞬间让人倒尽胃口，岑亮冷冷地瞥了她一眼，转身就走。

汪晓霖脸色一僵，看着离去的背影欲言又止，无奈只好揉着膝盖一瘸一拐地跟在后面。

呜哇呜哇！

小区外，马路边上，岑亮一脚狠狠地踹在车身上，警报声顿时间响彻天地，突兀，刺耳。

汪晓霖心头一跳。

“汪晓霖，你到底想干嘛？”岑亮抑制不住心中的怒火，骂道。

“我爱你！”汪晓霖歪着头，痴迷地看着他。

“可我不爱你！”看这样近似疯魔的表情，他扶额哀叹。

“没关系！我会一点一点找回我们逝去的往昔，让你重新爱上我。”她一脸笃定。

“不可能了，我不可能再爱上你！汪晓霖，你清醒一点好不好？”岑亮苦口婆心。

“是不是因为宋汶？”汪晓霖蓦地阴沉着脸。

“她还爱着吴晗，你不过是她感情空虚的替代品。一旦正主回归，你也就没有了可利用的价值。阿亮，趁早抽身吧，我就在你面前啊！我们还像以前那样，好不好？”汪晓霖走上前，手轻抚上那张日思夜想的容颜。岑亮头一偏，躲开汪晓霖的手。他觉得汪晓霖就一疯子，很想狠狠抽自己几大耳刮子，以前怎么就招了那么了个人？

“霖霖！”这时，急吼吼赶来的苏柳梅有些意外地看着两人。

“苏姨！”岑亮一怔，没料到苏柳梅的出现。

“妈！”汪晓霖倒不惊讶。

“你到底都干了什么？”苏柳梅皱眉质问汪晓霖。

“没干什么，只是来看看伯父伯母而已。”汪晓霖轻描淡写。

“跟我回去！”汪、陈两家的关系早在三年前因为汪晓霖的任性而交恶。

汪晓霖被母亲拽着，没有吵闹，没有反抗，只是依依不舍地回头看岑亮。

岑亮无言地看着那对母女离开后火烧屁股似的往家里赶。

岑亮打开门，屋子里一股子沉闷压抑之气扑面而来。

他小心地避开门口的碎玻璃挪进屋去。

“臭小子！你什么时候跟那女的勾搭上的？”见到岑亮，王丽华一肚子火全涌了上来，抄起鸡毛掸子就朝岑亮扑去。

“丽华！”岑瑞一惊，赶忙将人拉住。

“妈！”岑亮头大如斗。

“你能不能让人省省心？那种女人你还招惹她干嘛？”王丽华一副恨不得将

人嚼碎的狠样。

“阿亮，到底是怎么回事?”岑瑞将老伴按坐在沙发上厉声喝道。

“她五一的时候就回国了，来找过我几回，我没理她，没想到她会闹到家里来。”岑亮叹气，上前蹲在母亲身旁，握住她的手以示安抚。

“造孽啊！你怎么就招那么个女人啊!”王丽华痛心疾首，捶着岑亮的肩骂道。

从一开始，王丽华并不怎么喜欢汪晓霖那般“娇贵”的人。因为儿子喜欢，她也就没说什么，可谁又料到那后面的那事儿？这让王丽华更加不待见汪晓霖了。

“对不起！这件事我会处理好的。”岑亮拥住母亲，一脸冷然。

宋汶家。

“姐，你怎么可以瞒着我这件事?”宋汶将这两天发生的事情简单给家人说了一下。宋旻愤愤地表示若早知道绝不放过吴晗。

“告诉你有用吗？打他一顿还是砍了他?”宋汶抬眼瞟了一眼宋旻。

“听你那意思，小亮那儿也跟他前女友纠葛不清?”周英皱眉问道。

“火星撞金星，这两丫的滚一窝里围堵我和岑亮。”宋汶双手捧脸，突然觉得很累。

就只是想找个人合心的人厮守一辈子而已，怎么就那么难?

“明天我找他说清楚！好了，我回去上班了，我还没请假嘞!”宋汶深吸一口气，暗自调整了一下情绪，抬起头来时脸上已经挂上笑容，跟个没事人一样。

“上什么班啊！你还有心情?”宋旻不满地说道，好歹得商量商量怎么对付那个人渣吧!

“少爷，少年不知愁滋味啊！旷工可是要扣钱的!”宋汶白了一眼宋旻，拎着包包就要走。

“汶汶，还是请假算了。”周英不放心道。

“请什么请？难道因为一个人渣就要怕这怕那连班都不上了?”宋子强不赞同道。

“我同意!”宋汶朝父亲竖起大拇指，然后潇洒地转身走了。

“岑亮！岑亮！岑亮……”一出小区，宋汶脸上装出来的淡定和坦然一瞬间坍塌成一片废墟。她失了魂般地念叨着岑亮的名字，一股冷意开始从指间向全身蔓延开来。她慌手慌脚地翻包包找手机，有些颤抖地拨电话。

“汶汶！”电话很快就接通了，那时候的岑亮刚安抚好父母准备回公司。

“岑、岑亮！”宋汶一听到对方的声音，一股酸涩全涌上眼眶，说不尽的委屈。

“汶汶，怎么了？”宋汶那脆弱的颤音让岑亮突然慌了起来。

“我，我呜呜呜……”宋汶说不下去，眼泪止不住地掉，她捂着嘴呜咽起来。

岑亮找到宋汶的时候已经是半个小时后，就在宋汶家小区外的××广场偏僻的一处树丛里。

那是两个人这段时间有事没事最喜欢待的地方。晚上在这里看着广场上热闹的人群，什么也不说地腻歪着。

“汶汶！”宋汶蜷缩在椅子上，像被抛弃的小动物，惨兮兮的，让岑亮忍不住一阵揪心。

宋汶的思绪一直沉浸在一片漆黑的世界里，她浑浑噩噩，漫无目的地走着。

“汶汶！”然后，记忆里熟悉而陌生的声音破空而来，让她混沌不堪的脑袋清明起来。那声音像是一束指引方向的光，让她不由自主奋力向前追去。

“岑亮？”她迷迷糊糊地抬眼，看着眼前的人发愣许久。

“出了什么事！你别吓我！”看着怀里魂不守舍的人，岑亮一阵焦急，将人抱起就走。

“岑亮！我难受！”宋汶捂着心口哽咽道。

“哪里难受？”岑亮将人在后车座上安置好，紧张地扒拉着人查看。

“不！”宋汶一把拉住他，双手一勾将人紧紧地抱住。

“你？”岑亮无奈，只好调整了一下姿势，让宋汶抱得舒服些。

“告诉我，到底发生了什么事？”岑亮摸着怀里人的脑袋，柔声问。

“吴晗闹到家里去了。”宋汶趴在男人身上，在他看不见的地方面无表情地将眼睛睁得大大的，放空情绪，让人觉得发瘆。

岑亮一愣，这才想到那两个人早是一条战线上的了。他轻拍着怀里的人，却也不知道该说什么安慰她。

“一切都会好起来的！”静谧良久，岑亮干巴巴地说。

“嗯！”宋汶瓮声瓮气地应道，脸上却是一览无余的嘲讽。

这句话在她看来是毫无可信价值的，在现实面前何等苍白无力！

此时此刻宋汶的脑子快速地运转着，不时闪现的些许零星散乱的信息正慢慢地集聚，重组，拼凑着一个计划，誓死捍卫自己的爱情！她要一鼓作气将所有侵入她幸福城堡里的敌人消灭干净，且不计代价！

汪晓霖家。

“你个孽女！岑家和我们家已经没任何关系了，你还去干什么？”听完苏柳梅的叙述，汪铭睿血气上涌，指着汪晓霖就骂。

汪晓霖这些年来一直是汪铭睿心中一条梗。他一直在想汪晓霖到底是怎样的一个人？哪怕那是自己养育了二十几年的女儿，她绝情地一声不吭离开的那瞬间，那些印象里爱撒娇、不高兴就耍小脾气却不让人讨厌的娇娇女一下子陌生得面目全非。

他想不明白她怎么就那么狠心的扔下自己的父母远走他乡？她怎么就那么狠心的抛下爱自己的人一走了之？她更狠心的是将自己肚子里孕育着的小生命给，给……

“我为什么不能去？我是要和岑亮结婚的，我去自己未来的家，怎么了？”汪晓霖抬头挺胸，说得理所应当。

“你、你！”一句话让汪铭睿一口气差点上不来。

“你还好意思说？你走的时候怎么就没想过你是要跟人家结婚的呢！”汪铭睿抄起茶几上的一本杂志朝汪晓霖扔去。

汪晓霖不躲不闪的任杂志砸在头上。

“孩子他爸！”苏柳梅惊呼，赶忙拉住汪铭睿，生怕他再做什么伤害女儿的事。

“你就少说两句！”将汪铭睿扶坐下，苏柳梅劝道。

汪晓霖离开的这些年，恨也恨过了，怨也怨够了。可，到底是自己的亲骨肉，千盼万盼总算是回来了，其他的，再说吧！

“少说两句？你还嫌她给咱家丢的脸少吗？”刚还平息的怒气又因为这句话

涌了上来。

“你什么意思？她丢脸怎么了？丢脸了就不是你的女儿了吗?”苏柳梅心头也乱糟糟的，被汪铭睿这么一激，那股子火顿时浇了油般旺了起来。

“慈母多败儿！从小惯着她，瞧她现在都成什么样了!”

“好了!”汪晓霖看着父母为自己吵得不可开交，心头更加烦躁。

“你们嫌我丢脸，我走就是了!”汪晓霖猛地起身，抓起沙发上的包包就要往外走。

“站住！你要去哪?”汪铭睿一惊，怕她又要往岑亮家去，急忙叫住人。

“出去走走。”她头也不回的，急于逃离这令人窒息的，狭小的，名为“家”的空间。

“你，你，你给我回来！你要是敢走，就，就别再回来!”汪铭睿心头急得直冒火，不经大脑地出口威胁道。

汪晓霖一顿，很快毫不犹豫地将门把手一扭，开门就要走。

“你!”汪铭睿见状，双目爆红，只觉得一股热气直冲脑门，眼前一阵阵发黑，身体往后仰去。

“孩子他爸!”苏柳梅一声尖叫，手忙脚乱地上前扶住昏死过去的汪铭睿。

“爸!”汪晓霖心头一跳，回身一看，吓得一身冷汗。

医院。

汪晓霖和苏柳梅目光呆滞地坐在手术室门口。

“对不起，你所拨打的电话已关机！Sorry……”她一遍又一遍，不死心地拨着岑亮的手机，可话机不依不饶的只回放着那一句话。那种患难时急需一只坚实可靠的臂膀来依靠的心情随着那冰冷毫无起伏的机械女声越发的绝望。心口像是开了大口子，空落落的。

“啪!”苏柳梅听着那令人烦躁的声音忍无可忍，一把抓住手机，狠狠地砸在地上。

“你能不能懂事点？你非要把这个家拆得七零八落才甘心吗?”苏柳梅猛地抓住汪晓霖的双肩控诉道。

那瘦削的骨节分明的手出奇的大力，抓得汪晓霖生疼。

“妈！对不起对不起对不起!”汪晓霖心口一阵阵抽疼，那抓在双肩上的手仿佛抓住的是心脏般，令她痛得难以呼吸。

“我放不下岑亮，放不下，放不下啊！”汪晓霖泪眼蒙眬地看着母亲。

对岑亮的执着和对父母的愧疚犹如两股龙卷风席卷过境，搅得她心力交瘁。

第二十四章 糟心事儿一连串

吴晗满腹心事，一脸疲惫地进门就迎面飞来一只玻璃杯，忙不迭侧身，险险地避开。

啪！

那只杯子最终在他脚边阵亡。

他吃惊地抬头看向朝他扔杯子的、一脸怒容的父亲。

“孩子他爸！你这是干什么？”张素欣一惊，一边骂着老伴儿，一边冲到儿子跟前，上上下下查看着。

“妈！我没事！”吴晗心头一跳，大概猜到了什么。

“你还去他们家干嘛？还嫌不够丢人吗？”吴俊强恨铁不成钢，双手握着的拐杖使劲地敲击着地面以宣泄他的愤怒。

“当初是你对不起人家，现在有了马玥你还去招人家干嘛？”越想越来气的吴俊强抄起脚边的拐杖就冲了过来。

“你要做什么？”张素欣见这势头心头直跳，赶忙上前将人拦住。这老头下起手来没个轻重，要真将孩子打出个好歹来，那可怎么办？

拉扯着的老两口没有看见吴晗听见马玥时，脸色要多难看有多难看。

对了，自从和马玥分手后就一直没告诉父母事情的真相。害怕他们接受不了这血淋淋的事实。

“我们分手了！”不想让父母为自己而争吵，吴晗扬声说道。

夫妇二人动作一顿，纷纷回头一脸不明地看他。

“我和马玥分了！”吴晗深吸一口气。

“你这个臭小子！”吴俊强彻底被激怒了！一把推开张素欣冲到吴晗跟前，想都没想就是一棍子。

“你就不能省省心安安心心地过日子吗？你非得气死我们才甘心吗？”当年那笔糊涂账已经让他们老吴家对不起宋汶和马玥那两个孩子。仁义道德上他们是不可能丢下当时病床上想不开差点自杀的马玥。现在呢？他家臭小子倒好，一句“分手了”就打发掉人家，转头又去招惹另一个？

张素欣一阵恍惚，她稳了稳有些摇摇欲坠的身体。脸上的无措、惊慌、茫然跟个调色盘似的，愣愣地看着任凭父亲拳脚相加的儿子。

“造孽啊！我老吴家，世世代代本本分分做人，怎么就，怎么就出了你这么个孽子啊！你让我怎么对得起列祖列宗！”吴俊强气得浑身颤抖地指着吴晗大骂。

“爸！”吴俊强只觉得一股血气直冲脑门，两眼发昏就要倒下去。吴晗惊呼，跨步上前扶人。

“滚！”吴俊强长臂一挥挡开伸来的手，急急退了几步，扶着沙发沿顺势慢慢坐下来，大口大口地喘着气。

“我……”吴晗心头一片苦涩，张了张嘴，想说点什么，却不知道该说什么。

啪！不等回神，缓过神来的张素欣已经疾步走到跟前来，狠狠地给了他一巴掌。

“我怎么就生出你这么个东西来啊？”张素欣痛心疾首，两行清泪不自觉自眼角滑落下来。

“妈！”吴晗听罢，心头只觉得撕心裂肺的疼。

“对不起对不起！”他咚地跪在母亲面前，抱着母亲，千言万语也只剩下那不断呢喃的三个字。

怪只怪自己当初是鬼迷了心窍，有了宋汶还禁不住马玥的引诱铸成如今大错。

但是，这一次，对宋汶说什么都不能放手了！

吴晗暗暗地对自己发誓道。

是夜，秦琴和杨子君的小公寓里。

“到底出什么事了？”接到消息赶来的林芸芸只等杨子君开了锁就急吼吼地冲进去。

冲进客厅时就看见客厅另一头的饭厅里，默默吃着饭的两个人。

两个人的动作很慢，吃上两口总会时不时地抬头相视而笑，或是夹上一两箸菜给对方，就像是相伴了几十年的老夫老妻，淡淡的温情，美得像一幅画儿。

但是，不知道为什么，林芸芸心头会翻涌着名为“悲伤”的情绪，看得让人眼睛一阵酸涩。

“这是怎么了？”随后进门来的朱学晔揽着林芸芸，低声问一旁抱臂而站的秦琴。秦琴摇摇头，表示自己也不知道。

下午四点左右，她开门时，看到岑亮背着睡着的宋汶，还不等她说什么，岑亮说了句“实在不知道该找谁，借个地方避避难吧！”那股子颓丧让秦琴一阵心慌，赶忙将人领进屋。然后打电话让杨子君赶紧回来。

而让两个人担心不已的宋汶和岑亮，一个睡得死死的，一个寸步不离地守着，死活也不说到底发生了什么。

两个人本想打电话通知一下林芸芸和朱学晔，被岑亮阻止了，说是要单独静一静。

而岑亮当初找到杨子君这里，就因为这两口子相对于林芸芸那脾气都不是聒噪易冲动的人。直到晚上七点左右，宋汶被饿醒。

半小时后，客厅里，三对璧人各据一方。

听完宋汶和岑亮两个人下午的遭遇，四人不由得倒吸一口冷气，真正地意识到事情恐怕没有那么简单。

“这，这也太扯了吧！”秦琴唏嘘不已。

“她还真有脸上门？还有那个吴晗！更不是东西，左拥右抱很过瘾？”林芸芸忍不住骂道。

“那，你们现在有什么打算？”朱学晔拍拍林芸芸的手背朝窝在一堆的岑亮和宋汶问道。

“不知道！”岑亮不由得叹气。

他和宋汶现在的处境都太被动，那两个人估摸着是想一人一个死拽着不放，然后进行长期的侵蚀分化。

“喂！”林芸芸捡了颗花生朝一直沉默着窝在岑亮怀里，两只手里搓来揉去的蹂躏着一只橘子，神游天外不在状态的宋汶说。

“你说句好话啊！别装死！”林芸芸又捡了颗花生以三分投篮的姿势稳稳地投在宋汶的脑门上。

宋汶摸了摸被砸中的脑门，鼓着脸，瞪着罪魁祸首林芸芸。

“抑或你有什么阴谋诡计来着？”林芸芸挑眉。

“我在想……”宋汶扶着下颌，一副深沉模样。

“深宫高墙内无忧无虑的公主是不是该脱下精致华丽的裙装，披战衣执宝剑像虐杀姬（日本动漫人物）那般上阵杀敌？”宋汶眼睛亮亮的，说得有些兴奋。

“白痴！”林芸芸不禁翻白眼，跟这丫的脑电波根本不在一个频率上。

“得！还能开玩笑就代表没什么大问题！”秦琴呼了口气，她其实有点担心不动声色的宋汶憋着会憋出毛病来，干出什么离经叛道的极端事情来。

“能有什么大问题？神挡弑神，佛挡杀佛。对吧，阿亮？”宋汶笑嘻嘻地看岑亮，俏皮地眨着眼睛。

“嗯！”看着相较于下午时愁云满面凄凄惨惨的宋汶，她如今的一脸常态让岑亮一直紧绷的神经总算可以松一松了。现在他脑子里一团乱，也只能走一步看一步。

只是，宋汶今晚那句看似玩笑的话在不久的将来，在他们真真见到披着血色战衣捍卫自己的领土的虐杀姬时，那种不顾一切地决然让在座的所有人长时间内不寒而栗。

又是一日，晴。

“哎！”张素欣叹了口气。

她抱着菜篮子坐在街边的便民椅上。

街上人来人往，车水马如龙，她却是磐石般一动不动地坐了一个多小时。脑子里，马玥的、儿子的、宋汶的零星片段凌乱地交替出现，闹腾着折腾着她的神经。

她内心对比着那两个曾经的，差点要成为儿媳的人。

她其实并不喜欢马玥，好不容易盼到两人分开了，又遇上那么合她眼缘的好姑娘宋汶，她和老头子就盼着来年抱上个大胖孙子，谁想这时候马玥居然杀了个回马枪。

如果不是自家混账儿子负人在先，她说什么也不会让马玥进这个家门的。

现在呢？如果马玥当真跟自家儿子黄了，宋汶是不是就可以……

不是正好吗！

她脑门一亮，心里面某个念头像是浇了油的火星儿唰啦唰啦燃成熊熊大火。

抬手看看手表，十点半，赶回家做顿饭绰绰有余，下午就到宋汶家走走。想到这里，张素欣不禁心情飞扬起来。

下午三点半左右。

张素欣很紧张，踌躇着该不该进小区去。毕竟当年是他们老吴家对不起宋汶，现如今腆着老脸来又怕遭人鄙弃。

死就死吧！

良久，张素欣心一横，深吸一口气昂首阔步进了小区。

叮铃铃！

张素欣手有些抖地按了下门铃，心头忐忑，有些拿不准开门的会是谁以及他们的态度。

“谁呀？”宋子强在客厅里看报纸，听见门铃起身去开门。当从猫眼里看到来人时，脸一沉，黑得像锅底，气闷地回到客厅，粗鲁地捞过报纸，决定充耳不闻。

叮铃铃！

“难道不在家？”张素欣不禁疑惑，刚刚明明听见有人声的啊！

“怎么不去开门？”一直在厨房里捣鼓着泡菜的周英探出头来问道。

“活见鬼了！”宋子强恼了，甩了报纸。

“最近苍蝇怎么赶都赶不完？儿子来跪完了，老妈子又来闹腾？”宋子强烦不胜烦地骂道。

“怎么了？”周英见状，皱着眉，抽了腰间的毛巾擦着手出了厨房。

“老宋家！我知道你们在家，开开门吧！”门外的张素欣估摸着大概是从屋里头猫眼里见是她不愿开门。

周英一听，愣了一下，然后脸色立马黑成一片。

实在没搞懂这一家子人到底想干嘛！

“老宋家的，开开门！”事到如今，张素欣豁出去了，只能硬着头皮上了。今个儿怎么的也要进了这个门儿，才不枉她大老远地来一趟。

“这臭婆娘！老子宰了她！”宋子强一股子心火越发烧得旺，提着藏在门角的扫帚就要冲出去。

“你干嘛！”周英见状赶忙将人拦住。

“干嘛？就没见过这么不要脸的！昨个儿小的来闹，呵！今个儿老的就找上门来了！当我姓宋的好欺是不是？”说着就要挣脱周英的手伸手开门。

“胡闹！”周英眉一拧，使着蛮劲一把拽开宋子强手中的扫帚。

“你！”宋子强哪肯依，抬手就要抢。

“宋子强！”周英厉声喝道，怒目瞪着宋子强。

“我……”宋子强一见周英这副模样，再大的火气刺啦一下灭了大半。

周英扬扬下巴示意他回客厅等着。

宋子强不情不愿地往客厅去。

张素欣贴着门极力地想要听听屋里有什么动静。

咔嗒！

听得起劲时，猝不及防周英开了门，冷着一张脸看她。

“咳咳！老妹子！好久不见！”张素欣干笑着朝周英摆摆手，打招呼。

“你来干嘛？”

“那啥！咱们进屋谈？”张素欣看着一脸不待见的周英，僵着笑脸小心翼翼地试探着说，眼睛直往里屋瞟。

“您有话就说有屁就放！没事向后转楼下直走不送！”

“我说老妹子啊，我来呢……”

“妈？”觉得不舒服请假回家的宋汶很惊讶张素欣的出现。她疾步上前，堵在家门口，警惕地盯着张素欣。

“汶汶回来了！”张素欣心头一热，笑得更加灿烂。

果然还是宋汶这媳妇看着顺眼些。

她心里暗暗地赞叹着。

“张姨有事？”长辈面前，再不喜，宋汶都得忍着客客气气地问。心里多少猜得到她来这里的目的，只觉得这家子人不要脸简直到了天下无敌的地步了！

第二十五章 无处宣泄的愤怒

“汶汶啊！姨今天来呢，是想跟你说个事儿。”张素欣说着就走上前，握起宋汶的手拍了拍。

宋汶皱眉。

“姨是想请你看在姨的面上，能够好好地跟小晗谈谈。小晗呢，虽然以前是做错了很多事。但是呢，他现在不也知道错了吗？人非圣贤，孰能无过，是吧？小晗那时不也看到马玥那孩子有困难一时心软就……”张素欣顿了顿，心里其实也挺愤慨的！实在不好形容儿子和马玥的那段孽缘。怪只怪当年她发现晚了，不然怎么会容忍马玥染指自家儿子呢！

“嘿嘿！人非草木，孰能无情？只是没想到小晗竟然会被利用，也害得大家伙误会了小晗。现在多好，事情真相大白，姨真的很希望你能和小晗和好，好好的过日子！”张素欣紧接着语重心长地说道，大有找借口给儿子开脱的嫌疑。

这话听到宋汶耳朵里只觉得句句刺耳，字字诛心，让人浑身冰冷。自个儿犯的错就找借口，恬不知耻地往人家身上泼脏水！

周英更是气不打一处来！那么大那么严重的事情居然就那么跟个屁似的轻描淡写了？当初没有下定决心干嘛还来招惹他们家汶汶？自个儿管不住自个儿就算了，到头来还是他们家汶汶的错了？

门后听到这话的宋子强猛地将门拉开，那架势像是要跟谁拼命一般。

“滚！再不滚老子对你不客气！”见过不要脸的，还没见过这么颠倒是非黑白脸比城墙还厚的！

“够了！”宋汶毫不客气地甩开张素欣的手，冷着脸。

张素欣一脸错愕，实在没搞明白宋汶怎么这么大的反应。她说的都是事实啊！只要解释清楚了，她和儿子吴晗之间的误会也就不存在了呀！

然而，张素欣永远不会明白，在她看来就那么点芝麻绿豆的小事已经触到了宋汶以及她家人的底线。

一个没办法坚持原则的人是否值得信任？明知故犯有了第一次就会有第二次，第三次，乃至第四次第五次……

“看看那混小子干的都是些什么事儿？害了一个就算了还来害我们家汶汶，门都没有！你这个老不要脸的不好好教训教训他，倒还把人放出来四处祸害人！我告诉你，下次让我逮到他非宰了他不可！我……”宋子强指着张素欣破口大骂。

“爸！”宋汶扬声打断父亲的话。

“张姨！我站在这里叫您一声‘张姨’，那是我还尊敬您！说句不中听的话，您这是在倚老卖老！”宋汶深吸一口，死死地盯着张素欣。

张素欣脸色一沉，满是尴尬。

“这是我们小年轻的事，您老就别往里头瞎掺和了！”

“不是，汶汶啊，你听我说，我！”张素欣急于解释些什么。

“将心比心！”宋汶不自觉将声音提高。

“如果当年您也亲眼看见宋叔和别人赤条条的裹在一起，你做何感想？更别把所有脏水往人家身上泼，一个巴掌拍不响！他没那心思就根本不会越了那条轨！”

“话至此，张姨以后就别再来了。有意思吗？我和吴晗没得可能的，也劳烦您老回去告诉他，别再来烦我和我的家人。否则，别怪我不客气！”宋汶说罢，转身进屋，砰的一声将门关上。徒留有话要说却尴尬不知所措立在原地的张素欣。

晚上，吴晗家。

一家人食不知味，各怀心思，闷头不语地吃完饭。

吴俊强独霸客厅，在看最近的抗战新片儿。

吴晗很有自知之明不去招惹最近总不待见自己的父亲，窝进房里玩游戏。

张素欣一边思量着白天的事儿，一边利索地收拾着厨房。想着一会儿怎么也得跟吴晗单独谈谈。

叩叩叩！

张素欣看了一眼客厅里的吴俊强，然后去敲吴晗的门。

“妈？有事？”

“跟我到超市买点东西。”说着就率先走了。吴晗忙不迭地回身找了件外套赶忙跟上。

“我去超市，你要带点什么不？”路过客厅时，张素欣意思意思地问了问吴俊强。

“早点回来！”吴俊强摇头。瞥了一眼吴晗后继续看电视。吴晗被看得个激灵，缩了缩脖子。

“妈！你有事要跟我说！”当张素欣带着他特意拐进较为僻静的小道往超市去时，吴晗很快反应过来了，自家老妈是有话要跟他说了。

“嗯！”张素欣点头应道，左右看了看，朝一处小花园的石椅去。

吴晗叹了口气，尾随。

“你有什么打算？”张素欣想着先将儿子的意图摸清才好对症下药。

“什么什么打算？”吴晗一时没搞清张素欣所问何事。

“当然是你和汶汶的事啊！”

“我不想放弃！说什么也要让她回头！”吴晗先是一愣，很坚定地表明立场的同时，寻思着自家老妈到底要干嘛？

“非她不可？”张素欣不太确定地问道。估摸着依吴晗的倔脾气，劝退他的成功率应该不大。

“妈！干脆点，你到底想说什么？”

“咱们不说全中国，就光一个小小的G市，好姑娘又不止宋汶一个，你怎么就那么死心眼地抓着不放呢？”宋汶做不成媳妇当然可惜，可人家压根不稀罕，总不能拿热脸贴人家冷屁股吧！

“你不也很喜欢汶汶吗？你是我妈，怎么的也得帮帮你儿子啊！”吴晗拉着母亲的手，心想着得尽快将老妈拉入自己的阵营里，而自己的胜算也就要大得多。

“可问题是人家不待见你也就罢了，连我这老妈子也不甩脸啊！”想想白天宋汶那一家子的态度，老脸就有点挂不住。若再往前凑，老吴家可丢不起这人！

“什么意思？”吴晗疑惑地看向张素欣。

“白天我去了一趟。”张素欣叹了口气。不要怪她临时倒戈来劝退自家儿子，这事的疙瘩实在太大，没法解的。

“妈！你！”吴晗心头一跳，惊讶地看着张素欣。

“人家连门儿都不让进，更别说这脸色要多难看有多难看。你老妈我脸皮儿薄，实在杠不住那冷飕飕的眼刀子。”

吴晗听罢，沉默了，愣愣地出神。

一时间，他脑子里一片混乱，纷纷乱乱的各种人、物、场景。宋汶的，马玥的，岑亮的，汪晓霖的等等纷沓涌来，像是一副巨大的拼图，杂而乱，不管他怎么筛选总拼不出一副完整的画面来。

“再说了，现在人家已经有了一个男朋友，你又何必横插一脚？”张素欣看着低头不知在想什么吴晗，拍拍他的手背有些担心地说，生怕儿子想不开。

听完张素欣的话，吴晗眼睛一亮，似乎想到了什么。

“妈！你放心，汶汶和那个人是成不了的。”是的，他怎么忘了还有汪晓霖这个盟友了呢？她也不是个善茬，岑亮被她绊住，他的机会也就来了。脸上一扫方才的郁悒，志在必得。看得一旁的张素欣甚是不解。

“妈！那个人之前就有一笔烂账没处理，现在人家也找上门来了！所以啊，汶汶还是咱们家的！”吴晗拉着母亲的手，很肯定地说。心里寻思着改天该找找汪晓霖谈谈更进一步的行动了！

生活就是这样，管不上你的喜怒，顾不得你的哀乐，它毅然决然我行我素的，或是闲庭信步，或是来去匆匆地向前迈进着。

自从汪晓霖回国，联合吴晗一通闹腾后，不知不觉已是三个多月了。宋汶和岑亮就这么被那两个人阴魂不散地纠缠着，三天一小闹五天一大闹，像是隔鞋挠痒，恨不打一处来却无处发泄。

某日半夜，宋汶家。

宋汶蜷成一团，眉头紧锁。

她咬着下唇，一脸痛苦，双手紧紧地抓着薄被。

不要！不要！

她摇晃着脑袋，仿佛在极力摆脱什么似的。

然后猛然惊醒坐起，已是一身冷汗！

呼！

呼！

呼！

她胸口上下剧烈起伏，大口大口地喘着气。

她睁着眼，眼中流转着不可名状的茫然失措。

呼！她眨了眨眼睛，低头埋进双掌间长长地呼了口气。

噩梦，仍心有余悸。

梦里，她看见岑亮拉着汪晓霖正离她远去，任凭她怎么呼喊，岑亮就是不回头看她。

良久，她搓了搓脸颊，让自己清醒些后下床到厨房找点水喝。

“妈！”当她经过客厅时，沙发上一动不动坐着的人瞬间让时间回溯。她有些恍惚，这个场景与当年她和吴晗解除婚约的那晚重叠：母亲独自坐在客厅里黯然垂泪！

“汶汶？”周英抬头，有些茫然地看着走向自己，坐到自己身边的女儿。

“你怎么还没睡？”宋汶担心地看着显得很疲惫的母亲。

“睡不着！”周英只是笑笑，安抚地拍拍女儿的手背。

“妈，你？”宋汶皱眉。

“没事！我去睡了！”周英不想多谈，笑着拍拍女儿的手起身回房。

看着母亲离开的显得有些苍老而单薄的背影，宋汶一脸冷然，一股子怒火急速在胸口集聚。

第二十六章 单刀赴会酿悲剧（上）

滴滴滴！

短信提示音。

窝在电脑椅上刷论坛正兴的宋汶瞥了一眼短信来者提示，笑容立马凝霜结冰，连着满腔的好心情都碎了一地。

她狰狞着脸猛地捞起手机就要将其扔出去。

忽然，似乎想到了什么的宋汶眼睛一亮，高举着的手放了下来。

“……”她微眯着眼睛，盯着又一次闪动的手机若有所思。

发短信的人是吴晗。短信内容不用想都知道是什么。一天就四五条，倾诉着对方对她不尽的相思。

起初，宋汶直接将人拉黑，对方也似乎预料到了，然后换个号码继续发。到最后，宋汶忍无可忍打电话一通臭骂，对方是油盐不进，还好心情地接受，轻言细语的又接着倾诉满腔思恋。气得宋汶只想杀人，漫长的冷却情绪后，索性就任其折腾去，不再没完没了地拉黑人。

“冰雪冷却不了我对你的热爱，台风吹散不走我对你的思念，喧哗淹没不了我的对你的心声，黑暗掩盖不了我对你的深情。”良久，宋汶似乎下定什么决心般深吸了口气，面无表情地点开短信看了起来。

“切!”宋汶看罢忍不住嗤笑。

滴滴滴!

又一条短信。

“汶汶，什么时候才能得到你的原谅？不过没关系，铁杵磨成针，我愿意等你原谅的那天。今天很想很想见你一面，虽然，那是个奢望!”

“见面啊!”宋汶扶着下颌，低声呢喃。

“好啊!”然后笑了，心头已经酝酿着一个计划。手指一划，将电话拨了出去。

“汶汶!”电话只响了一声就被接了起来。

吴晗很是兴奋，大概是没有想到宋汶会打电话过来，接晚了怕就此错过了。

“不是想见面吗？××酒店，中午十二点，我们谈谈!”冷声说罢，也不等吴晗反应就直接挂断。

“老天搞不定命运我自己摆平，善解人意百无禁忌。”宋汶将手机一抛，扔在床上，跳下椅子，张开手臂原地旋了一圈，情绪高涨地哼哼着歌。

“天不灵地不灵天下大乱发神经，你太入迷我太清醒十万八千里啦啦啦啦……”像是快乐的小鸟儿蹦跶着找衣服鞋袜。

吴晗家。

“？”吴晗看着被挂断的电话一阵发懵。

刚刚汶汶说，要跟他见面？

在××酒店？

中午十二点？

没做梦？

“嘶!”

吴晗狠狠地拧了一下大腿，疼得只抽气。

“呵呵呵!”

很疼！很真实!

吴晗抱着枕头忍不住在床上滚来滚去的傻笑。

“但是？”很快，他一个鲤鱼打挺坐起。

他眉头皱起，纠结了，万一是汶汶整他的呢？谁叫他一向不被人家待见，突然接了颗蜜枣着实难以相信。

“不会的！不会的！”他咬着枕头的一角，一阵天人交战中……

一个多小时后。

“姐！”宋汶拎着包包从房间出来，一抬头就把端着果盘从厨房出来的宋旻吓了一跳，连着她也被吓了一跳。

“鬼叫什么？”宋汶抚着小心肝皱眉看宋旻。

“姐，你这脸色，是不是病了？”宋旻赶忙放下手中的物什，伸手探向某人的额头。

宋汶一愣，反射性地挡开宋旻伸过来的手。

“没事！”宋汶这才想起来，她现在可是一脸惨白的病西施样，花了她一个多小时才完成。

“还没事？脸色发白，双唇无色，黑眼圈熊猫眼，就一病入膏肓的征兆！”宋旻急了，估摸着是被吴晗的那些乱七八糟的事情给闹的。

“额……”宋汶无语。难道她的化妆术真的已经出神入化到真假难辨了？

“我这不马上去医院嘛！”她从善如流地接口道，也装着一副柔弱不禁风的模样。

“走走走！我跟你一起去！”宋旻说着回屋去拿外套。

“不用了吧！”宋汶见状头大了。她可不能让这小子跟着去捣乱。

“宋果皮，我不是三岁小孩，医院大门还是找得到的！先走了！”说罢，拎着包赶忙跑路。

“宋小蚊子！你给我回来！”一声怒吼伴着一阵乒乒乓乓的声音从宋旻的房间里传来。等他终于从屋里出来时，哪还有宋汶的影子？

“该死！生个病还不那么安分！”宋旻气得跳脚，骂骂咧咧地掏手机准备给他家未来准姐夫告黑状。

××酒店，二楼的某间包房里。

吴晗时不时看着时间，焦急万分又满含期盼地来回踱步。

他半个多小时前就到了酒店，要了包房订了餐。随着时间中午十二点的迫近，等待越发是一种煎熬。虽然很害怕宋汶会存心整他，但是又抑制不住想要见她的激动，也就顾不得那么多的阴谋阳谋。

“汶汶，汶汶，汶汶……”他紧紧地抓着手机，目光灼灼地盯着手机上早已烂熟于胸的十一位数字，想拨，却又害怕着什么。

“咕咚咕咚！”他摸了摸额上的虚汗，狠狠地灌了一大杯水，想要浇熄心头越发旺盛的火。

酒店外。

“我是傻了吧！”宋汶看着金晃晃的“××酒店”几个大字，暗暗唾弃自己一把。她一定是一时脑抽脑残了才会答应来见那个人渣的。

“哼！”她气哼哼的掉头就走。

但是，不到百米便站定，她咬着下唇，不甘心地回头。

虐杀姬的战帖一下，哪有偃旗息鼓不战而逃之理？

“宋汶！你是无坚不摧战无不胜的！你是……”正当宋汶自我催眠给自己鼓劲的时候，手机却响了。

一看，是林芸芸。

“喂！”她有些疑惑这位主儿来电所为何事？

“你在哪？”林芸芸一身睡袍，极其不雅地窝在沙发上。肩膀夹着电话，拿着指甲刀锉刀修脚指甲。

“在外面啊。”宋汶心想林芸芸该不会是无聊了想找人玩吧？

“宋旻打电话来说你丫的病入膏肓快不行了？听你这中气十足的声音不像啊！”林芸芸语气调侃。

“你别听他胡说！老娘我好得很！”宋汶一惊，不禁暗骂嘴欠的宋旻。

“那你在哪？”

“我？”宋汶顿了顿，思量着该不该告诉林芸芸。说了，她的计划变黄的几率就更大了！不说吧，她一会儿要有个好歹没个外援怎么能行？

“芸芸！”她深吸一口气，正声喊道。

“干嘛？”林芸芸放下锉刀，把电话换到了另一边。

“吴晗约我见面，我决定赴约。”说完将手机拿得远远的，以防某人的高八度嗓音的荼毒。

“嗯！知……纳尼？你刚刚说什么？”林芸芸惊得一跃而起。

“我决定跟吴晗见一面！”宋汶又说了一遍。

“宋汶！你、你赶紧给我回来！我看你的确是病入膏肓了，赶紧回来，姐带你去看病。”林芸芸急吼吼地冲回房间，单手在衣柜里一阵乱翻。

“我没病！我好得很！我在××酒店，如果一个小时后还没接到我的电话，那就麻烦你帮忙报个警。”宋汶说得一本正经。

“有病的都说自己没病！你丫的给我滚回来！”林芸芸气得直跺脚。

无视电话那头的咆哮，宋汶果断地挂了电话，关机。这通电话后反而打消了心头所有的顾虑，抬头挺胸，一股士气由内而外散发，像是斗志昂扬征战沙场的斗士。

“宋汶！你混蛋！喂！喂！”

“对不起！您所拨打的电话已关机！Sorry！You……”再回拨时已是关机状态。

“关机？关你妹啊！”林芸芸气急败坏，转而去拨岑亮的电话。

“对不起！您所拨打的电话已关机！Sorry！You……”

“又关机？大周末的上个毛的班啊！”林芸芸气得险些没将手机扔出去，赶忙又拨朱学晔的电话。

“对不起！您所拨打的电话已关机！Sorry……”

“我靠！不关机会死啊！”林芸芸忍无可忍，恶狠狠地将手机砸在床上。捞起衣服裤子直往身上套。

××酒店。

“汶汶，你？”吴晗见到宋汶的瞬间，所有的欣喜因她脸上的苍白憔悴而变成无措和心疼。

“你，你这是怎么了？”他愣愣地看着眼前脆弱不堪的人，忍不住想将人拥入怀中。

“我没事。”宋汶紧紧地抓着包包，眼中满是惶恐像只受惊的小白兔，她表现得很害怕地向后缩了缩，避开了吴晗伸过来的手。

“我……”吴晗脸上一僵，尴尬地举着手。

“进屋再说吧！”他干笑了一下，收回手，赶忙将人迎进包房中。

“吃饭了吗？”看着半垂着脑袋，一脸病容的宋汶，吴晗问得小心翼翼。

“没什么胃口！”宋汶有气无力地说道。眼神恍惚，局促不安地四处看着。

“你等会儿，我让他们弄点粥送上来。”吴晗想着生病的人最忌油腻荤腥，赶忙起身出了包房去安排些清粥小菜。

“呼！”待人走后，宋汶不禁长长地松了口气。

装病扮弱什么的可是个力气活儿。

很快，清粥开胃小菜就被送了上来。

“吃点吧！”吴晗盛了小半碗白米粥递上。

宋汶摇头不肯接。

“拿着！不吃身体怎么会好起来？”吴晗严肃地说道。不可抗拒地一只手抓起她的手，另一只手将粥塞到那只被他抓着的手里。

宋汶低着头，眉头紧皱，心头一股无名火起。陌生的触感让她心里只犯恶心，为避免跟多接触，她忙不迭捧着碗往后撤挣开吴晗的手。

“快吃吧！”吴晗当然不知道宋汶心中的想法，满心欢喜，只当这种抗拒是宋汶在“耍小脾气”，一种情趣而已。

宋汶想了想，不吃白不吃，吃饱了才有力气应付接下来的事。

“我靠！没事你不堵有事你就堵！会出人命的啊！”林芸芸看这前不见头后不现尾的堵车长龙，恶狠狠地骂道。

啪！她一手拍在方向盘上以示泄愤，内心焦急万分，恨不能长了翅膀飞过去得了。

“快接电话啊！”无法，她只好又开始拨岑亮和朱学晔的电话。

出门前，她已经通知了宋旻，相比被堵在半路的她，但愿宋家小弟能很快地到达××酒店解救某个“不安份子”。

叮铃铃！

叮铃铃！

岑亮刚下会议回办公室，开了门突然想到了什么又要将门关上离开。电话铃猝不及防地响起，想了想，估计怕是某个客户，今天本就不办公，不接应该没什么关系吧？

叮铃铃！

叮铃铃！

“不接电话吗？”朱学晔抱着一叠文件迎了上来。

“马上！”岑亮笑了笑。几步上前勾起电话接道：

“喂！”

“谢天谢地！总算打通了！”堵在路中间的林芸芸有种喜极而泣的冲动。

“芸芸？你是找学晔吗？”说着朝进门来的朱学晔扬扬眉，指了指手中电话，示意他接电话。

“老娘找的就是你！出事了！出大事了！宋汶出大事了！”林芸芸急得大吼。

“什么？”岑亮双目一瞠，满脸惊讶，心头一沉，一阵寒意自指间窜起，迅速蔓延至全身。

第二十七章 单刀赴会酿悲剧（下）

“宋汶到底怎么了？”岑亮双手一紧，捏着电话的手青筋暴起。他心头一阵发慌，朝电话那头的林芸芸吼道。

“那个死丫头单独和吴晗在××酒店见面！半个多小时前她让我一个小时后没有接到她的电话就报警！”林芸芸见前面的长龙总算动了，见缝插针快速朝前移动。

“我马上过去！”岑亮说罢挂了电话就朝外跑。

“怎么了？”朱学晔见状赶忙跟上，直觉有很不好的事情要发生了。

“宋汶和吴晗在××酒店见面！”岑亮手指有些抖按动直达地下停车场的电梯按钮。

“没事的！你别乱想！”朱学晔上前拍了拍他的肩膀，安慰道。

“会没事的！一定会没事的！”他低声喃喃道，心里祈祷着老天保佑千万别出事。他不禁握着拳头，放在嘴边咬着，紧紧盯着不断向下的数字，一脸急切。

××酒店。

“汶汶，我……”饭毕，吴晗看着始终低着头细细擦嘴的宋汶，酝酿了一番开口道。

“汶汶！你这是干嘛？”不等话说完，宋汶霍地起身，咚的一声跪在吴晗面前。

吴晗被吓得一时无措，手忙脚乱的将人拉起。

“算我求你了！”宋汶死活不肯起，一张惨白惨白的脸，一汪悬而欲滴的眼泪，衬托得整个人可怜兮兮的。

“求你不要再来打扰我的生活！”而这副模样让某一类人会不自觉的产生某种保护欲，以及，暴虐！

轰！

吴晗一怔，很清楚地感受到自己心中某根弦断裂了！

“汶汶！”吴晗心头翻涌着无尽宋汶心疼与怜惜，脑子里不断地回放着两个人过去的种种，像是魔怔了般慢慢地将其拥住，低头靠近。

“汶汶！”吴晗轻语呢喃，眼中的情柔化为一汪春水。

宋汶愣愣地看着越发靠近的，深情款款的男人。气氛绝佳，正当吴晗欲噙住那片他肖想已久的红唇时，“你要做什么！”宋汶原本茫然无措的眼中闪过一丝冷光，然后眨眼间又被铺天盖地的恐慌所占据。

“汶汶？”吴晗一愣，看着即将挣扎出怀里的，慌乱不已的宋汶，晃了一下神。

“你是我的！”但很快，心头被一股无名火充斥。就像是小孩子渴望已久的礼物摆在面前，而你却不能拥有它，满满的不甘与愤怒。吴晗长臂一伸，抓住狼狈起身欲跑的人，以不容拒绝的强硬之势想要占有这个牵动并左右自己神经的人。

“混蛋！放开我！”对上吴晗狰狞的脸，宋汶真真的有一瞬间骇然了，挣扎得越发厉害。

刺啦！

拉扯间，棉质的格子衬衣衣袖英勇牺牲，露出一大截莲藕般雪白的手臂。连带胸前的两颗纽扣被扯掉了，露出粉色胸衣包裹的一对半截酥胸。

吴晗眸色一沉，红了一双眼。

“啊！”宋汶一声尖叫。吴晗越发强硬的攻势让她一个措手不及向后倾倒。

砰！

哗啦啦！

两个人撞上了墙边那一大缸观赏鱼，一时间两个人都成了狼狈不堪的落汤鸡。

“去死吧混蛋！”趁着吴晗愣神之际，宋汶反手一抄，随手抓了个东西就往吴晗头上砸去。

“你！”吴晗只觉得脑门一记钝痛，伸手一摸，满手猩红。

他不可置信地看着神色淡淡的宋汶，紧接着一阵天旋地转后便失去了意识……

吧嗒！吧嗒！

失去赖以生存的水，掉落在地的几只观赏鱼张大嘴巴扭动着身躯。垂死挣扎的声音成为了一下子安静下来的屋子里唯一的声音，突兀而有些诡异。

咚！咚！咚！

宋汶大喘着气，心跳快而乱。她瞪着眼睛，眨也不眨地看着昏死在地的吴晗，伸手抚着心律失常的心口一阵阵后怕。

“呵呵呵！”良久，宋汶嘴角上扬，露出一抹瘆人的笑。

此时此刻，她的心头无比快活，那种虐杀姬战胜敌人将其驱逐出境的愉悦充斥整个胸腔。

砰！

这时，屋子的大门被人一脚踹开。

听到声响，宋汶带着那抹怪笑转身。

踹门冲进屋的岑亮和朱学晔不禁倒吸一口冷气。

“啊！”随后挤进屋来的林芸芸一声尖叫。

撕裂的衣服，凌乱的头发，被划破的手臂还在嘀嗒嘀嗒的滴着血。

宋汶孤零零地站在一滩血迹里。

不省人事的吴晗、血水里垂死挣扎的鱼。

咣当！

宋汶一惊，手一松，手中的凶器，一只装鱼食的陶瓷罐子滑落指尖，沉闷的撞击在地。

宋汶瞳孔微张，怪笑一下子冻结在脸上，然后龟裂……

“汶汶！”岑亮呼喊着奔上前接住突然软倒在地的人。

“阿亮！”紧绷的神经一旦松懈，支撑着宋汶的那股意志悄然撤去，在失去意识前，她只看到一张焦急的脸。

心，却无比安定。

“妈！”

“孩子他妈！”

“阿姨！”

“伯母！”

医院里，周英在听完林芸芸的讲诉后，只觉得一阵天旋地转，心头蓦然出现一块大石压得她喘不过气。

一大帮子人见状慌了，赶忙伸手扶住摇摇欲坠的周英。

“孩子他爸！”周英心尖拧得发疼，伏在老公的肩头泣不成声。她怎么都想不明白，自家那么好好的一个闺女怎么就遭那般无妄之灾？

“吴晗！”这头万般情绪萦绕，另一边已经醒来的吴晗在两名警察的陪同下来看望宋汶。他甫一现身，岑亮恨得龇牙怒目冲上前就是一拳。

“快住手！”一旁的警察见状赶忙上前将人拉住。

“我要宰了你这个畜生！”被拉着的岑亮不甘心的抬脚踹去。

吴晗低垂着头，抹掉嘴角的血迹，借着另一名警员的搀扶勉勉强强地站着。

他现在脑袋疼得要死，宋汶的那一罐子已经够他吃一壶的了。刚刚又被岑亮毫无余力地打一拳，脑袋好像撕裂一般的一阵阵地抽疼。头疼是其次，此时此刻的意识清楚地记得他不久前对宋汶做了什么！他也恨不得一刀劈了自己得了。

“我？”

啪！

“你不是人！你怎么能那样对她？”

不等吴晗表达想要见见宋汶的意愿，周英冲上前就是一巴掌，声嘶力竭地控诉道。

“小晗！”这时，同样接到电话赶来的张素欣见到自家儿子被打，一股怒火上涌，二话没说冲上前一把推开周英。

“打的就是这个畜生!”憋着一肚子火的宋子强不干了，把老伴儿往身后拉，那架势是要准备干一架了。

“骂谁畜生呢!”吴俊强也火了，袖子一撸也冲了上来。

“都给我住手!”眼见就要扭打成一团的两家人，两名警员厉声喝道，赶忙将其分开，彼此使了个眼色后各自带着人录口供去。

“你个孽子!”吴俊强在听完吴晗的讲述后，肺都气炸了。

“我打死你个孽子!”吴俊强气急，抡起拐杖就直接往吴晗招呼去。吴晗也不躲，他觉得这是他该的!

“住手!”警员喝道，赶忙上前夺了拐杖，将人拉开。

“我老吴家到底造的什么孽啊! 生出你那么个东西来!”吴俊强指着人破口大骂。

相较于怒不可遏的吴俊强，张素欣像是失了魂般看着虚空发愣。心头有两个小人歇斯底里的闹腾着，怎么叫她相信她的儿子会干出那么丧尽天良的事儿?

突然间，像是受了什么刺激般噌地自椅子上站了起来。

咚!

毫无预兆的，像是瞬间被抽走了力气般，张素欣轰地瘫软在地。

“妈!”吴晗一惊，快步上前将人扶起。

“素欣!”吴俊强一把将儿子推开，抱着妻子!

“医生! 医生! 救命啊!”吴晗赶忙奔出办公室找医生。

“鉴于当事人现在昏迷不醒，我们会在当事人清醒并情绪稳定后再来询问事发时的情况。谢谢各位的合作!”警员在做好笔录后与牵涉到的岑亮、朱学晔、林芸芸及宋旻说道。

“那么那个混蛋怎么办? 难道就这么放了吗!”岑亮有些气不过，有些急切地抓住警员的手说道，恨不得将吴晗活生生给撕了。

“我们会暂时拘留他，直到当事人清醒过来，再根据具体情况处理!”警员拍拍岑亮的手安抚道。

宋汶醒来时已经是次日早上，手指微微一动，意识恢复时只觉手心处一团暖意。

一睁开眼，白花花的房顶晃得眼花！侧头，终于知道那团暖意来自何处，竟是握着她伏在床沿睡着的岑亮。

“汶汶！”陪床一整夜的岑亮几乎在宋汶手指一动的瞬间就有了意识，憔悴的脸上因为宋汶的清醒而欣喜不已。

“怎么样？有哪里不舒服！”岑亮上前，扶起欲起身坐起的宋汶。

“水！”宋汶一阵恍惚，脑仁一阵一阵的抽疼！定定地看着岑亮，想了良久才说道。

嗓子干得冒烟，发声的气音刮得嗓子生疼。

“好！”得令的岑亮立马拿着水杯兑了一杯温开水，扶着她，小心翼翼地喂着。

连续喝了两整杯，宋汶这才觉得又活了过来。

“现在几点?”宋汶晃了晃脑袋，只觉得沉重无比。

“快八点了！你都睡了一天了！”岑亮有些担心，暗暗观察着宋汶的反应。

“哦！”宋汶神色淡淡地应道。她现在脑子里很乱，昨个儿的种种这会儿全往脑袋里涌，得慢慢消化。

“汶汶，你……”岑亮见宋汶如此“淡定”的反应，眉头一皱，更加担心了。他倒宁愿宋汶反应激烈地发泄出来，这般不动声色憋在心里迟早会出事的。

“你要有什么不痛快就发泄出来。哭也好，骂人也好，你不要这个样子！”岑亮抚上那张现在麻木得令人心疼的，不复往日春光明媚的脸，心口闷得生疼。恨那个伤害她的人，更恨自己的无能，没能好好保护这个人！

“我没事啊！”宋汶先是一愣，然后伸手覆在脸上岑亮的那只手上笑了。她现在更加关心的是吴晗的事，不知道有没有如她所料呢？

“吴晗他?”

“汶汶！”一提及那个罪魁祸首，岑亮心头的怒火翻涌不息。

“你放心，我不会放过那个人渣的！我……”岑亮咬牙恨道。心里已经打定主意，不管付出怎样的代价，弄不死那个人，也要把人整个半残，生不如死。

“不要为了毫不相关的人而气坏了自己！”宋汶双手捧着岑亮的脸，以额抵额。

“狗咬了你，总不至于你再咬它一口还回来吧！”宋汶摩挲着岑亮的脸，打趣道。

“可是，他怎么能禽兽不如呢？”岑亮看着一脸轻描淡写的宋汶更来气了。

“嗯！”宋汶知道说不过盛怒中的人，也没那个精力，倾身向前直接吻住岑亮的嘴。

“别提他行吗？”而后宋汶弱弱地笑道。岑亮一惊，这不是哪壶不开提哪壶，往宋汶心口扎刀吗？

“对不起！”他懊恼不已，将人往怀里一带，紧紧地拥住。

“他已经被拘留。”岑亮皱眉，实在不愿意警方的人再来打扰怀里的人，让她去回忆那些不愉快的事儿。

“但是什么？”宋汶安静地窝在岑亮怀里。

“警方说等你清醒了，情绪稳定后会来了解当时的情况。要是不愿意就不要勉强自己！”岑亮将人从怀里挖出来，吻吻宋汶的嘴角柔声说道。

“没关系！”宋汶笑了笑。心想着，要的就是这个效果，她要让吴晗在她方圆百米内不得近身，从今往后也就少了一个让她和岑亮相亲相爱的阻碍了。

第二十八章 不忍直视的真相

当天下午，得知宋汶已经醒来的警方派了位四十来岁的大妈来录口供。毕竟都是女性，又是长辈，一定程度会减少录口供中不可避免的尴尬和失控。

“汶汶！”岑亮还是有些担心，试图说服宋汶让他留下来旁听。

“没事！”宋汶笑摇摇头。

“不要勉强自己。”见宋汶不为所动，没有挽留的意思，岑亮只好千叮万嘱一番才离开病房。

开玩笑！宋汶好不容易才弄了那么一出，誓要将吴晗彻底踢出局的。岑亮要是在这里，不会因为她接来下来的话而发狂再次发生血案，她的“宋”字就倒过来写！

“他很爱你！”四十来岁的大妈总结道。

“嗯！他是我遇见的最好的人！”宋汶微垂着头，想着那个人的音容相貌一言一行，笑得一脸幸福。

“丫头可要牢牢抓住喽！”大妈打趣道。

“可是，是不是所有有情人都要历经那么多磨难才终成眷属？”宋汶抬头，忧愁是才下眉头又上心头。

“两个人，在历经磨难后才能锻造出更加坚强的心，才能更加紧密相连。”大妈握住宋汶的手，拍拍她的手背以示鼓励。在她眼里，宋汶年纪也就她家闺女一般。人生不如意十之八九，她就怕这些小年轻们遇事想不开做傻事。

“是吗？”宋汶不置可否，转头看着窗外出神。

大妈也不催她，静静地等着。

“大概四年前春天，我母亲机缘巧合下认识了吴晗的母亲。哦！就是那天差点强了我的那个人！”宋汶深吸一口气，心头理清思路，就算再不愿意她也要将那些陈芝麻烂谷子的事情倒腾出来见见光。

“相处那么久，他其实并不知道我喜欢的是芒果而不是橙子，我喜欢的冷饮是刨冰而不是奶茶，我喜欢看动漫，喜欢恐怖惊悚片儿而不是爱情文艺片儿。从一开始，他就把他记忆里的那个人的所有喜好全部转嫁给了我，没有问过我的意愿是否喜欢。”宋汶说着说着就有些鼻酸。明明是想好了的，只当是别人的故事一样来陈诉就行，可总忍不住情绪失控。没有谁会愿意被别人忽视意愿替身成别人。

“那个时候脑袋发昏，想着他的体贴温柔，那些也并不是很反感的喜好也就没在意那么多，一心想着将来要怎样怎样的好好跟他过日子。”宋汶吸了吸鼻子，仰头，眨了眨眼睛，试图将欲夺眶而出的眼泪憋回去。

“你知道吗？”宋汶笑了，却是讽刺的。

她转头，看向她的唯一倾诉对象。

“他和她的前任死灰复燃的时候，我妈因为自责每天半夜偷偷坐在客厅里哭！没有哪家父母不会不希望自家儿女能找到一个能过一辈子的人的！”那盈满眼眶的眼泪终是承载不住满心的悲伤溢了出来。

“好了！好了！没事了！好孩子！”大妈满是心疼，上前将人搂在怀里，轻拍着她的肩背以示安慰。

“大约一年后，好朋友实在是看不惯，拉着男朋友的死党……”良久，宋汶重拾心绪，将她、岑亮、吴晗、汪晓霖的种种，悲伤的，快乐的，一一说道出来。

“呼！”林芸芸抱着印着朱学晔Q版形象的马克杯，窝在沙发上伤春悲秋文艺了一把。

离宋汶出事已经过了一天，想想还真是惊险万分。也因此，岑亮因为害怕宋汶出现什么心理阴影而不得不勒令她继续呆在医院里。

但是，作为女人的第六感总觉得这件事诡异得很！到底问题出在哪，却是雾里看花，真真假假理不出个头来。

“想那么多做什么！那种人渣就该到那种地方好好调教调教！”她摇摇头，否定着脑子里闪现着种种关于“为什么宋汶会同意单独见吴晗”的原因。

“这一点都不像是她的风格啊！”林芸芸抿了口水，低眸出神。

按理说，只要是宋汶不喜欢的人，她基本采取“三懒”政策：懒得搭理、懒得说话、懒得联系。更遑论是骗了她伤了她的人？

“不会是？”林芸芸不知道为什么回想起曾经被她坑得很惨的岑亮。

“哇嗷！”不知不觉晃了神，以至于手不自觉松了马克杯，撒了一地一沙发的水！

“啧！”林芸芸皱眉，捡起摔在地毯上的杯子。然后，来回踱步一脸焦急，口中不知道念念有词着什么！

“千万别是我想的那样啊！”良久，林芸芸脚一跺，急冲冲地扎进房间里，找着衣服裤子直往身上套。

她，急需去证实一件事情。

G 市第一人民医院。

“喂！Amy。有事？”汪晓霖一边将给父亲拿的药放进包里，一边接电话。

“你在哪？”Amy 语气有些急。

“我在医院。”

“哪个医院？”

“第一人民医院啊！”

“哪儿？”

“花园！”

“在那等着，我马上过来！”Amy 说完就挂了。

“搞什么？”汪晓霖一头雾水。

五分钟后，Amy 成功与汪晓霖回合。

“你说什么？这不可能吧！”汪晓霖难以置信于Amy所讲的，吴晗差点强了宋汶的事实。

“我也是今天才知道的！吴晗怎么会冲动到做这种事情？他这一闹，所有的计划都被打乱了！”Amy一个头两个大，这已经超出他们当初的预料。

“不要急！现在最重要的是要了解那三个人是个什么情况！”汪晓霖心也很乱，强制自己冷静下来，脑子里快速地运转起来，计算着失去吴晗后如何平分制衡宋汶、岑亮和自己的力量。她绝不能让岑亮偏向宋汶那头！

“吴晗不用指望了，他已经被拘留。宋汶目前还留院观察，就在市一医！”

“在这家医院?”

“要去看看吗?”

汪晓霖不语，低头想着什么。

“咦?”Amy也不扰汪晓霖，不经意抬头一瞥，就看见百米之外，隔着一道树丛一坐一站的两个人。

“快看！”Amy拉了拉汪晓霖。汪晓霖抬眸看去，竟然是林芸芸和一身病服的宋汶?

“其实，我都已经没事了！阿亮就是大惊小怪不让人出院。”宋汶张开双臂，摇摇晃晃地踩着花坛的边缘。

“他也是担心你！”林芸芸有些心不在焉地应道。她拧着眉，纠结地看着宋汶。

“我知道他担心我，可我也不是玻璃做的啊！哪有这么娇气！你看我不也是生龙活虎的嘛！”宋汶有些无聊地扒着花坛里三叶草，试图找出几棵四叶草来。传说中寓意“幸福”的幸运草。

“宋汶！”林芸芸心头百爪挠心，她终是忍不住要问了。

“嗯？怎么了?”毫无所觉林芸芸情绪失常的宋汶抬头，不解地看她。

“跆拳道你虽然没有考级，但是，论实力也算是黑带！你不可能会被吴晗所伤！”林芸芸紧盯着宋汶。

“你在说什么啊?”宋汶一惊，眼中很快地闪过一丝慌乱后又趋于平静，却也不敢再看林芸芸，转开脸扒拉三叶草，试图装傻充愣蒙混过去。

汪晓霖和 Amy 猫着腰慢慢靠近两人，躲在一棵四人合抱的大树后。

“别人不知道，我还不清楚!”林芸芸自信没有看错宋汶眼中的慌乱。看来，事情真正的原委已经坐实心中那个可怕的猜想。

“你根本就是故意的!”她疾步上前，双手扣住宋汶的双肩，低声喝道。

G 市第一人民医院住院部四楼走廊上。

“请假这几天就好好陪陪宋小蚊子吧!”朱学晔扯了扯领带对身旁的岑亮说道。

“是得好好陪陪她了!”岑亮现在都还心有余悸。那段时间汪晓霖闹腾得厉害，弄得他心情烦躁从而忽略了宋汶。现如今，他得好好看着她才成。

“咦？没在？都跑哪儿去了？”岑亮打开 4-2 病房的门，房里却无人。

“打电话试试。”朱学晔说罢摸手机打林芸芸的电话。

“铃铃铃!”宋汶病床前的抽屉里传来林芸芸的手机铃声。

“得！两人都没带手机!”岑亮上前拉开，见里面放了两个手机。

“你们是找一床的宋汶？”这时，一个小护士拿着托盘经过门口，探头问道。

“对!”岑亮应道。

“我刚刚听她和她朋友说要到花园去走走。”

“好的！谢谢!”

“不客气!”

花园。

“是又怎样？不是又怎样？现在不挺好的吗!”宋汶双手抓住林芸芸的手用力往外一翻，挣脱她的桎梏。

“你疯了！你真的疯了！就算要摆脱掉吴晗的纠缠你至于这样吗？”林芸芸看她一副云淡风轻的样子就来气。

“不然怎么办？难道要我眼睁睁看着岑亮跟别人走吗？”宋汶心里一阵烦躁。她不想听谁的教训，事情已经发生，没有她后悔的余地。

在宋汶和林芸芸对峙的十点钟方向，也就是汪晓霖的正对面方向，岑亮和朱学晔停住了脚步。

“你心里不痛快不高兴，难过的伤心的，你可以找我们说。你这样把自己搭进去算什么？万幸没有出什么不可挽回的事！你有没有想过，万一你有个三长两短，伯父伯母怎么办？岑亮怎么办？”林芸芸真有种一爪掐死宋汶算了的想法，太不让人省心了。

“我有分寸的！没有万全之策我是不会乱来的。”宋汶自知理亏，也不好说什么，讷讷地说道。

“屁！别给我鬼扯什么分寸！你有那种东西吗？”林芸芸有些哭笑不得，宋汶那种有时候超出常人常识的想法能叫“分寸”那就有鬼了！

“你别骂了行不行？反正吴晗现在敢在百米外出现，我就打电话报警，从此清清静静不好吗？”宋汶拧巴着不想再谈这事儿。

“那你接下来是不是打算也把汪晓霖给坑了？这样，你和岑亮从此以后就能甜甜蜜蜜不分你我了！”林芸芸不禁翻白眼。

宋汶听罢脸色一僵，林芸芸一看就知道猜对了。

“芸芸！”良久，宋汶叹了口气。

“你知道吗？我其实很羡慕你。我没有你那么幸运，第一次就好运地遇上学晔哥。我和他都好不容易才走到这一步，凭什么就因为汪晓霖和吴晗而放弃？我不甘心！真的不甘心！”宋汶蹲下，坐在花坛边，双手捂着脸，满是疲惫。

“可是，就算不甘心也用不着这种自损八百伤敌一千的极端方式啊！”林芸芸一听火气又上来了，这不是以身涉险的理由！

“岑亮！”还沉浸在震惊中的朱学晔眼角瞥到身边怒火中烧的男人冲出去时，忍不住惊呼。

宋汶、林芸芸一惊，猛抬头！

岑亮怒目圆睁，紧握着双拳，满身煞气地一步一步朝宋汶走去。

宋汶嚯地站起身来，难掩脸上的慌乱，手足无措地看着逼近的岑亮。

他每朝她走一步，那一脚都仿佛是踏在她心脏上一样，痛且窒息。

“晓霖！”Amy 忍不住兴奋地低声叫道。

“嘘！”汪晓霖也难掩一脸亢奋。

一场好戏就此开场！这一下，岑亮和宋汶之间势必会产生极大的裂痕，老天这是在帮她啊！

啪！

岑亮想都没想，直接狠狠地给了宋汶一巴掌。

“岑亮！你！”林芸芸难以相信岑亮会出手打人，心急地就要上前去拉宋汶。

“别去！”朱学晔赶忙将人拉住。

“可是？”朱学晔揽住她的肩，摇了摇头。这两个人的心结只有他们自个儿去解决，旁的人是帮不上什么忙的。

“你可真是长本事啊！”岑亮咬牙切齿。

他的心很疼，那一巴掌虽然打在宋汶脸上，疼的却是他。他怎么都想不到伤成这样的人会是导演这一切的罪魁祸首。

宋汶低着头，散乱的头发掩去了脸上的情绪。

她像是一部生锈的机器般，机械地，迟缓地抬手摸了摸被打的脸。

疼！真的很疼，就像一把刀子毫无预兆地捅进心脏里一样。

“呵！”良久，在岑亮灼灼目光下，宋汶嗤笑一声。

抬头，乌溜溜的眼睛里一股子冰冷投射而来。

“我、没、错！”宋汶铿锵有力，一个字一个字地说，眼中的恨意铺天盖地。

岑亮不觉一怔，被她眼中滔天恨意震慑住。

“他们两个算什么东西？凭什么我们应该相亲相爱的时间要浪费在这种人身上？当初不高兴就分手。后悔了，一句‘我错了’就要回来，地球人死绝了没人爱了？”那一巴掌，揭开了宋汶积压在心口的所有怨恨，瞬间就像一口激凸喷涌的火山。怨恨之深使得原本狭小的胸腔被冲撞撕裂，尖锐的钝滞的各种疼痛让她身心疲惫，摇摇欲坠，只凭着那股子倔劲支撑着。

“我只是爱你，想要跟你过一辈子，有错吗？”宋汶眼中积蓄着的，倔强的不肯落下的眼泪终不堪重负决堤而来。

“汶汶！”岑亮的心被宋汶一字一句所承载的痛苦生生撕开，眼睛被她眼中的恨灼伤，顾不上那些个弯弯绕绕的思绪，跨步上前，狠狠地将人抱住，恨不能将其揉进骨血。

是啊！

我们只是相爱

要

一辈子在一起

为什么，就那么难？

第二十九章 那失了风度的爱

“搞什么?”Amy觉得有些不对劲，不应该是两个人都掰了吗？这深情相拥还难分难解了是个什么情况?

汪晓霖眯着眼，死死地盯着那两个相拥的人，恨不得冲上前将他们分开。

她双手紧握，手背上的青筋暴起，更别说掌心里嵌进的尖锐的指甲。

“走吧!”汪晓霖转身就走，她不敢保证再待下去会做出怎样的举动。虽然很痛心，但是，她绝不会放弃。岑亮是她的，只能是她的!

“可是……”Amy看看那边，又看看离开的汪晓霖。然后，摸了摸下颌一脸深思。最后只得跟着汪晓霖离开。

十几分钟后，在朱学晔和林芸芸的劝说下，岑亮和宋汶回到了病房。

“你们两个好好谈谈!”朱学晔拍拍岑亮的肩，带上门出去了。

“等等再回去吧！我实在不放心啊!”倚墙而站的林芸芸见朱学晔出来立马迎上去，有些担心地说。

“嗯！不要太担心，他们又不是三岁小孩了，大家说开了就好了。”朱学晔摸摸爱人的脸，安慰道。

“学晔，宋汶那女的就一疯子！我怕！我是真的怕了！你看看她都干了什么？”林芸芸想想那天看到的浑身是血的宋汶，现在都还在胆战心惊着！

“没事了！没事了！”朱学晔双臂一展，拥住一脸为好友忧心的爱人，拍着她的背抚慰着。

“学晔，我们该庆幸这个世界还有名为‘法律’的东西约束着。我真不敢想象如果杀人不犯法，宋汶当真会提刀砍了那个人的情形！”良久，林芸芸从朱学晔怀里探出头来，有些感慨地说。

“你啊！真会杞人忧天！”朱学晔食指微曲，轻刮林芸芸的鼻梁笑了。

“走，去吃点东西再回来吧！”说罢，拉着林芸芸离开。

病房里。

“对不起！会发生这样的事我也有责任！”经花园里的那一遭，岑亮不得不深思发生这种事情的真正原因。

一来是自己的疏忽。

二来他没有给足宋汶安全感，才会让她胡思乱想铤而走险。

他一直以为以宋汶的开明大度，她多少会理解和谅解他的处境，这也让他理所应当地一直拖着汪晓霖的事情没有快刀斩乱麻。

“我会尽快处理掉我和汪晓霖之间的事情！”是时候做决断了，否则终是害人害了己。

“我不会道歉的！”宋汶看着他，梗着脖子说，脸上却是隐忍着的委屈。

“哎！”岑亮抚额长叹。都到这份上了，他也不想再说什么责备宋汶的话。这是他的人，要一起相守到死的人，她再犯天大的错，他都得护着她！

“没有怪你的意思！”岑亮起身上前，将人拥在怀里。

“你可不可以不要那么‘乖’？不要那么善解人意？然后自个儿在那瞎捉摸做傻事？我希望你可以吵闹，可以撒泼耍赖，争风吃醋什么的都可以，让我可以看见你的情绪、你的脾气！再大的困难麻烦我们一起熬，一起解决！你什么都不说，我真的很担心！”岑亮揉揉贴在胸口的脑袋。

“我，我不想让你为难！”宋汶有些不是滋味地说，突然有些后悔做那些让眼前人担心害怕的事。

“不要擅自为我着想！”岑亮将人从怀里拉出来，摸摸那张惨白可怜兮兮的脸。

“对不起！”宋汶看着一脸温柔的岑亮满是愧疚，鼻头一酸，忍不住想哭。

“答应我，以后不要再这样了，好吗?”

“嗯!”

两天后。

“你真的确定你要去?”岑亮约了汪晓霖见面，当然也没瞒着宋汶。谁想那丫头听了闹着也要去。

“你什么意思？难不成有什么不可告人的秘密?”宋汶看岑亮那口气定是不想她去的，觉得有些委屈。不就是去表决心让前任死心吗？难道还有什么别的猫腻?

“我就要去!”宋汶二话没说上前抱住岑亮的胳膊，生怕人跑了似的。

“为了让汪晓霖彻底死心，我觉得有必要在她面前秀秀恩爱什么的更有力一点!”宋汶义正辞严，打定主意是要跟着的。

“那好吧!”岑亮只觉得脑仁有些犯疼，这俩女的都不是善茬，有点担心会不会打起来?

夜，某家饭馆的包间里。

汪晓霖一脸扭曲地看着对面两个人的互动。

“不准挑食!”倒不是故意显摆秀恩爱。岑亮也是习惯使然，见不惯宋汶吃饭时挑挑拣拣的毛病。

宋汶瞪着碗中一身绿皮的青椒十分厌恶，最后不情不愿地吃掉。

“够了!”汪晓霖实在忍无可忍，筷子一摔，愤然起身欲走。

“好好把饭吃完吧！这也许是最后一顿了。”岑亮不咸不淡地说。

汪晓霖听罢，猛地转身死死地盯着岑亮。

“你的行为已经严重影响到我的工作和生活。所以——”岑亮看着汪晓霖，顿了顿。

“所以?”汪晓霖脸色煞白。

“请你以后不要再到我工作的地方以及家里去了。”岑亮说罢不再看她。

“你、你!”脑中一阵天旋地转，汪晓霖瞬间失了所有力气般险些瘫倒在地。

“岑亮，你不要太过分！我知道你恨我！可是，你何必拿这个女人这样来羞辱我?”汪晓霖深吸一口气，平复了下情绪。

“没有羞辱你！对于她，我不想隐瞒什么。而对于你，只想让你看清楚你自己的立场。”

“立场?”汪晓霖一阵恍惚。

立场？什么立场？

“你别跟谈什么立场?”汪晓霖似乎想到了什么，声嘶力竭地朝岑亮嘶吼道。

“这几年你以为我就好受吗！难道我的心就不会痛吗！当年流掉孩子就像活生生从我身上撕了块肉啊！如果……”

啪!

不等汪晓霖控诉完，岑亮冷着一张脸捞起手边的玻璃杯就朝她扔去。

碎在脚边的玻璃杯让汪晓霖和宋汶不禁一个激灵，愣愣地看着岑亮。

“你他妈别跟我提当年！你，没、资、格!”岑亮嚯地起身，怒指汪晓霖破口骂道。

“我……”汪晓霖一时间脑袋一片空白，找不到适合的表情，就这么傻不愣登地看岑亮。

她从来没有见过暴怒中的岑亮，心里忽然升起一个声音，那个总是温柔宠溺自己的男人已经离自己而去。

“你高兴来就来，不高兴说走就走，你有没有想过我的感受？我爱你宠你容忍你信任你，全身心毫不保留地都给了你，可最后得到了什么？你根本就不懂怎么去爱人！你只爱你自己！当年如果不想结婚生孩子，OK！你大可以说一声，我不会强迫你！可你倒好，把一大堆亲朋好友撂在这里一声不吭的就走了，你让我们整个岑家的脸面往哪儿搁？你，汪晓霖这尊大佛，老子伺候不起!”岑亮原本就不想提这茬烂事，可汪晓霖那副全天下她最委屈的模样把他狠狠地恶心了一把！这可真是一朵奇葩!

坐在岑亮旁边的宋汶的小心脏一个激灵一个激灵的突突直跳。岑亮那可怕的怒火吓得她恨不得遁地而逃。又有些庆幸自个儿没做什么让他生气的事！好像没有吧？她有些不太确定啊!

“脸面？就因为你们岑家的脸面我就应该放弃一切吗？你明明知道我……”怀孕是个意外，接踵而来的婚姻更是让着手准备出国的汪晓霖无所适从。

“那不是脸不脸面的问题，而是你懂不懂得尊重人的问题!”岑亮忍不住翻白眼。

在岑亮看来，汪晓霖爱她自己甚于旁的人，包括她曾一度信誓旦旦说爱一辈子的他。

“呵！”汪晓霖嗤笑。当年，她的心酸无奈每每看到欣喜不已的岑亮时只得压在心底独个儿品尝。直到最后，她终是不甘心地做了个爱情的逃兵。

“你以为换作是她，她就不会像我一样那么做吗？”汪晓霖并不认为自己犯了什么不可饶恕的大罪。人非圣贤，孰能无过？更何况知错能改，善莫大焉！她知道以前的鲁莽伤害了她深爱的男人，现在不正回来认错，做补偿吗？可偏偏杀出了个程咬金——宋汶！让人恨得牙痒痒。

这便是汪晓霖的奇葩之处！她错也错得理所当然，却不知道有些错一旦犯下就再无回头之路。

“不要用你那自以为是的脑袋去想别人是怎么想的！”宋汶伸手拉住再次暴怒于汪晓霖祸水东引的岑亮。

她站起身来，看了岑亮一眼，与他并肩而站，十指相扣。

“如果是我，我会放弃留学机会而选择留下！留学的机会还可以有第二个，但是，家人却只有一个！”宋汶一脸坚定地看着汪晓霖说道。

“哼！说得好听，你根本就没有遭遇过这些事当然捡最好听的说了！”汪晓霖一脸愤恨，恨不得一刀砍了宋汶那只碍眼的手。

“都说了是‘如果’了！‘如果’这个词是世界上最奢侈的，因为那永远不可能成为现实！”宋汶讥笑道。

人，有的时候就是犯贱，都要等到失去后才来反省当初的种种不应该。可是，不会有谁永远会在原地等你回头！

“你、你！”汪晓霖一时语塞，气得肺都炸了。

“有意思吗？你这样纠缠不清真的有意思吗？”岑亮捏了捏还试图再刺激汪晓霖的宋汶的手。颇显疲惫地问道。

汪晓霖的身体微不可见地一震，垂眉咬唇不语，满眼不甘。

“这样真的很累人！大家都是成年人了，你什么时候能够成熟点？”

“我……”汪晓霖极不赞同地想要反驳什么，却发现无话可说。

“不要让我不待见你！”岑亮不想再啰嗦什么，拉着宋汶就往外走。

“岑亮！”汪晓霖一怔，猛地回头，却只来得及看见消失在门外的背影。

半个小时后。

Amy找到汪晓霖的时候，就看见她一个人呆呆地坐在满桌的大鱼大肉面前，像是被主人丢弃的小猫，可怜兮兮的。

“自找的！”Amy心里不禁翻白眼大骂道。

“摊牌了！”Amy一屁股坐在汪晓霖身边，轻轻摇了摇不知神游到哪去了的人。

“Amy?”汪晓霖意识恍惚，一时间有些疑惑Amy怎么会在这？然后，半个小时前的种种慢慢在脑子里过了一遍。

“Amy!”意识回笼后，汪晓霖一把抱住Amy。她终忍受不住心中的酸涩，眼泪稀里哗啦掉个没完。

“三条腿的蛤蟆不好找，两条腿的男人多得是！你又何必吊死在岑亮这棵树上呢?”Amy无奈地叹了口气。

“可我放不下啊!”

“放不下又能怎样？早知今日何必当初？别再死心眼了，对你，对他，对大家都没有好处的！爱，若失了风度，所有曾经的美好都将不复存在。不要再把你在岑亮心目中曾经美好的那最后一点点都破坏了！哪怕只是他心中指甲盖那么小小的一席之地!”

“不要让我不待见你!”

猛然间，汪晓霖想起岑亮临走时最后一句话，只觉得浑身冰冷如坠冰窟。

第三十章 曾经挚爱成往事

在岑亮和宋汶都全神戒备，等着汪晓霖的发招时，汪晓霖似乎消停下来了，她再也没出现在岑亮面前。就像 Amy 说的，她还是想在岑亮心里留下点念想的，为那逝去的刻骨铭心。

只是，只有她自己知道，每当夜深人静的时候，常常半夜惊魂只为那个人，说是“放下”，哪有那么容易？

“不要！不要！”汪晓霖无疑又噩梦了！眉头紧皱，双手紧紧拽着被脚，因为太用力而指节发白！

“不要走！”汪晓霖猛地惊醒，瞪着一双铜铃般的眼睛，满是惊恐。

“呼！”怔愣良久，汪晓霖才慢慢意识到，那只是一个梦！她拭了拭一脸冷汗，颓然地倒在床上。

“岑亮！”单手覆在眼上，轻语呢喃。

她又梦见岑亮面无表情地看着她，然后头也不回地朝宋汶走去，最后拉着她的手越走越远。

她仍是不甘心的，拼了命地想要追上他们，把岑亮拉回来，却怎么也追不上。

“霖霖？”

这时，灯啪的一声开了。

听见汪晓霖梦魇的惊叫声，苏柳梅一脸紧张地冲进屋来。

“妈？”汪晓霖利索地爬起身来。

“怎么了？做噩梦了？”苏柳梅心疼地摸了摸汪晓霖的脸，担心地问。

“妈，没事！”汪晓霖看着苏柳梅，只觉得眼眶发热。不管自己怎么任性，怎么胡闹，犯了怎样的错，永远以真心待自己的都是父母啊！

“霖霖！是因为他吗！”苏柳梅很肯定问汪晓霖。自家闺女的那点心思做母亲的会不知道吗？

“妈！”汪晓霖脸色一僵，终放下所有的坚强，一头扎进苏柳梅的怀里。

“我知道很难！但是，我会试着慢慢地去忘记，忘记不该有的奢望！我……”汪晓霖不禁哽咽。

“我，我不会再惹你和爸生气了！”汪晓霖忍不住哭了。

“忘了就好！忘了就好！”苏柳梅眼眶一酸，也忍不住跟着女儿一起哭了。她紧了紧怀里的女儿，轻拍着她的背以示安慰。

“造孽啊！”一直站在门外没进屋的汪铭瑞看着哭作一团的母女俩摇头哀叹，心里也是苦成一片。

吴晗在警局里呆了十天就被保释了出来。

“我警告你，别再去招惹宋家那丫头了！”出了警局大门，吴俊强抑制住想要给吴晗一拳的冲动，厉声警告道。

“我，我想去看看她！”一脸憔悴的吴晗动了动嘴，半天才憋出那么一句话。

“你还嫌不够丢人是吧！”吴俊强怒了，一脚往吴晗身上踹去。

“吴俊强！你干嘛呢？”张素欣一惊，赶忙上前拉住还要对吴晗动拳脚的吴俊强。

“放开！我打死这臭小子得了！”

“那你连我也一起打死算了！”张素欣挺身上前，将吴晗护在身后，双眼通红地瞪着吴俊强。

“你，你！”吴俊强气得肺都快炸了，抖着手指着娘俩儿半天也不知该骂些什么。

“哼！”他索性转身走人，眼不见为净。

“小晗！”张素欣松了口气，赶忙转身上上下下左左右右地将儿子看了个遍。

“妈，我没事！”吴晗虚弱地对着张素欣笑了笑。他在里面的这些天，梗在心头那个名为“宋汶”的疙瘩越发的大，叫他怎么也放心不下。

“没事就好！没事就好！”张素欣哽咽着摸摸儿子瘦削下来的脸庞，那苍白的脸色直戳他的心口。

“妈，我想去！”

“不准去！”张素欣脸色一沉，厉声打断吴晗的话。

“你还想去干什么？”张素欣情绪有些失控，声音不自觉拔高。惊慌、恐惧、无所适从一瞬间全往脸上涌来。

她紧紧抓住吴晗，生怕一松手人就跑了。

“求你了！妈求你了！”张素欣身体下滑，就要给吴晗跪了。

“妈！你这是干嘛？”吴晗一惊，赶忙扶住张素欣。

“不要再去招惹宋家了！妈求你了！”张素欣再也控制不住，泪眼婆娑地看着吴晗。这几天简直是度日如年的煎熬，日日夜夜担心吴晗在里面过得不好。

“我，我……”对于张素欣的要求，吴晗还有些犹豫。

“你非要我死在你面前才甘心吗！”张素欣见状，心一横，挣脱开吴晗，就要朝身后的墙撞去。

“妈！”吴晗一惊，扑身上前拽住张素欣，紧紧地将人抱在怀里。

“我不去了！我不去了！”吴晗忙不迭说道。

数日后，是夜。

“呼！”出了小区，被张素欣拘在家里几天的吴晗深吸了一口气。

他环顾四周，人来人往，车如流水马如龙，久违了的自由啊！

“夜色！”他招手打的前往酒吧“夜色”。Amy和汪晓霖约他见面，好说歹说跟张素欣保证了一大堆才被放行。

到达“夜色”时，Amy和汪晓霖已经到了。

“你，还好吧？”汪晓霖看着脸色苍白的吴晗问道。

“没事！”吴晗耸耸肩，一派轻松地说。

“你俩算是彻底死心，放弃了吧！”Amy喝了口啤酒问道。

吴晗、汪晓霖一听，脸色一僵，均沉默不语，闷头喝酒。

“说说你那天怎么搞的？把自个儿都搭进去了？”Amy 看了看两人的表情，明显是不甘心却不得不放弃。

“Amy！你就别问了！”汪晓霖瞥见吴晗越发难看的脸色，不禁低声喝道。

Amy 不置可否地耸耸肩，她实在很好奇吴晗和宋汶当时到底是个什么情况。

“她那天打电话来说要见见面，我做梦都想着的啊！”吴晗狠狠地灌了口啤酒，摇头苦笑。

“谁知道鬼迷心窍的就，就……”吴晗又灌了口啤酒，心里难过得实在说不下去了。自从出了警局，心口憋着一口始终无法纾解的闷气。家人又不准他去见宋汶，越发堵得慌。

“你很了解宋汶那个人吗？”Amy 挑眉看颓废不已的吴晗。心里暗道宋汶可真会扮猪吃老虎，柔柔弱弱的外表下不知道黑成什么样了？又诱骗到了多少人呢？

吴晗觉得 Amy 的话有些不对劲，不解地看着她。

“Amy！你少说两句会死啊！”汪晓霖隐约猜到 Amy 要说什么，急忙开口打断。

Amy 笑了笑，给汪晓霖一个“稍安勿躁”的眼神。

“你不知道宋汶曾经练过跆拳道吗？据说也差不多是黑带了！”Amy 食指和大拇指一拈，拎着罐啤酒摇晃着，眼睛眨也不眨地看着吴晗，说得漫不经心。

吴晗一愣。然后，似乎是想到了什么，脸色一点一点煞白起来！

砰！

“这不可能！”吴晗一拳砸在桌上，嚯地站起身来，满脸不相信。

“你很碍眼！是梗在她和岑亮之间的一根刺，不拔不快！你是第一个，接下来就会是霖霖！”Amy 很满意吴晗的表情。身体往后靠，远离桌子，生怕被某个暴怒中的人迁怒而遭殃。

“我不信！”吴晗瞪着 Amy，双拳紧握，极力压抑着什么。

“以己为饵，只要你在警局留下案底，你若在她面前现身，她就有理由把你送进去。这是我和 Amy 在医院无意听到的，宋汶亲口承认的。”坐在一旁的汪晓霖难掩内心想要报复的快感，忍不住开口道。心里不禁想着，我不痛快，还不许我膈应人吗？我不好过，你们也别想能消停。

“不可能的！不可能的！我不信！我不信！我要去问问！”吴晗只觉得一阵天旋地转，然后跌跌撞撞地跑了出去。

“高兴了吧！”Amy扭头，看汪晓霖有些扭曲的脸，笑道。

“痛快！”汪晓霖大灌一口啤酒，大声呼道。

话说冲出“夜色”的吴晗，经冷风一吹，混沌的脑袋有些许清明起来，愣愣地站在街头。

“为什么？为什么会这样？”吴晗两眼无神地看着虚空喃喃自语。

他很难相信宋汶会不惜冒着毁掉自己清白的危险那样对他！宋汶恨他已经恨到玉石俱焚的这种地步了吗！

没有勇气，真的没有勇气去证实！害怕那血淋淋的事实打破他对宋汶的那点执念！

良久，吴晗转身，恍恍惚惚回了“夜色”。当然，他并没有回汪晓霖、Amy的那间包房，而是坐在大厅的吧台要了一瓶威士忌，一杯接一杯地灌。

凌晨一点多。

嘈杂的音乐和扭腰摆臀舞动的人群，整个一群魔乱舞的场面。

趴伏在吧台上的人食指微动，蹙着眉头一脸痛苦。

“唔！”一声低吟，意识慢慢回笼，只觉得脑子一阵一阵的抽疼。

“嗯？”吴晗揉了揉疼得欲裂的头，环顾四周嘈杂的环境，一时没反应过来这是在哪儿。

啊！是“夜色”！呆愣地看着唱唱跳跳的人群，喝醉前的一些事情慢慢涌进脑袋里。然后，脸色变得扭曲狰狞起来。

“宋、汶！”咬牙切齿咀嚼着这个名字，摇摇晃晃地站起身来，踉踉跄跄地离开“夜色”。

半个小时后，宋汶家。

砰！砰！砰！

“宋汶！”吴晗赤红着一双眼，死命砸宋汶家的门。

“宋汶！你给我出来！”吴晗心里憋着一股气，在他的左胸腔里翻腾不息。想想这些日子来的所有心力交瘁和所受的苦，大有不敲开宋汶的家门誓不罢休的劲头，这门敲得越发用劲。

“大半夜的吵什么吵！”

“要死的！那个混蛋大半夜的不睡啊！”

“不知道扰人清梦遭雷劈吗？”

很快，这厢的动静惊动了周遭的住户，抱怨声四起，纷纷开开门来看个究竟。

咔嗒！

宋汶家的门这时开了。

哗啦！

紧接着一盆冷水泼了出来，全数淋在吴晗的身上。

“冷静了没！”吴晗错愕地看着拎着盆冷着脸的宋汶。

“咦？这是干嘛呢？”

“嘿！那小子不是宋家那丫头的对象吗？”

“才不是！人家早吹了！”

“那，这是要闹哪样？”

邻居们三三两两聚拢来，隔得远远地看着，议论着。

“为什么？”吴晗抹了把脸上的水，一时间脑袋一片空白，愣愣地看着宋汶。

“为什么？为什么要那么做？”很快，愤怒、不甘、不解等等情绪一股脑儿的全回来了，瞬间堵塞在脑子里，使得吴晗扭曲着一张脸气势汹汹地朝宋汶扑去。

“啊！”宋汶丢掉盆子，抡起拳头一拳打在吴晗的腹部，紧接着又一右勾拳将比她高大魁梧的吴晗撂倒在地。

“嘶！”周围传来阵阵吸气声，都为被打倒在的吴晗虚疼了一把。

吴晗双手艰难的撑起身来，靠坐在墙边。

疼！全身都疼！疼进骨髓，疼进心里！

“呵呵呵！”他垂着头低低的笑着，满是讽刺。凌乱的头发遮住他的脸，看不清他的表情。他突然觉得很没意思！就算知道了事情的真相又能怎样？自个儿对宋汶那些执念在对方眼里全是屁，不值一文！

“你就那么恨我吗？”他猛地抬头，一脸凄苦地看着宋汶，紧盯着她的面部表情，认真地想要确认些什么。

宋汶沉默不语。

“这是干什么呢？大半夜不睡觉堵在这干嘛？散了！散了！赶紧散了！”吴晗刚想要说什么，就被一声沉而有力的说话声打断。紧接着疾步走来两名警察。

在吴晗敲宋汶家的门时，宋旻就打电话报了警。

“幸福家园 A 栋 309 报警，就是你们吗？”警察 A 看看宋汶又看看坐在地上的吴晗，问道。

“他，扰民！”宋汶指着吴晗说。

“怎么回事？”警察 B 从兜里掏出记事本就要做记录。

“不用问了！的确是我扰民，我跟你们走。”吴晗深吸一口气，扶着墙慢慢地站起身来。他现在恨不得立马消失掉，逃离这令人沉闷窒息地方。

第三十一章 相思终酿了苦酒

数日后，晚上十一点，酒吧“夜色”。

“岑亮岑亮岑亮……”嘈杂的酒吧里，汪晓霖独自一人醉眼迷离地趴在桌上，握着手机一遍又一遍不厌其烦地拨岑亮的电话。

思念是杯苦酒，储藏得汪晓霖的心里越发的苦涩。排解不出，日久便成瘾成毒腐蚀她的每一根神经。她不断地提醒自己不要再想了不要再想了，但是，意识总不受理智控制，难以抑制地想念想念。

“对不起！您所拨打的电话暂时无人接听，请您稍后再拨！Sorry，you……”

“为什么不理我？为什么？岑亮岑亮……”眼泪模糊视线，绝望地看着舞池里扭动的人群。

“Amy！他不接我电话！”委屈，痛苦，绝望需要一个宣泄口。汪晓霖呜咽着打给唯一一个可以倾诉的对象，薛铭。

“霖霖？”薛铭接到电话的时候已经睡下。半醒半梦间，电话那头嘈杂的声音让她一个激灵，身子一挺，猛地坐起身来。

“你在哪？”

“我忘不掉！忘不掉啊！我该怎么办？他真的不要我了！”汪晓霖自顾自

地说。

“汪晓霖！你在哪？”薛铭一听就知道那女人已经醉了，没由来一阵心慌，赶忙起身。

“岑亮！”突然，汪晓霖眼睛一亮，人影交错里似乎看见了日思夜想的那个人。

“啊！他来接我了！”已经醉糊涂的人猛地站起身来，发了疯似的冲进人群里。

“汪晓霖！”薛铭朝电话那头焦急的大吼，只余下一声声挂断的嘟嘟声。

“该死！汪晓霖你他妈就一疯子！”薛铭把电话猛地摔在床上，气得来回踱步，只觉得肺都快被汪晓霖给气炸了。

“啊！”薛铭双手抱头，左右开弓烦躁不堪地蹂躏了几下脑袋。然后将摔到床尾的电话捞了回来，噼里啪啦地输入岑亮的电话。

“对不起！您所拨打的电话暂时无人接听，请您……”

“妈的！要被你们搞疯的！”薛铭恨不得一刀结果了这两个人，从此世界就清静了！

且说“夜色”里发酒疯的汪晓霖。

她之所以冲进人群里，只不过是看见了一个和岑亮差不多身形的背影。

“我靠！走路不长眼啊？”跌跌撞撞的汪晓霖不慎撞到了一个头发染得五颜六色，耳钉耳环鼻环直往身上招呼的小太妹。

汪晓霖满眼满心的都是人群里的“岑亮”，哪顾得上撞没撞人？

“站住！撞人了还想跑？”被无视的小太妹不干了！一把将人拽住。

“烦不烦啊！”汪晓霖怒了，一把甩开小太妹的手，四处张望着就要离开。

“咦？你还横得很？”这时，三个穿得跟调色盘一样花花绿绿的小太妹聚拢来，把汪晓霖围在中间。

“走开！”汪晓霖脑袋里一团糨糊，只想着赶紧离开去找“岑亮”。她见左右被围，一股子火气一路燎原直烧到脑门，捡了个个子矮的小太妹推搡过去就要杀出一条路来。

“死三八！你敢推我？”被推的小太妹可不吃素，手一扬，一巴掌就朝汪晓霖招呼过去。汪晓霖也不是泥塑的，身体一晃就躲开了，手同时一扬，一巴掌准确无误地打在了小太妹的脸上。

“呃?”小太妹一时半会儿被打懵了。

“老子宰了你!”很快恢复意识的小太妹的脸扭曲了，抬脚就踹。另外三名同伴也是愤愤然地抬脚扬手胡乱一通直向汪晓霖招呼去。

猜测着汪晓霖极有可能会来“夜色”的薛铭还没到达现场就接到医院的电话，心头咯噔一下急吼吼地转了方向杀进医院去。

“怎么会这样?”看着鼻青脸肿，右手打着石膏，气息奄奄坐在病床上的汪晓霖，薛铭被吓得够呛。

“在‘夜色’和几个小太妹打了一架。”汪晓霖笑得很虚弱。酒劲现在上来了，再加上一身伤，简直是水深火热生不如死!

以一敌四，可想而知。好在酒吧保安来得快只折了一条胳膊。照那四个人正是天不怕地不怕的年纪的秉性，汪晓霖今晚怕是要被打个半残不可。

“打、打架?”薛铭难以置信，艰难地消化着这俩儿字的真正意义。

次日早上。

“霖霖!”苏柳梅问清汪晓霖在哪间病房后急急地推门而入。

接到薛铭电话的那会儿，她也正在给汪晓霖打电话，但是一直处于关机状态。

“霖霖!你、你怎么、怎么……”女儿一夜未归，苏柳梅怎么也没想到汪晓霖会是这般境地：鼻青脸肿，还打着石膏。

“这、这……”苏柳梅冲到床前，双手伸出正要对汪晓霖一番查看，可看到她那副惨状一时无措，双手就这么干举着，想碰又害怕弄疼了女儿。

随后跟进来的汪铭瑞看到女儿那副尊容，也吓了一跳。

“妈!我没事!”看着这样的母亲，汪晓霖内心愧疚。主动伸出没有受伤的那只手，紧紧地握着她的手。

“叔叔阿姨来了，那我就先回去了!”薛铭陪了汪晓霖一晚上，现在困得要死。

“昨晚上谢谢你了!”汪晓霖抬头看着薛铭，感激地笑了。

“你好好休息!”薛铭说罢，朝汪晓霖父母点头示意后就离开了。

“霖霖，告诉妈，这到底是怎么回事?”苏柳梅握着女儿的手急切地问。

“妈，没事的！过两天就好了！”汪晓霖答非所问岔开话题。她实在没脸跟父母提及是因为岑亮才弄成这样的。她答应过苏柳梅和汪铭瑞从今往后不再对岑亮有非分之想的，而今绝不能说出来伤了他们的心。

“什么没事啊？你都弄成这样了，还叫没事？”苏柳梅情绪一下子激动起来了。

“真没事了！那些人已经被送进警察局去了。”汪晓霖避重就轻，试图蒙混过去。

“他们都是些什么人？你怎么会？”苏柳梅刨根问底。

“妈！”汪晓霖高声打断苏柳梅的问话，只觉得脑仁一阵一阵地抽疼。

“求您别再问了！我现在不是很好吗？我……”汪晓霖深吸一口气，轻声软语，一脸哀求地看着苏柳梅，博取她的同情以结束这个话题。

“你昨晚去了酒吧！”一旁坐着的汪铭瑞突然很笃定地说。

苏柳梅、汪晓霖皆是一惊。前者是惊讶老伴儿怎么会知道，后者则是心惊汪铭瑞是不是知道了什么。

“借酒浇愁，然后发酒疯和别人打架！”汪铭瑞叹了口气，满是无奈。汪晓霖的失常又不是一天两天的事了。他大半夜撞见汪晓霖醉醺醺地回家已经好几次了，可他又能说什么呢？一个存心要作践自己的人，谁也拦不住的！

“霖霖？”苏柳梅惊讶地看着汪晓霖，眼里写着不信，似乎要她给她一个明确的答案。

“我、我……”汪晓霖欲言又止，一时无话。

“是因为岑亮吧！”汪铭瑞话一出，汪晓霖身体猛地一颤，咬着下唇低头不语。

“你、你不是说要忘记他的吗？”苏柳梅一听是为岑亮就来气了。

“你要作践自己到什么时候？”苏柳梅气得扬手欲打，可看到一身伤的汪晓霖又下不去手。

“你到底要闹到什么时候才消停啊！”最后，苏柳梅颓然地坐在床边，双手捧着脸默默哭泣。

中午，医院花园。

给汪晓霖送完饭后，苏柳梅抱着保温盒呆坐在这里已经一个多小时了。

"哎！"她长长地叹了口气。

她的头很疼，她不知道汪晓霖什么时候才会放过自己，从而也放过她和汪铭瑞。但是，汪晓霖骄纵任性成这般也是他们从小娇惯出来的，又能去怪谁？

"不行！不能再这样下去了！"只一瞬间，苏柳梅似乎想通了什么，紧了紧怀里的保温杯，眼中满是坚定。

每一个母亲对儿女的爱都是无私的，却也是自私的！

晚饭后。

"霖霖！"把汪晓霖吃完的餐盒收拾妥当后，苏柳梅深吸一口气，握着女儿的手，一脸严肃。

"妈，怎么了？"汪晓霖疑惑地看苏柳梅。

"如果，我说如果阿亮回到你身边，你会安安心心地跟他过日子吗？"苏柳梅眼睛眨也不眨看着汪晓霖的表情。

"妈？"汪晓霖先是惊讶苏柳梅怎么会突然问这个。然后，黯然，那已经是不可能的了。

"妈，其实我很后悔！后悔当初就这么走了！"汪晓霖满目怆然。

"如果可以，我不会走了！打死也不走！"然后，那双充满奢望的眼睛里又是满满的坚定！

"孩子，世上是没有后悔药的！"苏柳梅拍了拍汪晓霖的肩，叹道。汪晓霖眼中的悔意和坚定让她心里也松了口气，这更加坚定了她白天的想法。

一个小时后，岑亮家。

"八条！"岑亮有些失望地将刚摸到的牌打了出去。

"和了！"王丽华眼睛一亮，啪的一声推了牌！千等万等，等的就是这张牌！

"不会吧？"岑亮脸一下子绿了。

"有什么不会的？"王丽华眉开眼笑地翻场上还没摸完的牌的最后一张，是张四条。

"赶紧的！给钱了给钱了！"然后扫了一眼其他三人打出去的牌，算着牌面准备收钱。

"太后老佛爷，您老能不能别那么好的手气，好歹给小的们留条路啊！"岑亮苦哈哈地掏钱。

“准了！不过不是你，我未来儿媳就免了！你的，赶紧上缴！”王丽华按了按麻将机的按钮，稀里哗啦地将牌推进去，又换上一副砌好的牌。

“太后老佛爷万岁万岁万万岁！”宋汶很应景地笑道。

“喂喂喂！你怎能弃为夫而去？”岑亮佯装幽怨地看着满脸笑容的宋汶。

“嘿嘿嘿！我这叫识时务者为俊杰！”宋汶调皮地眨眨眼睛。

相比屋里的其乐融融，苏柳梅木着一张脸，无视经过的隔壁邻居的指指点点，像雕塑似的杵在岑亮家门口。

叮咚叮咚叮咚！

良久，苏柳梅一边颤抖着手按响了门铃，一边按捺内心的紧张，煎熬地等着……

咔嗒！

门缓缓地打开……

苏柳梅看清开门的人时，愣住了。

“请问你找谁？”宋汶有礼貌地问着和她没有见过面的苏柳梅。

咚！

苏柳梅没有想到来开门的人会是宋汶。她虽然没见过宋汶，但是能够出现在这里的人就只是自家女儿的情敌——宋汶！然后，想都没想就直挺挺的给跪了！

“你，你这是干嘛！”宋汶一惊，赶忙伸手将人扶起。

“我是汪晓霖的妈！你就是宋汶吧！”苏柳梅一想到还躺在病房里的汪晓霖，鼻子一酸，眼眶里的眼泪打着转很快进入了角色。面对宋汶的相扶，她身子直往下坠就是不起来。

“什么？”宋汶一听，就懵了。手一松，傻傻地看着苏柳梅。

“霖霖她快死了！阿姨求你了！求你跟岑亮分手吧！”苏柳梅一把拽住宋汶，一把眼泪一把鼻涕哭得肝肠寸断。

“出了什么事？”岑亮听见门外宋汶的惊呼赶忙过来。

“苏姨？”当见到门外跪在地上抱着已经傻掉的宋汶的苏柳梅时，岑亮脑袋一片空白。

第三十二章 前任的老妈来袭

“你来干嘛?”王丽华憋着一肚子火，尽量心平气和地对坐在对面哭哭啼啼抹眼泪的苏柳梅说道。

“霖霖昨晚上在酒吧被人打断了手。”苏柳梅抹着眼泪，不动声色地看着岑亮和宋汶交握的手。

岑亮听罢皱了一下眉。他的手机里的的确确是有几十通汪晓霖的未接来电。

很快，他感觉到手里握着的宋汶的手颤了一下。他紧了紧手，大拇指摩挲着宋汶的手心，无声地安抚着不安的她。

古人有云，宁拆十座庙，不毁一桩婚。苏柳梅看着两个人的互动，内心不由得闪过一丝愧疚。

“呵！被人打了就去医院啊，你跑我们家来干嘛?”王丽华被气笑了，恨不得一巴掌将这老不要脸的女人扇出去。

“霖霖做梦都念叨着阿亮去哪了？怎么不去看她？怎么不接她电话?”苏柳梅的愧疚只是瞬间，一旦想到要死要活的汪晓霖，就算十桩婚她也照拆不误！就算将来下地狱，为了汪晓霖将来的幸福，她豁出去了！

“我知道以前是霖霖对不起你们老岑家!”苏柳梅噗地跪在王丽华和岑瑞面前。

王丽华一愣，随即一脸愤怒。她最见不得这种腆着老脸装无辜搞那套悲情大戏的人！简直是不要脸！无耻又可恨！

“老汪家的这是在干嘛？赶紧起来！”不等王丽华发作将人撵出去，岑瑞倒先好脾气地一步上前将人拉起来。

“拉她做什么！”王丽华怒上加怒，一把挡开岑瑞的手，拽着苏柳梅直往外拉。

“丽华！你这是干什么？”岑瑞急道。

“你给我滚！这里不欢迎你！”王丽华觉得自己没动手打人已经算是客气了！再让苏柳梅这老不要脸的闹下去，她指不定就一刀结果了她。

“阿亮！你可怜可怜霖霖吧！她知道错了！你就原谅她吧！姨求你了！”苏柳梅抓着门框，声嘶力竭地朝抱着宋汶的岑亮大喊。

“没事了没事了！”宋汶全身抖得厉害。原本幸福美满却毫无预兆迎来狂风暴雨，宋汶被这阵仗吓到了。汪晓霖的妈都现身了，她不知道往后还会不会有什么怪咖出来闹腾。

“宋汶！你是好姑娘！阿姨求你！求你不要再来打扰！”

“苏、柳、梅！”王丽华心一沉，眉头直跳。

“就算我死了，汪晓霖也别想进岑家的门！”她高声截断苏柳梅的话。然后，猛地用力，将人推出门去！

砰的一声毫不客气地甩上门。

“岑、亮！”王丽华深吸一口气，转身，气势汹汹地杀进客厅。

“老娘我警告你，你再去招惹汪晓霖，老娘与你同归于尽！”王丽华撵开岑亮，护犊地抱着宋汶，满脸杀气地指着岑亮破口就骂。

“宋小蚊子，你别怕！老娘这辈子就只认你一个媳妇儿！”王丽华脑仁一阵阵抽疼，她柔声安慰怀中不安的人。抽空恶狠狠地睨了一眼干站着的岑亮，她可不能让岑亮当年的孽债吓跑了宋汶。

“哎！”苏柳梅叹了口气。整理整理衣衫，抹了抹眼角，眼神幽幽地看了一眼被关上的门。转身，跟个没事人似的离开了。

“苏姨？”次日，当岑亮打开门看到苏柳梅拿着条小板凳坐在家门口时被吓的个半死。

“阿亮！”苏柳梅将啃了一半的包子收起，笑容满面地站起身来，脸上有些许不知名的期待。

“你怎么来了?”岑亮心头发慌，手脚冰凉。他迅速地朝门里看了看，赶忙将门带上，要是被太后老佛爷看见了，这场面可就不仅仅是见见血就能了的！

“阿亮，霖霖……”苏柳梅可不会想那么多，早饭都来不及吃的来蹲点就是为了让岑亮去见汪晓霖。她相信“精诚所至，金石为开”道理。

“边走边说！”岑亮皱眉，太阳穴突突直跳。然后，长臂一伸捞起小板凳，拽着苏柳梅，顶着或出门或上班或上学或晨练的邻居们的奇怪的目光，快速地将苏柳梅带离现场。

小区外。

“苏姨，你这是干嘛?”岑亮揉揉胀得生疼的太阳穴。他真心没想到汪晓霖一家是如此的讨人厌！

“阿亮！去看看霖霖吧！”苏柳梅说着红了眼眶。

“您别这样！成吗?”岑亮见这是要哭的节奏就恨不得遁地而逃。

“阿亮！你不是狠心的孩子！霖霖真的好惨！霖霖她，她……”说着，苏柳梅的眼泪就脱眶而出。

“好好好！我去看她！我去看她！我下班就去！”岑亮赶忙做投降状捣蒜似地点着头。

“你赶紧回去吧！我上班就要迟到了，先走了！”岑亮逃似的钻进车里，油门猛踩飙了出去。

苏柳梅看着扬长而去，直到消失在街角的车怔怔地发了会儿呆。

“该给霖霖送早饭了！”良久，她吸了吸鼻子，兜里摸出纸巾擦了擦脸。然后提着折叠小椅子急冲冲地朝站牌跑，上了公交车，往家里赶。

下午六点过。

“最近新出了部动作电影，但是网上找不到，咱们周末去电影院看看！”将车停好后，宋汶和岑亮手拉手慢悠悠地走着。

“好啊！”岑亮静静地看着宋汶两眼放光，她抒发自己的喜好时总是那样激动的神情。

“主演是甄子丹，超帅的！还有……”正当宋汶讲得眉飞色舞时，岑亮看到远处自阴影里走出来的人——苏柳梅，脸一下子扭曲了，一股子“阴魂不散”的冷意袭来。

宋汶察觉他的异样，顺势看去，也是一惊。

“为什么？为什么？为什么你要出现？”突然，苏柳梅动了，铆足了劲直接冲向宋汶。双手一抓，紧紧地扣住宋汶的双臂，激进而疯狂地嘶吼着，晃着被吓懵了的宋汶。

“苏姨！快放开！”岑亮先愣了一秒，然后赶忙抠开抓着宋汶的那双瘦削的手，将人挡在后面，小心戒备地看着苏柳梅以防对方又发疯。

“你说你会去看望霖霖的！为什么？为什么要骗我？要骗我们家霖霖？”苏柳梅狰狞着一张脸对岑亮控诉道。

这时候，小区里路过的人已经慢慢聚拢来，三五一群小声地议论着。

“我好像没这个义务吧！”岑亮见状，眉一皱，此地不宜久留，说罢拉着宋汶就要走。

“是你！都是你！”苏柳梅见两人想走，心一慌，发了疯似的扑向岑亮身后的宋汶。一想到汪晓霖和岑亮现在见面就跟仇人似的，一定是宋汶这祸害。如果没有她，岑亮就一直一个人，霖霖回来后认认真真跟岑亮认个错，两个人都还像以前那样多好！

“你们一家子还有完没完啊！”岑亮反手一推，怒道。忍无可忍，无须再忍，泥人都还有三分土性，这种三番五次的纠缠，何况是人？

“哎哟！”苏柳梅被推倒在地，一时有点懵了，怎么都没想到岑亮会跟她动粗。

“没天理啊！老天爷你开开眼啊！我可怜的女儿啊！呜呜呜！”苏柳梅扯开嗓子，嚎丧似的，要多大声就有大声。

“这不是汪晓霖的妈妈吗？”

“可不是！听说她家闺女回国了嘛！这不闹上门来了嘛！”

“什么听说！我都瞧见好几次了！我呸！现在还有脸回来？怎么不想想当初自个儿……”

“要是将来我家小子敢找这么个东西，老娘一刀宰了他……”

“这老宋家可是大好的人家，倒八辈子血霉才遇见……”

周围聚拢来的人越发的多，你一言我一句的嘀咕个没完。

“岑亮！”感觉到已经处于爆发边缘的宋汶赶忙拉住气得双目赤红浑身发抖的岑亮。生怕一个不慎他就会冲出去打人。

“走！我们走！”宋汶有些着急地拽着恨不得生吞活剥了又哭又闹耍无赖的苏柳梅的岑亮。

“岑亮！”宋汶感觉着这气氛有些胆战心惊，带着些许哭腔祈求地喊着跟木桩子似的杵着不动的岑亮。看他那架势下一秒随时都有可能窜过去了结了苏柳梅。

“苏、柳、梅！”只是，不等岑亮动手，拿着把菜刀闻讯赶来的王丽华就已经冲进人群。

“老娘今天就跟你同归于尽！”王丽华扭曲着一张脸大喝一声，菜刀一扬就杀向瘫坐在地，已经吓傻了的苏柳梅。

“岑亮！赶紧拦着你妈！”紧接着，岑瑞急急忙忙气喘吁吁地拨开人群，朝一时被王丽华的彪悍唬住的岑亮大喊。

“妈！”岑亮一个激灵惊醒，扑上前拦住王丽华。

“放开我！我不宰了这老不要脸的我这日子没法过了！”王丽华使上全身的蛮劲试图扒拉开拦住自己的岑亮。

苏柳梅心头一凛，见这势头不对劲，骨碌一下子爬起来。

“苏柳梅！有种你别跑！”王丽华见苏柳梅就要开溜了，心里急了。

“哎哟我的妈呀！”苏柳梅被吓得个趔趄，火烧屁股跑得比兔子还快了。

“看什么看！”王丽华挥挥手中的菜刀，凶神恶煞地瞪了一眼四周看热闹的人。

“走走走！”众人被这杀气吓了一跳，一哄而散。

很快，围观的人全走光了。大马路上只余下岑亮一家子和颇有些尴尬的宋汶。

“妈！”岑亮觉得站在这里算个什么事儿？有什么事回屋里再说！

“我不是你妈！”王丽华大喘着气，看着岑亮的双眼直喷火。她最想砍的人是岑亮！

“这日子真没法过了！”王丽华方才脸上的煞气瞬间烟消云散，满是疲惫！

“你真能耐！招了那么个冤魂不散的一大家子人！你要我和你爸怎么办？你

要宋汶怎么办？当初我就不该……”王丽华气急攻心，一团怒火自心底烧起，烧掉所有理智所有感情，一路攻城略地直烧到脑子里。

“我……”王丽华直觉眼前一阵阵发黑，身体一晃，咚的一声软倒在地。

“丽华！”

“妈！”

“岑妈妈！”

一时间，三人乱作一团。

“医院！赶紧送医院！”岑亮遵下身，在岑瑞和宋汶帮扶下背着王丽华直奔车库。

那日之后，王丽华气急一病不起。但是，对于一个死心眼钻牛角尖了的人苏柳梅而言，就算全世界也都无法阻止她那固执的，一切都是为了女儿幸福的执念。

王丽华被接回家的当天，苏柳梅就坐在她家门口，还蛮悠哉地啃着苹果。

苏柳梅见到王丽华，想起那天的情形还是有些怂。她嗖地一下从小板凳上站起来，有些局促，有些不安，却满是戒备地看着不复当日凶悍的王丽华，一有异动随时落跑。

“哼！”王丽华没有想象中的暴怒，只是冷眼看了一眼苏柳梅就进屋去了。

“你！”岑瑞对着苏柳梅欲言又止，终化作一声叹息进了屋。

“苏姨，回去吧！”岑亮只是礼貌性地说了句话就进了屋。

接下来几天，苏柳梅锲而不舍地早晚来蹲点。岑亮离开她就跟着离开，回医院去照顾汪晓霖。到了下班那个点又回到岑亮家门口守着，看岑亮进了屋，坐上个把个小时就回家。

宋汶时常过来，甫一出现，苏柳梅的脸就扭曲了，一副恨不得冲上前撕了她的模样。那一天，苏柳梅必定会待到宋汶离开为止。

数日后。

“你打算怎么办？”被岑亮送回家的宋汶临下车前终忍不住问岑亮。

离开前，苏柳梅怨恨的眼睛仿佛淬了火浸了毒般，狠毒而灼灼。

“汶汶！”岑亮沉默良久，抚着最近消瘦不少的人，满是心疼。

岑亮很想尽快解决这件事，但是想了几天几夜，头发差点都要想白了，有了些想法，却又害怕到最后会输得很惨。

“汶汶，答应我件事！”这是一场豪赌，赌赢了就是幸福！输了……

不！不能输！绝不能输！

“你说！”宋汶蹭了蹭他的手心。

“你答应我，不管将来发生什么，看见什么，听见什么，你要信我，等我！”岑亮神情肃穆。

“好！”宋汶先是一愣，然后一脸坚定！

第三十三章 无奈叹息化妥协

“怎么还不来?”朱学晔看看手表，又看看大门口，焦急得来回踱步。手里拿着一沓合同资料什么的。

“岑亮!”岑亮甫一出现，朱学晔像是见到曙光一般疾步上前。

“祖宗！你总算来了!”当然，脸上的焦急倒没有因为见到“曙光”轻松下来。

“怎么了?”岑亮不解地看他。

“你自己看看!”朱学晔见他一派轻松一阵气闷，索性把手里一沓资料塞他手里。

岑亮疑惑地翻阅起来，只是越到后面脸越发的黑!

“你这小徒弟还真是大手笔！连我们这些老业务员都不敢保证C城年销售过千万，更遑论是个新市场。他倒好，一下子下那么大笔单子，都差不多两年库存了!”朱学晔不得不感慨这些个小年轻，自以为自己名校出身就不知天高地厚，连市场调研都还没理清楚就大手笔下单。要不是他无意瞅见汇款申请单，岑亮恐怕就得遭殃了！这可是以他的名义签的合同!

“款追回来了吗?”岑亮揉揉额角突突直跳的青筋。他不过是因为家里的那点破事暂时让小徒弟代劳跟踪了一下C城的进度。呵！这下子好了，又一个麻烦来了！

“我给截了下来！那小子还不服气，说我嫉妒他拿了个大订单闹到李总那儿。不过被臭骂了一顿！”朱学晔无所谓地耸耸肩。

“谢了！我……”

“岑总监！”不等岑亮说完，总经理秘书 Ms. 张慌慌张张地朝他们跑来。

“李总找你！”Ms. 张微喘着气说道。岑亮电话又打不通，她可是楼上楼下到处找人折腾得够呛。

岑亮、朱学晔对视，心里咯噔一下，铁定是为了这事儿！

“快去吧！”朱学晔拍拍老友的肩，递给他一个“好自为之”的眼神。

岑亮深吸一口，跟着 Ms. 张走了。

总经理办公室。

“你自己看看！”李总一把将岑亮方才已经看过了的合同摔向他。岑亮忙不迭地接着。

“你，你……你让我怎么说你好？”五十来岁却精神爽利的男人憋着一肚子火，指着岑亮就骂。

“抱歉！这次是我的疏忽！”岑亮诚恳认错。

“我要的不是你的道歉！你是公司元老，C 城市场是好不容易才打进去的，销量是其次，要求稳！这么大个事你让那么个毛毛躁躁的小子去办，你倒是放心得很啊！”

“我……”

“岑亮！我一直以为你是一个公私分明，很理智的人。我不管你私底下的私生活如何，但是，前提是不要影响了工作！”李总一双锐利的眼睛紧紧地盯着岑亮，食指敲击着办公桌，不紧不慢地说道。

“李总！我……”岑亮一惊，急于解释什么。

“公司上层已经有很多人投诉到我这里了！最近风评很差啊！”李总扬声打断岑亮的话。

“你好自为之！出去做事吧！”李总摆手不欲再谈。

“是！”岑亮无奈，只得起身离开。

岑亮办公室。

“阿亮！”慢悠悠晃到办公室的岑亮一进门，坐在沙发上的朱学晔急急起身迎上，满是担心。

“你不忙吗？”倒是岑亮，远没有朱学晔认为的失落失意什么的。

“怎么样了？”

“被训了一通呗！还能怎样？”岑亮双手一摊，毫不在意地说。

“你，你真没事？”朱学晔有些担心老友。情场失意，商场也不尽如人意，汪家那一家子奇葩的事情他是知道的，岑亮最近过得忒惨烈！

“真没事！你赶紧回去做事吧！小心我告你串岗啊！”岑亮笑着将人往外推。

“好好好！我走！我这就走！”

咔嗒！

关上门，岑亮脸上的笑意全数褪尽，满是疲惫。

“哎！”岑亮耷拉着头，长叹。他挪动着沉重的身体，最后将自己随意地摔在沙发上。

望着白花花有些晃眼的天花板，岑亮觉得很累！他现在随时都能感到空气里有一股子莫名的力量挤压着他，冲撞着他，仿佛要将他撕裂了一般。

汪晓霖、宋汶和他，乱如麻的关系，理不清剪还乱！他从来没有想过三个人会陷入这般境地，三个人都固执而偏执地头也不回地将自己往一个旮旯犄角里逼，退无可退成了一个死局。

嚯地！岑亮似乎下定了什么决心似的站起身来。

他知道，三个人中得有一个人先退一步打破这个僵局，然后重新洗牌。接下来能不能打出一副好牌成为赢家还有待他再思量思量！

不在沉默中死亡，就在沉默中爆发！

想罢，岑亮便大步离开了办公室。

他要打破三个人这场沉默而煎熬的较量！他要成为赢家！就算是拼尽所有！

一个小时后。

岑亮抱着一大堆花花绿绿大小不一的彩页回到办公室。外套一脱，袖子卷起，扯了扯领带，捞起笔筒里的一只记号笔，稀里哗啦地将一张张彩页广告摊开铺平。

××××楼盘，您不二的选择！

KKKK 楼盘，半山公寓，大自然怀抱……

原来是一张张 G 市，城南那边的各大楼盘广告。

他从抽屉里拿出 G 市的地图铺开，在城南二环处找着什么。当看到 JX 路时，眼睛一亮，快速地在 JX 路找到了 TX 嘉园，并画个圈。然后，他将囫囵堆在一边的楼盘彩页拿来认认真真地将每一个楼盘研究了又研究，主要挑离 TX 嘉园最近的看，辅助着上网查询交通、环境、人气等等综合指标。

下班后。

岑亮左右活动着因为研究一天楼盘而有些僵掉的肩膀，心里已经有了几个楼盘的计较，想着明天请个假去看看。

“阿亮回来了！”想得入神不觉已经到了家门口。苏柳梅一如既往，满含希冀地看着他。

“苏姨，回去吧！”岑亮扶额哀叹。现在，最大的，最头疼的问题是眼前的这位啊！

“嗯！”苏柳梅答应着却没有要想走的意思。

岑亮也没说什么，掏钥匙开门进去。

“回来了！”从厨房拿水果出来的岑瑞笑着跟岑亮打招呼，然后急急地跑到太后老佛爷王丽华身边伺候着。

“妈！”岑亮点头回应岑瑞，然后对坐在沙发上最近突然沉默寡言的王丽华打招呼，依然得不到回应。他知道，王丽华一直在生他的气。

“我回屋换衣服。”他自嘲一笑。

“阿亮！吃饭了！”岑亮换衣服的档儿，岑瑞已经摆好了碗筷。

“爸！我不吃了，出门办点事。”岑亮深吸一口气。

“诶？吃了再走吧！”

“不了！”

“那我给你留点不？”

“不用了！”岑亮说着就走到玄关处换鞋。

“去哪儿？”一直不愿搭理儿子的王丽华突然开口，语气间不可察觉的严厉。

岑亮浑身一颤，僵了一下，然后若无其事地系好鞋带。

“我去看看汪晓霖!”岑亮站起身来，目光灼灼地看着门，不知道在想什么。

“阿亮?”岑瑞有些吃惊地看着岑亮站得挺拔的背影，又有些担心地回头看王丽华。而王丽华也没有他预料中的暴怒，只是安静地坐在那里愣神。

“早点回来!”良久，王丽华淡淡地说了那么一句话后拾起筷子开始吃饭。

“好!”岑亮掩不住高兴地答道，开门离去。

“苏姨！走吧!”岑亮站在埋头绣十字绣的苏柳梅面前。

“啊?”带着老花镜的苏柳梅一惊，抬头，有些迷茫地看着突然出现的岑亮。

“我去看看汪晓霖。”岑亮开门见山地说。

苏柳梅大惊！傻不愣登地盯着岑亮，一时没反应过来。

“我去开车!”岑亮也不打算再解释什么，拎着车钥匙转身就走。

“诶诶诶！等等我!”苏柳梅见人走了才慢慢回味过来所听到的，不是做梦！一股脑儿将东西全塞进包里急急忙忙地追出去。

医院。

“霖霖!”苏柳梅还没进门就抑制不住高兴地喊。

“你看看谁来看你了!”苏柳梅大力地推开门，朝着汪晓霖笑得一脸灿烂。

“妈?”正和薛铭聊天的汪晓霖被苏柳梅的高声一唤惊了一下，疑惑地看去。

“岑岑岑!”汪晓霖彻底惊了！抖着手，难以置信地指着苏柳梅身后原本是奢望的高大身影。

“傻孩子！高兴成这样!”苏柳梅调侃地笑道。侧身让始终面无表情保持沉默的岑亮进门来。

“Amy！他，那个，我……”汪晓霖激动得语无伦次。

“这不是梦！他来看你了!”Amy握住汪晓霖激动得不知该往哪摆手。然后挑眉看岑亮，很疑惑他怎么会来看汪晓霖?

“你们还没吃饭吧！我去买!”苏柳梅朝薛铭眨眨眼睛。

“我跟阿姨一起!”薛铭哪会不知道苏柳梅有意留两个人独处？很识趣地拎着包包跟了出去。

“岑亮！我、我，我没想到你会来看我！坐！你坐!”汪晓霖满脸欢喜又有些羞涩地看着岑亮，手足无措地扒了扒头发，将散乱的发拨到耳后。

岑亮不语，走到床边不远不近的地方，拿了张椅子坐下。

“你不知道，我、我真的太高兴了！我……”那个距离，汪晓霖根本就触碰不到岑亮。她激动地探身向前，用完好的那只手紧紧地抓住他。

但是，那个距离，也是心的距离！就算触碰得到，却是无法到达的距离。

“是吗？我也没想到我会来看你！”岑亮看着那只抓住自己的手，有那么瞬间厌恶地想要甩开，想到来这的目的却又生生忍住了。

“我就知道！我就知道！我就知道你不会不管不理我的！”汪晓霖双眼含泪，所有情绪已经到达一个临界点，所谓的“幸福”在脑子里、胸腔里胀得满满的。

“是啊！你该满意了吧！”岑亮冷冷地看着她。

“我、我当然……”汪晓霖一怔。岑亮的表情掩藏下的情绪就像兜头浇下的冷水，汪晓霖所有的高涨情绪所营造的，名为“幸福”的情绪慢慢地冷却。

“岑亮，你?”理智开始回归，汪晓霖的心开始有些害怕、不安起来。

“你赢了!”岑亮再也忍受不住汪晓霖触碰所带来的厌恶感，毫不留情地将自己的手从她的手里抽了出来。

“岑，岑亮?”汪晓霖内心的所有的激动喜悦瞬间冻结。

“我……”汪晓霖再傻，也不可能不明白此时此刻的岑亮是真心不愿来看她的。

第三十四章 阴风阵阵鬼火燎

岑亮和汪晓霖那天晚上的不愉快并没有向谁透露半分。在苏柳梅和薛铭的面前，他们相安无事地相处着，看不出什么异样。

但是，只有汪晓霖自己知道，岑亮是身在曹营心在汉。

可是，她百思不得其解的是，岑亮既然厌恶着她又为什么还要来看她？还在外人面前假装对她很温柔体贴？

这一切，似乎缺少某个关键环节！

岑亮来看汪晓霖后的第三天。

“你到底什么时候能够成熟一点？”被苏柳梅赶出来给汪晓霖送饭的汪铭瑞终忍不住问汪晓霖。

“爸？”汪晓霖诧异地看着汪铭瑞。

“我养育你二十几年，怎么养出你这么个，这么个……”汪铭瑞实在不知道该怎么形容内心的感受。

“爸，我，对不起！”汪晓霖深知自己给家里带来了很多不快，除了道声“抱歉”，她无力再做些什么。

“哈！对不起？”汪铭瑞嗤笑。

“你除了说对不起还能做点别的什么吗？你知不知道阿亮之所以来看你是因为，是因为……”汪铭瑞有些哽咽，那种事情真的没办法说出口。

“是因为什么！爸，你是不是知道什么？你快告诉我啊！”汪晓霖脑子里有什么一闪而过，她急切地看向父亲汪铭瑞。

“那是因为你妈天天坐在人家家门口求着人家来的！”汪铭瑞低吼道，实在不想再待在这里，转身冲出了病房。

那句话进入汪晓霖耳朵里，轰的一下爆炸开来。

脑子里一片空白，怔怔地坐在那里久久回不了神。

“妈！呜呜呜！”良久，她掩面，泣不成声。

傍晚时分。

“阿亮，我想吃红提！帮我买嘛！”汪晓霖看了看对面给自己灌开水的苏柳梅，又看看坐在自己身旁安安静静削苹果的岑亮，想了想有些撒娇地说。

“诶？霖霖想吃红提？妈这就给你去买！”苏柳梅放下温水瓶就要往外走。

“妈！让阿亮去吧！”汪晓霖赶忙出言拦下苏柳梅。

“阿亮！”汪晓霖看向岑亮，似撒娇又似祈求。

岑亮看看她，又看看手中只削了一半的苹果，最后什么也没说地起身离开。

“你这孩子！好不容易岑亮才来看你，不争取争取独处的时间，你这瞎折腾什么？”苏柳梅看岑亮离开后有些不赞同地对汪晓霖说。

“妈！”汪晓霖拉着苏柳梅的手，想想早上汪铭瑞说的话，忍不住红了眼眶。

“妈！我知道了！我都知道了！”汪晓霖单手揽过苏柳梅的肩，将脸埋在她的肩头。

“对不起对不起！我给你和爸爸添麻烦了！”苏柳梅一愣，感觉到肩头凉凉的一阵湿意，很快知道汪晓霖这是哭了！

“傻孩子！妈不帮你谁帮你？”细细一想，苏柳梅就知道汪晓霖已经知道她在岑亮家“静坐示威”的事情了。再想到中午汪铭瑞的失常，多半是他告诉汪晓霖的吧。

“我我我……”听完苏柳梅的话，汪晓霖内疚得无地自容。她的灵魂在狂风暴雨般的谴责下显得极度不安，找不到一个宣泄口。

“傻孩子！你答应妈，这一次要好好地对岑亮，知道吗？好不容易才在一起的，不要再像以前那样由着性子来了！”苏柳梅一脸慈爱，捧着汪晓霖的脸，为她擦去脸上的泪痕。

“可是……”汪晓霖不禁苦笑。岑亮人前人后相反的表现，她就知道岑亮是迫于无奈的。她真的没有那个信心挽回岑亮的心啊！

“你怕什么？岑亮已经在你面前了，只要你好好地哄哄他，顺着点他，他的气很快就消了，你们还像以前那样乖乖地好好过日子！”苏柳梅长长地舒了口气，心里的那块大石也总算能落地了。

岑亮能来看汪晓霖就是一个好的开头。她相信，没有解不开的心结，只要两个孩子说开了，一切都好办事。

只是，苏柳梅不知道，汪晓霖和岑亮之间的心结并不是说开了就能完事的。那些不可磨灭的伤害就算历经时间的洗礼，留下的仍是刻骨铭心的一道疤！

老天，终究是要辜负她的一片苦心的！

“嗯！”汪晓霖重重地点头。

“我们一定会好好的！”苏柳梅已经为自己开了路，汪晓霖觉得自己没有理由就此放弃。她将那些不好的负面情绪一点一点地收回，开始在内心建立一个强大的信念：我，要和岑亮在一起！

某餐厅。

“最近还好吧？”薛铭放下刀叉，抿了口红酒，问对面脸色苍白有些消瘦的吴晗。

“很好啊！”吴晗也放下刀叉，拿餐巾擦了擦嘴角，笑着说。

“看你这情形，情伤愈合的很快嘛！”薛铭挑眉。

“难道要我寻死觅活的啊？”吴晗无奈地笑笑。

这些日子，他静下心来想了很多。宋汶的事情已经没有回转的余地，那么就只有学着放下吧！想开了，心情自然平静了不少。

“如果有机会，你真的不打算再和宋汶在一起？”薛铭试探性地问道。

“我们已经不可能了！”吴晗摇头笑道。他已经在慢慢地，坦然地，接受这个事实。

“那么好可惜啊！霖霖现在可是峰回路转啊！可怜了宋汶没人爱没人疼啊！”薛铭一脸惋惜。

“什么意思?”吴晗心头一跳。

“岑亮已经回到了霖霖身边。”薛铭说得轻描淡写，却暗地里观察着吴晗的反应。

“你说什么?”吴晗一时激动，嚯地站起身来。

“坐下！还想不想知道了?”周遭察觉这边异动的人们纷纷侧目看来，薛铭赶忙将人拉坐下。

“你快说！这到底怎么回事?”吴晗急切地问道。如果宋汶能够幸福，他倒是能慢慢地释然并祝福她。但是，现在原本可以寄托幸福的人背叛了她，那绝对是不能原谅的!

“霖霖因为岑亮在‘夜色’被打断了一只胳膊。大概是被感动了吧！岑亮前两天开始，一有空就到医院去陪霖霖!”薛铭对于岑亮的出现确确实实还存在着疑惑。但是，这不影响她看好戏的心情。

她很想知道，吴晗、宋汶都知道了会是什么样的表情，这四个人又会起什么样化学反应呢?

“怎么会这样?”吴晗心思转了转，要真是这样，宋汶该怎么办?

“汶汶知道吗?”

“估计不知道吧!”薛铭双手一摊，耸耸肩无所谓地说。

如果宋汶知道这件事，现在可就不会这么风平浪静了!

“不行！我要告诉汶汶！岑亮不能这么对她!”吴晗皱眉想了想，拿手机就要拨号!

薛铭见状，暗地里兴奋了起来，一场不容错过的四角恋啊!

眼角不经意一瞥，看见了两个人，还是熟人，进了餐厅。

“你可以省下打电话的钱了!”薛铭手一伸，阻止了吴晗打电话。吴晗不解，顺着薛铭的目光看去。

吴晗一惊。

“汶汶!”然后想都没想起身朝她走去。

“两位，请问需要点什么?”服务员走到桌前。

“我们看看。”宋汶礼貌地说道，拿着菜单和林芸芸研究起来。

“汶汶!”吴晗已经冲到宋汶的面前。

激动、愤怒、不甘、心疼等等混杂在脸上，使得整张脸都有点扭曲了！

宋汶、林芸芸抬头皆是一惊。

“汶汶！”吴晗伸手就想要去牵宋汶的手，欲告知岑亮的种种恶行，倾诉满腹衷肠。

“芸芸，咱们走！”宋汶脸一沉，避开吴晗的手，抓起包包叫上林芸芸就要走。

“别走！我有话要说！”吴晗急了，一把抓住宋汶的手臂不放。

“放开！”宋汶不耐烦甩开吴晗的手，极力压下要打人的冲动。

“你不知道岑亮已经回到汪晓霖身边了吗？”吴晗也冷了脸，气得低声吼道。

“你说什么？”宋汶反身，有些惊讶地看他。

“岑亮三天前就开始到医院去看汪晓霖了！”一副看好戏的薛铭也走了过来。

“你别傻了！岑亮他骗了你！”吴晗满脸着急。

“……”宋汶不语，冷着脸看两个人。

“耳听为虚眼见为实，你可以去省二医看看！”薛铭知道宋汶不信他们，扬眉挑衅道。

“汶汶，咱们走！别理这俩疯子！”林芸芸白了那两个人一眼拉着宋汶就走。

“汶汶！”吴晗也急忙追出去。

“别去！”薛铭赶忙拉住人。

“放开我！”

“你追去了又能怎样？她根本就不信你！”薛铭不禁翻白眼。

“两情相悦固然简单，不简单的是总有不让他们如愿的人在！”她一脸高深莫测的说。

“什么？”吴晗不解。

“电影电视里不都这么演的吗？”薛铭朝他眨眨眼，拎着包包好心情地离开，留下一脸不解的吴晗。

林芸芸的车里。

“宋汶！你别听他们的话！这是赤裸裸的……”离开的两人彻底没了食欲。宋汶满腹心事沉默不语，林芸芸看着急得上火，好言好语的相劝，可话到一半连她自个儿都开始动摇了。

“呸！老娘信你有鬼啊！”林芸芸怒喝一声，犀利地拿手机打电话找朱学晔。

“朱学晔！”林芸芸一嗓子吼过去。

“啊！”正在厨房煮面毫无防备的朱学晔被震得耳膜生疼。

“芸芸！你干嘛呢！”朱学晔心想是不是又有哪个不长眼的得罪了她，敢情他成了出气包！

“你老实告诉我，岑亮是不是又回到汪晓霖身边了？”林芸芸深吸一口气，严肃地问道。

“啊嗷！”

啪啦！

林芸芸只听见一声惨叫伴随着噼里啪啦的杂音。

电话那头依靠在厨台的朱学晔一惊，反手一扫，碰到了厨台上刚煮好的面条，碎了一地。

“你怎么了？”电话这头的林芸芸吓了一跳。

“祖宗！我的祖宗诶！又是哪个混蛋在你耳朵边扇阴风点鬼火了嘛？”初听这条消息的朱学晔，心里咯噔的一惊。

岑亮最近的状态总不佳，他三天两头时不时地请假行踪难定。甚至作为好朋友的他问起也是毫无结果。

“你别管！你要是知情不报，老娘跟你没完！”

“没有没有没有！你别听信小人的话瞎折腾，好不好？”朱学晔只觉得脑仁一阵阵地抽疼。无风不起浪，现下最重要的是先安抚安抚跟炮仗似的开炸的林芸芸，回头他得找岑亮问清楚才成！

“最好是没有！挂了！”林芸芸瞥见情绪糟糕，甚至是开始黑云笼罩的宋汶，赶忙挂了电话。

“宋汶？”林芸芸去拉一直埋着头的宋汶，发现她一脸泪水。

“芸芸！我们就只是想在一起而已，为什么，为什么就那么难？”宋汶这些天来积压在心里的所有坏情绪决了堤地往外泄。

因爱借酒浇愁被打断手的汪晓霖、狰狞着一张脸指责她的苏柳梅、暴怒的王丽华……

面对这一切，宋汶深深地觉到了不能承受之重。

而岑亮的无奈，进退两难更是刺痛她的心。她有时候在想，是不是只有她放弃了，那些人就会放过岑亮，他就会过得好点，轻松一点？

“你别胡思乱想！你们不能放弃！尤其是你！你要是放弃了就真的对不起一直坚守在那的岑亮了！”林芸芸胡乱地擦着她脸上的眼泪，内心一片焦急。安慰的话太过苍白无力，如果宋汶的情绪一直低落，她和岑亮恐怕会陷入两难的境地。不担心强到要逆天的敌人，只要宋汶和岑亮两个人一条心咬牙坚持就一定能走到最后！怕只怕两人中有人一旦先放弃了，另一方的坚守就没有意义了。

“我怕！我真的怕他先走啊！芸芸，你教教我，你教教我，我该怎么办啊？呜呜呜……”宋汶一把抱住林芸芸，泣不成声。

第三十五章 说好了的幸福呢（上）

和林芸芸通话结束的朱学晔紧接着给岑亮打电话。

“快接电话啊！”朱学晔焦急地来回踱步。

“喂！”岑亮接到电话的时候刚好送苏柳梅回家回来。

“你在哪？”朱学晔内心祈祷可千万别和汪晓霖在一块儿啊！

“我刚到家！怎么了？”岑亮把车停好，靠在椅背上闭目养神，另一手揉着酸胀的太阳穴。

“阿亮！你实话告诉我，你是不是去见汪晓霖了？”朱学晔想了想，直截了当地问道。问完了屏着呼吸等岑亮的回答。

岑亮猛地睁开眼。他知道这事迟早会让他们知道的，只是比预料的来得快了些。他现在担心的是宋汶知不知道这件事，他还没有想好该怎么跟她解释。

“为什么那么问？”岑亮微眯着眼睛，心思翻涌，寻思着该怎么稳住朱学晔。

“芸芸打电话来问我你是不是又回到汪晓霖身边去了。无风不起浪，一定是有人跟她说了什么。可问题是，这事儿是不是真的？”

“是真的！我的的确确是去见了汪晓霖！”岑亮沉默良久，坦白道。

“什么？”朱学晔大惊，心头一股怒气翻腾起来。

“岑亮！你他妈混蛋！你知不知道你这样做会有多伤宋汶？”

“我知道！”

“你知道个屁！你知道就不该去见那个死女人！”

岑亮沉默。他不知道该怎么解释，可就算解释了，造成的伤害也是不可避免的。

“说话！你别给我装死！”朱学晔深呼吸，平复了一下情绪。

“我现在不想解释什么！但是，我希望作为铁哥们的你能设想一下我的处境，我去见她也是迫不得已的！”

“铁哥们？你好意思说！芸芸问我的时候吓了我一跳！就算再多苦衷，你给哥们吱一声，我会不管不顾吗？可你什么都没说！等事发了才来称兄道弟，呵！晚了！”朱学晔恨不得一记老拳给岑亮打过去。

“抱歉！”岑亮除此之外什么也不想说。

“得了吧你！芸芸要是知道了来问我，我是不会帮你的！你好自为之！”朱学晔气得不想再跟他啰嗦什么，直接挂了电话。

“汶汶……”岑亮叹了口气，心里直发苦。

凌晨一点多。宋汶屋里。

就像歌词里唱的那样，“想念是会呼吸的痛，它活在我身上所有角落”。

宋汶躺在床上翻来覆去，像是烙煎饼似的辗转不成眠。和岑亮想见不能见的痛，在几个小时前，薛铭的话的催化下更加难以控制。

受不了！

宋汶一个挺身坐了起来！打开床前的小台灯，操起手机按了快捷键 1，睁大眼睛盯着那串熟得不能再熟的号码发愣。

“啊！”良久，她手一扬，手机像是烫手山芋一样被抛到床尾去了。她双手抱头，自虐似的将脑袋蹂躏了一通。

想岑亮念岑亮，全身细胞、血液、神经都在叫嚣着这个名字，这个人！真恨不得立马就能见到这个人，再不济听听声音也成！

都已经凌晨一点多了！但是，在意！真的很在意！在意几个小时前薛铭的话！在意他最近在干嘛？是不是真的像薛铭说的那样陪着那个女人？

噻地！她猛地抬头，狰狞着一张脸恶狠狠地盯着手机。

打吧！

不！你要信任他！

快打吧！等人跑了有你后悔的！

他是爱你！不要猜忌！猜忌让人丑陋！

信任是有限度的！赶紧……

脑袋里黑白小人激烈地争吵着。

“去你妹的信任！”宋汶低骂一声，腾地爬起扑到床尾，捞起手机快捷键一按。

“But if you wanna cry, Cry on my shoulder, If you need someone who cares for you, if you’ re feeling sad……”

听着喜欢的旋律，脑门发热的宋汶后知后觉已经把电话拨了出去。

“宋小蚊子，加油！”宋汶深吸一口气，将所有勇气、气势全提在胸口处。

接到宋汶电话的时候，岑亮正化悲愤为力量奋笔疾书地写策划。

“汶汶？”很意外宋汶怎么会那么晚打电话来？第一反应就是或许宋汶已经知道了什么！

“睡了吗？有没有打扰到你？”听到岑亮声音的那瞬间，宋汶的心脏小小的拧了一下。

“在工作呢！”岑亮揉揉鼻梁笑了！接到宋汶的来电就像久旱的大地恰逢甘霖，呼吸一下子酣畅起来，夹带着丝丝甜意。同时，心里也免不了一阵抽疼，为接下来他脑子里无数次设想的对话。

“你……”宋汶原本的指责质问一下子全堵在了嗓子眼。

看吧！人家大晚上的还加班，你丫的竟搞这些有的没的，不是伤人心吗？

宋汶内心狠狠地唾弃了自己一把。

“你不要那么拼命了！工作是做不完的，明天做也一样啊！”宋汶嘟着嘴，扯着被角抱怨道。内心纠结着该不该问那件事儿？

“呵呵呵！”岑亮低声笑了。可是，看着以他和宋汶的合照为水印背景的WORD文档，他的脸可是冷得能凝霜，眼眸深沉得吓人。

“不拼命点，媳妇儿可是要跑了！”他深吸一口气，将刚刚升腾起来的所有负面情绪压到最心底去，半开玩笑的对宋汶说。

“什么呀！不知道你讲什么！”宋汶一惊，老脸一红，羞得恨不得找个地缝钻得了。不禁暗骂岑亮好不要脸！

“那你这不知道我在讲什么的小东西大半夜的不睡觉打电话骚扰我，是想干嘛呢?”岑亮不用想就知道宋汶铁定是红了脸不好意思了。然后深吸一口气，屏着呼吸，等着宋汶接下来的质问。

“没干嘛！不小心拨到了就勉为其难的打给你好了！”宋汶欲盖弥彰地说。一想到自己竟然质疑岑亮就心虚起来，颇有些不自在地从床下爬起来走到书桌前，手机夹在肩上，倒了杯水。

“哦！”岑亮意味深长拉了个长音。同时不禁舒了口气，没有想象中质问的话！

“该不会是，想我了吧！”岑亮趁势转开话题。

噗！

“咳咳咳！”

“汶汶！你怎么了?”岑亮话刚说完，电话那头正喝水的宋汶直接给喷了，还给呛得两眼泪哗哗的。

“你、你胡说八道！咳咳咳！”

“喂！你怎么了?”岑亮这会儿倒真的慌了，嚯地站起身来，急得原地直跺脚。

“你，还不是你！咳咳咳……”宋汶咳得撕心裂肺。

“你等着！我马上过来！”岑亮七手八脚地满桌子找车钥匙。

“别别别！咳咳！没，没事！咳！就是被水给呛到了！”宋汶一听岑亮要跑过来看自己赶忙出言阻止。她扯了张抽纸，把脸上的眼泪鼻涕擦干净。

“对！就是想你了，给你打个电话！”宋汶扔掉纸巾，又趴回床上。

“吓死我了你！”岑亮呼了口气，跌坐回椅子上。

“谁叫你语出惊人了！”宋汶左一圈右一圈来回打滚。

“呵呵呵，谁叫你不老实说的。”

“你才不老实呢！你！”

次日下午六点。

“哈！”宋汶打着哈欠走出公司。昨晚上跟岑亮聊天聊得忘了形，今早上差点迟到不说，这一整天因为睡眠不足总不在状态。

“回去先补个觉！”宋汶心里打算着赶紧回家，略过晚饭先睡一觉。

“汶汶！”一个多小时前蹲点逮人的吴晗见到宋汶立马迎了上去。他一直耿耿于怀岑亮的事情，希望能够将岑亮逮个现行。刚刚从薛铭那儿得到岑亮又去见汪晓霖的消息后，他马不停蹄地跑来找宋汶，希望她能够看清那个人的真面目。

“嗯？”一心一意打着小九九的宋汶抬头。

“汶汶！快跟我走！”吴晗一脸急色上前拉人，生怕晚了就见不到人了。

“滚开！”宋汶脸色一沉，反手打开吴晗的手，条件反射地呈攻击状态。

“别误会！别误会！”吴晗心头一跳，忌惮宋汶的拳脚略显狼狈地赶忙退开。

“我不想见到你！再不走我就报警！”

“你别误会！我没别的意思，我来就是想告诉你岑亮去见汪晓霖了！”吴晗抬手看了看手表，今天是汪晓霖出院的日子，他怕时间来不及了。

“滚！”宋汶皱眉，昨晚上心里的那股疼痛一下子翻腾起来。不欲与吴晗纠缠下去，疾步就要离开。

“你要自欺欺人到什么时候？不相信就跟我走一趟！看看你心心念着的人到底是个怎样的人！”吴晗急了，却又不敢上前拦人。

宋汶停住。说不想去那是假的！

岑亮拎着汪晓霖的小包行李穿过医院侧面的一条林荫道前往停车场。

汪晓霖小心翼翼地拉着他的衣摆跟在后面笑得傻兮兮的。

权当陪衬的薛铭很识趣地走在最后，时不时拿手机看看，焦急地往四周瞧着什么。

嗤啦！

突然，一辆黑色奥迪车一个急刹车停在几人面前。

“嘿！总算赶上了！”慢吞吞缀在后面的薛铭一看车牌就知道演员都到齐了，好戏马上开锣，有些小兴奋。

岑亮侧头看向那辆车，没有由来的心里一阵发冷！一股很不好的预感！

“汶汶？”当看见从车上下来的宋汶时，岑亮心里咯噔一下。再看看随即下车的吴晗，他算是明白了些什么。

汪晓霖脸色更是不好看！她不自觉紧了紧手中岑亮的衣角，向他靠了靠拉近距离。

她自然是不知道这一幕是薛铭有意促成的。

宋汶此时此刻只觉得自己的心被生生地撕成碎片，痛得难以呼吸。

她死死地盯着岑亮，试图从他面无表情的脸上分辨出点别的什么来。比如“惊慌”，“无奈”，“被迫”等等什么的。可那张脸上仿若她的出现早是意料之中一般的理所当然。

“他已经到医院照顾汪晓霖三天了！”来时吴晗的话毫无预兆地回响在脑子里。

“你不准备解释吗？”

宋汶一股酸涩上涌至眼眶，却倔强地不让眼泪落下。她静静地看着岑亮，无声地控诉着。

“对不起！”

岑亮眼中闪过一丝不忍。然后一把抓住汪晓霖的手绝情的转身，疾步朝停车场走去。

“为什么？”宋汶用尽所有力量朝那转身离去的背影嘶吼。

“为什么要这么对我？”她脱力地瘫坐在地，眼泪肆无忌惮泛滥成灾。

无助、无措、绝望、崩溃等等情绪满满的充斥了整个环绕在宋汶周遭的空间。

“汶汶！你别这样！”吴晗心里也不好受，赶忙上前欲将人拉起来。

“喂！芸芸，麻烦你来省二医一趟，好好看着宋汶！”上了车，岑亮分分钟不敢耽搁一个电话打到了林芸芸那儿。

“我送汪晓霖回家！”岑亮说完这句话果断地挂断电话。他可没兴趣听林芸芸骂人。

“对不起！”岑亮麻利地将车开出停车场，与瘫坐在地的宋汶擦肩而过的瞬间，他透过车窗瞥了一眼伤心欲绝的宋汶，真挚却只用了只有自己才能听见的声音道了声抱歉。

“岑亮！”岑亮的车驶过身边，宋汶推开抱着自己的吴晗，猛地爬起身来，跌跌撞撞地追上去。

“岑亮！不要走！你不要走！”

啪！一个趔趄，宋汶狠狠地摔在地上，手臂极力地伸长想要抓住那远去的身影。

第三十六章 说好了的幸福呢（下）

“你不要走啊！不要啊！我们说好的幸福呢？呜呜呜……”

刹——

宋汶摔倒的那一刻，岑亮呼吸一窒，猛地一脚踩了刹车！

“汶汶！”岑亮有些慌乱地解开安全带就要下车。

“阿亮！你！”车里一直注意着岑亮表情变化的汪晓霖也心慌了。她不能让岑亮下去！她预感，岑亮一旦下去了或许永远的就不再回来！所以，她要阻止！

“霖霖！”一旁的薛铭赶忙拉住汪晓霖，对她摇头比了个噤声的手势。

“该死！”似乎是想到了什么，原本要下车的岑亮生生顿住。心里所有对宋汶疼惜的情绪终化作不甘，一记铁拳狠狠地打在了方向盘上。他狰狞着一张脸，看后视镜里吴晗对宋汶的怜惜。

轰！

岑亮深吸气，平复激荡的心情，重新发动车子，一脚猛踩油门飞蹿了出去。

接到岑亮的电话时，林芸芸知道这下子是真的出事了！出大事了！等她和朱学晔马不停蹄赶到省二医找到人时，就看见吴晗拿着消毒棉签给失魂落魄的宋汶清理伤口。

吴晗有那么瞬间感到后悔不该带宋汶过来，看到她难过自己很心痛。但是，如果不这样就没办法让她看清岑亮的真面目，也就没办法将她救出岑亮这片沼泽。

他原本是想带宋汶到医院处理一下伤口的，可宋汶却像望夫石一样呆呆地看着岑亮离开的那个方向不肯挪地儿。心里又气又恨她对岑亮的痴情，却又无可奈何，只得默默地陪在她身边。他告诉自己，要有耐心，他要慢慢地抚平岑亮带给宋汶的所有伤害！

“你干什么？走开！”林芸芸大老远看着殷勤不断的吴晗，心火一烧，立马冲上前恶狠狠地推开吴晗，一脸戒备地瞪他。

“汶汶受伤，我只是……”吴晗又无辜又火大。他不过只是想跟宋汶单独待会儿，没搞明白林芸芸怎么跑来了？还横插一脚多管闲事！

“滚！你滚啊！”林芸芸惊声尖叫着驱赶吴晗。无事献殷勤，非奸即盗！她不相信这个曾经骗宋汶骗得好惨的大骗子！一个多小时前，抑或在更早之前一定发生了她不知道的事！事情的主角有宋汶，有他，或许还有她料想不到的人物！这件事直接导致宋汶变成了这般模样！

“凭什么让我离开？我不过是……”吴晗怒道。他可不甘心就这么离开！说他卑鄙也好，无耻也罢，宋汶现在是感情最脆弱的时候，是他重拾她对他曾经爱恋的最佳时机！呵！她林芸芸算老几？管哪门子闲事儿？如果没记错，把宋汶害成这样还不是当初这女的作怪，非得把岑亮和宋汶凑一块儿？

“我让你滚啊！”林芸芸打断吴晗的话，抢起手提包就朝他砸去。

“嘿！你不要以为你是女人我就，哎哟！”吴晗手一扬，格挡开袭击而来的凶器，袖子一撸，心想着得好好教训教训这女的。

“你就怎样？”完全被忽视的朱学晔抡起拳头就砸向吴晗的脸。挺身站在林芸芸面前，一脸狠劲地把十个手指头捏得嘎巴作响。

“你、你！”吴晗被朱学晔脸上的狠厉震慑住了，捂着脸憋着一肚子火想发却又不敢发。

“还不快滚？”朱学晔拳头一扬，作势就要朝吴晗砸去。

“汶汶！我改天再来看你！”吴晗见势不妙，咬咬牙朝宋汶喊了一句很不甘地转身跑了。

一个多小时后，朱学晔和林芸芸的小窝。

“哎！”林芸芸看着精神不济的宋汶睡下后小心翼翼地退出房间，将门带上后不禁长长地叹了口气。

尽是些糟心的事！

想到那对不要脸的狗男女干的混账事，心里暗骂怎么不凑一对得了！

“芸芸，汶汶怎么样了？”朱学晔从厨房里出来，走到林芸芸身边悄声问道。

“你跟我来！”一看到朱学晔，林芸芸就来火！她气哼哼地一把将人拉到阳台。

“朱学晔！你好样的啊！我当初真是瞎了眼才会觉得你是个好男人！”林芸芸一心认为朱学晔和岑亮一伙儿来欺瞒她和宋汶，一肚子火烧得五脏六腑都快焦了。

“这不关我的事！”朱学晔更委屈了。这事儿从一开始都是岑亮自个儿倒腾出来的，他可没参与过一星半点。

“你是他哥们，你敢说你一点都不知道？”林芸芸气得杏眼圆睁，双拳紧攥。

“呵！哥们又怎样？他要一心瞒着你，你连个屁都不是！”朱学晔想想也很气愤。先不说岑亮有没有拿他当哥们，当初也是深信他可靠才放心让宋汶和他交往，可结果呢？一个汪晓霖，烂人一个，勾勾手指头，他连个东南西北都分不清！

“你少跟来这一套！你们两个都不是好东西！你天天跟他见面，哪会不知道点风吹草动？我看你就是同伙！”

“林芸芸！你少拿乔这事儿！当初是谁执意要把他们两个弄一块儿的？我早告诉过你不要瞎掺和宋汶和岑亮的事！闹到现在这个样子谁都不好过！”朱学晔一肚子的火星子被咄咄逼人的林芸芸点燃了，气得有些口不择言了。

“你、你！”林芸芸心里一梗，指着吴晗气得直发抖。事情发展成现在这个样子，林芸芸不自责那是假的！是她高看了岑亮，错算了他对汪晓霖的用情深浅。

“你以为我好过吗！”林芸芸心里一酸，眼眶一热，哭得个稀里哗啦。

“千金难买早知道！我要是早知道会这样打死也不把宋汶和岑亮拉一块儿！我、我，我呜呜呜！”

啪！

“都是我的错！”林芸芸心里对宋汶的歉疚爆棚，她狠狠地抽了自己一巴掌。

“芸芸！”朱学晔一看这阵仗吓得心脏骤停！

啪！

“千不该万不该做什么媒人！你以为你自己是月老啊？”林芸芸一边抽自己一边骂自己。

“林芸芸！你疯了！”朱学晔赶忙上前钳住又要自己抽自己的林芸芸的手。

“你放开！我抽死自己得了！我、我害了宋汶啊！我、我，我呜呜呜……”

“好了！好了！那不是你的错！我的错！我的错！我不该提这茬的！”朱学晔也想抽自己几巴掌。图一时嘴快瞧把林芸芸气成这样，活该自己心疼的要死了！

“呜呜呜，我应该听你的，不乱点鸳鸯谱，呜呜呜！”林芸芸窝在朱学晔怀里死命地哭。

“不哭了！不哭了！咱不哭了啊！”朱学晔捧着左右五指山映衬红通通的小脸，心脏一揪一揪的疼。

“主人！主人！主人来话了！主人来电话了！主人……”正当林芸芸伤心得要死要活，朱学晔心疼得死去活来，一阵搞怪的手机铃声没心没肺地响起。

“不哭不哭！咱先接电话哈！”朱学晔往衣兜里掏手机，还没来得及看清就被林芸芸抢了去。

“岑亮！有种你别出现！老娘见你一次打你一次！”朱学晔还没搞清状况就听见方才伤心不已的人中气十足一嗓子朝电话那边的人吼了过去。

“她还好吗？”电话那头的岑亮其实就在林芸芸家楼下。两个人阳台上吵架情形他也看见了。

“你谁啊？你管她死活啊？她现在，哎，朱学晔！你干嘛？把电话还我！”朱学晔见林芸芸这阴阳怪气的嘴脸，等她这么瞎搞下去，说不定得耽搁什么正事了！

“芸芸！别闹！”朱学晔脸一板，冷着脸看她。

“哼！”林芸芸一怂，心不甘情不愿地撇开脸。

“汶汶刚睡下！你在哪儿？不打算过来解释清楚吗？”

“我暂时不会和她见面。”岑亮躲在大树的阴影里，远远地看着阳台。

“你知道吗？我他妈现在特别想一刀宰了你这混蛋！”朱学晔听罢，心里只觉得一团火烧起来了。

“对不起！”岑亮深深吸了一口烟，淡淡地说道。

“说对不起有屁用啊！当初你就不应该去招惹人家啊！招惹完了一句‘对不起’就想把人家打发了！”那句“对不起”就像一盆子汽油浇进朱学晔心里，然后是一个大爆炸。

“我爱她！一直都爱着的！”面对挚友的质问，岑亮想要辩解什么，最终却只能干巴巴的说了那么一句。

“去你那活见鬼的‘爱’！廉价得送人也不要！”朱学晔说完猛地一划屏幕直接关断了电话。岑亮那不咸不淡的样子，再谈下去只有他被气死的份儿！

“什么人嘛！”朱学晔气得在阳台的方寸地儿来回踱步。

“对不起！将来你们会明白的！”岑亮看着被挂断的电话无奈地苦笑。

吸完最后一口烟，定定地看了阳台那边半晌。

良久，岑亮拿出手机，按了快捷键 1 发了一条短信。

然后看着“已发送”的提示低头喃喃自语了一句又发了会愣。

最后，他深吸一口气，扔掉指间的烟头，踩熄，毫不犹豫地转身离去……

房间里。

宋汶迷迷糊糊半梦半醒噩梦连连，最后就被阳台上断断续续传来的两个人的吵架声给彻底吵醒了。

她睁着眼睛看着黑漆漆的天花板，脑子里那些快乐的、不高兴的、悲伤的等等乱七八糟的一团糨糊，眼泪像是坏了阀的水龙头流个没完没了。

嗡！嗡！嗡！

床头柜的手机闪动了几下。

宋汶转动了一下眼珠子，当瞥见屏幕闪着的名字时，眼睛一亮，噌地爬了起来。

对不起！信我！等我！

一条信息，一句话，七个字。

“阿亮！呜呜呜……”宋汶怔怔看着那句话好久好久。

最后，捂着嘴泣不成声。

第三十七章 时光交错了你我

宋汶紧握着手机蜷缩成一团。

那句话就像溺水的人抓住的浮木般，让宋汶心怀着一丝丝希望。

摧毁一个信念很难！但是，更难的是重塑一个被摧毁了的信念！

宋汶死死地盯着手机上的那七个字。

微弱的光亮在漫无边际的黑暗中显得极为苍白无力，即便它在极力地与试图吞噬它的黑暗抵死相抗！

这就是那句话在宋汶心里的真实写照。

她不断地告诉自己“要相信岑亮”，赌上所有的勇气想要将被毁得七零八落的“信念”重拾、重建。然而，岑亮已经站在汪晓霖身边却是不争的事实。内心挣扎着试图用所有的理智压制住已经泛滥成灾的“绝望”，意识却显得力不从心，满满的都是今晚那绝尘而去的决绝背影！

“我，还能信你吗？”她将手机捂在心口处，用力地蜷缩再蜷缩。

次日一早。

“朱经理，李总找您！”刚从李总办公室签字下来的业务员 A 看见朱学晔赶忙喊道。

“好！谢谢了！”朱学晔答应着上了李总的办公室。

叩叩叩！

“进来！”

“李总，您找我？”朱学晔进办公室后才发现不止他一人。那人不是别人，就是岑亮。

“岑亮，你可想好了？”李总皱着眉再次问岑亮。

“想好了！”岑亮点头很肯定地说。

“那好吧！”李总虽然惋惜，却也尊重岑亮的决定。

“朱经理！”李总深吸一口气，转向一旁看着这两人打哑谜似的对话疑窦重生的朱学晔。

“岑总监已经递交辞呈，他推荐你接替他的位置。我也同意了。”

“什么？”朱学晔惊得从椅子上站了起来，难以置信地看着岑亮。

“从现在开始就跟着他熟悉熟悉他的工作吧！”

“不是！李总，他，那个？”朱学晔脑子里一下子没拐过弯来，语无伦次起来。

“好了！该干嘛干嘛去！具体你问岑总监吧！”李总正处于丧失一员大将的郁闷中，那还管得着朱学晔的情绪？大手一挥，赶人了。

“走吧！”岑亮推了下还有些无措地朱学晔，率先走了出去。

“岑亮！”等朱学晔彻底回味过来刚才到底发生了什么的时候，一股怒气不可抑制涌上来。

砰！

朱学晔疾步上前追上走在前面的岑亮，一把抓住他的衣领将人狠狠地撞在墙边发出一阵闷响声。

“你干嘛？”岑亮疼得龇牙咧嘴，后背被撞得生疼。

“我干嘛？我还想问你想干嘛？辞职？你什么意思？”

“辞职就辞职！还能有什么意思？”岑亮大力地掰开朱学晔的手，整了整被抓皱的衬衣，说得云淡风轻。

“放屁！你敢说这是跟汪晓霖没有关系！”

“学晔！”岑亮无奈地看着朱学晔。朱学晔被他那表情弄得一愣。

“真的很累！不管我曾经有多后悔认识汪晓霖这个人，却也无力改变现在这个局面。”岑亮面露疲色。

“你，你真的要放弃宋汶?”朱学晔的心咯噔一下，双手一把钳住他的双肩急忙问道。眼睛紧紧地盯着他，不想错漏他脸上的任何一丝情绪。

“你知道吗？我有多希冀我从一开始就遇见的是汶汶！可我们却相遇在交错的时光里，一段错误的时间，一段只拥有曾经美好的时间!。”岑亮撇开眼艰涩地说。

“可是，你们明明那么的相爱，你不能因为外界的干扰就单方面先放弃啊!你就这么算了，宋汶怎么办?”朱学晔听岑亮那口气急了。

“学晔!”岑亮挣脱开朱学晔的双手，拍着他的肩。

“我是真的爱她！就算是错误的时间，就算不惜一切代价我都要矫正它的!”岑亮似乎想到了什么，心里一松，笑得一脸释然。

“什么?”没头没脑的一句让朱学晔满脸疑惑。岑亮却双手一摊，耸耸肩，笑而不语地走了。

“哎！你说清楚啊!”朱学晔慢慢咀嚼着这句话，等回味过来不对劲时，岑亮已经进了电梯。

接下来两周里，朱学晔除了和岑亮交接业务外，他反复掰碎咀嚼着那天岑亮莫名的话，又结合着这些天他的反常，他知道岑亮一定是有事瞒着他。但是，任凭他威逼利诱，挖坑设套愣是一点也没探出点什么有用的信息来，让人急得上火!

当然，他也没敢将岑亮已经辞职的事情告诉林芸芸。大脑的脑回路已经够复杂了，再加上女人天性的那些个弯弯绕绕，还不知道这事儿经林芸芸大脑一番倒腾后会扭曲成什么样？反正走一步算一步，但愿车到山前必有路吧!

周末。

没有一通电话！没有一条短信!

十四天了！已经十四天了!

自从医院分别后，宋汶和岑亮已经半个月没见了!

宋汶漫无目的地四处游荡，不想待在狭小逼仄的空间里，那样更容易让思念发疯发狂!

故人所云“长相思，摧心肝”，大抵也就这样了!

“请问需要点什么?”被服务员询问的宋汶慢半拍地意识到自己毫无所觉地

进了一家清吧。

“暂时就一杯摩卡！”她随口点到。

“好的！请稍等！”

待服务员走后，宋汶这才细细打量了一下清吧，然后不由得脸色一僵！嚯地站起身来，抓起包包就要离开。可还没踏出一步，心里面万千思绪一转又生生地坐了下来。

她屏着呼吸，死死地盯着她西斜对面卡座区的那两个位置。

两年前，在那里，两个人历经了一场相亲乌龙。

“实在是不好意思！朋友和TA家那口子打起来了！你看……”当相亲对象和金发美女接完电话，同一时间有些激动地站了起来并说着同样的话时，四个人一下子就愣住。

相亲对象和金发美女两两相望，满脸震惊，然后黑脸了，最后落荒而逃。

“是你？”彼此相识的开始。

半个小时后。

“呼！”宋汶一出清吧就长长地叹了口气。

半个小时，这已经是个极限了！与自己的回忆共处一室，哪怕与自己现在的伤心痛苦毫无关联。可是，记忆里的那个人却是让自己伤心痛苦的人！

宋汶抬头看天，林立的高楼大厦，方方正正棱角分明透视着它的冷漠和残酷。周遭来来去去的人流、车流，就像一曲疾风骤雨般的回旋曲式交响乐。这样一个冷漠的快节奏让空气更加烦闷而燥热。

深吸一口气，宋汶又开始漫无目的的游荡。

走过街角，宋汶无意识地抬头就看见了街对面的那家餐厅——简·爱，一家情侣餐厅。

她定定地看着那个靠窗的第二个座位。

“噗嗤！”她似乎想到了什么，忍不住笑了。

时光交错，她隔街仿佛看见了餐厅里，昔日如胶似漆的两个人……

“给你解释不如给你做个示范。”她笑嘻嘻地隔着长桌为他捻了一缕名为“呆毛”的头发。

“你别动哈！”她给颇为茫然的他一个三连拍。

“真形象！”她乐不可支地看着手机上一脸茫然的他，加上头顶上那小撮毛，整个人呆萌呆萌的。他无辜地眨眨眼，抬手扒了扒脑袋，伸手跟她讨要手机，要看手机里的自己。

似乎发现了什么有意思的事情，宋汶带着笑，在“街客”买了一杯柠檬刨冰。然后很随性地在整个商业街晃荡着。时不时站在某家店前，某个标志前，吸溜着冷饮，想着什么傻笑。

沉浸在回忆里的宋汶背离现实，将自己锁紧在小小的欢愉之地。时光仿佛以她为界，眼前的美好回忆让她暂时将所有的伤心不快抛之脑后，不想也不愿回头。

可是，现实是管不上谁谁的悲欢离合的。

当宋汶看见街对面站着的一对“璧人”时，所有的伤心悲痛铺天盖地的涌来，将她营造出来的小小欢愉之地摧毁，凝滞的气息压得人喘不过气来。

辞掉工作一心专注手头策划的岑亮，整个人像是徜徉在一曲狐步舞《sailing》里，身心轻盈舒畅而悠闲从容却又跃雀着什么。虽然，他依然要时不时地，被迫地去看汪晓霖，做着自己极不情愿的事情。

看着挽在自己手臂上的那只手，岑亮默默地念着内心深处某个根深蒂固的信念，极力地忍受着汪晓霖带来的所有不适和厌恶。他把所有感官都关闭，不去感受，不去感知，拒绝一切来自汪晓霖的示好，就像一具行尸走肉完成各种来自于她的指令。

所以，当他无意抬头，看见对面的街道旁，傻愣在那，可怜而悲惨，像是被人遗弃的，十分惨烈的宋汶时，所有感官像是被利刃硬生生划破，疼得难以呼吸。

无言的对望，时光交错里，淌不过时间之河，我在左岸遥望右岸的你。

第三十八章 愿为你匍匐等待

无言的对望，时光交错里，淌不过时间之河，我在左岸遥望右岸的你。

“阿亮!”汪晓霖紧了紧手，拽了拽岑亮。她看见宋汶的时候，内心一片焦急。对望的两个人一眼万年，仿佛是永恒！她突然很后悔没事干嘛要硬拉岑亮来逛街!

“走吧!”岑亮艰难地收回目光，强忍着不舍不去看宋汶，拉着汪晓霖转身离开。

“岑……”宋汶脸色煞白！看见绝情转身离去的岑亮，她急行几步张口欲言，千言万语却都噎在喉间，想要抓住些什么而抬起的手最终颓然地垂下。

心口就像破了个窟窿，一股股冷风直往里灌。

晚上，汪晓霖家，厨房里。

“霖霖，怎么一晚上都魂不守舍的?”苏柳梅看着神情恍惚的女儿汪晓霖忍不住问道。

汪晓霖一直耿耿于怀白天的事。她一改往日的和岑亮黏在一起，钻进厨房和母亲苏柳梅有一搭没一搭地瞎聊，却有些言不由衷。

“没什么!”汪晓霖强打起精神对苏柳梅笑道。

“笑得比哭还难看！”苏柳梅冲掉手里的洗涤剂的泡沫，擦干净手。她一手握着汪晓霖的手，一手捏了捏她的脸。

“哎！什么都瞒不住妈！”汪晓霖心里一暖，笑了。

“是不是又和岑亮闹别扭了？”

“不是！今天下午……”

客厅里。

“阿亮！委屈你了！”汪铭瑞在棋盘上落了一子后，终憋不住开口对摩挲着棋子一脸认真看棋盘的岑亮说道。

“嗯？”岑亮一愣，一时没反应过来汪铭瑞所指何事。

“霖霖那孩子……”汪铭瑞又落了一子，叹了口气。

“没事！”岑亮看着一脸愧疚的汪铭瑞，摇摇头。他和汪晓霖之间的是非恩怨，他不会迁怒于任何人。怪只怪当年他有眼无珠，惹了这么个大麻烦！

“那孩子的脾气都是我们娇惯出来的！实在是对不住啊！”汪铭瑞觉得，不管怎么做终究是亏欠岑亮诸多。可要汪晓霖离开岑亮那已经是不可能的事了，至少道声抱歉让他心里好过些。

“叔，这事儿……”正当岑亮头疼着要怎样安慰一个满怀歉疚的人时，电话适时响起。

“我爱你是多么清楚多么坚固的信仰，我爱你是多么温柔多么勇敢的力量，我不管……”

岑亮看到屏幕上显示的短号“520”时，心头猛地一凛，有种很不好的预感。

520，宋汶。

“叔，我接个电话！”他赶忙起身往阳台去。

“喂！”岑亮深吸气，调整了下情绪和气息，却抑制不住声音有些发抖。

听到想念想得心都发疼的声音，电话那头的宋汶眼眶发酸，喉头发哽，张张嘴却说不出一个字。她就这么举着电话，看着街头五光十色的霓虹静默地流着泪。

“汶汶？”听不到预想中的那个声音，岑亮没由来地有些慌了。

想象着经由那柔软的嘴唇里唤出来的自己的名儿，宋汶心里一颤。她忽然明白，就算知道会为难岑亮，固执地也要拨通他的电话的欲望，大概并不是只是想听听那熟悉的声音。她真正想拨通的，只是自己心底的一根弦。

“我……”心底一个强烈的欲望冲击着被酸涩痛楚堵塞的喉头。

“我，想你！”欲望披荆斩棘，在酸涩痛楚里拼杀出一条道来。宋汶艰涩地说完，眼泪越发不可收拾的泛滥。

“你等着！我马上过来！”岑亮心里绷着的一根弦再也承受不住相思的煎熬断裂了，毫不犹豫地挂断电话，转身返回客厅。

厨房。

“傻丫头！你不要自己纠结这茬儿了！劳心劳力，何苦呢？同样生活在一个地方哪有不碰面的？更何况，岑亮见到她不也转身跟你走了吗？”听完汪晓霖忧心忡忡的叙述，苏柳梅笑着安慰。心里了也松了一口，只要不是吵架了就好。

“可是，我总觉得……”汪晓霖的第六感强烈地感觉到当时对视的两个人所形成的气场是谁都无法插足的。如果不是岑亮自愿抽离，她恐怕……

“霖霖！”苏柳梅觉得汪晓霖有些神经质了。她捧着她的脸，觉得有必要纠正她某些不得当的想法。

“你要相信自己！相信……”这时，苏柳梅的话被客厅里岑亮的说话声打断了。

“叔，公司那边出了点事，我得过去一趟！”岑亮难掩一脸焦急，拿上外套就要往外走。

“哎？很急吗？那你赶紧去看看吧！”汪铭瑞赶忙放下棋子，站起身来。

苏柳梅和汪晓霖对视一眼立马走出厨房来。

“阿亮！”汪晓霖急急地喊道，心里的那股不安又冒了出来。

“公司出事了，我得回去！”岑亮穿上外套，玄关处背对着她穿上鞋子。心神全是宋汶，看都懒得看她。

汪晓霖张张嘴想说什么，最终看着他匆匆离去的背影一股强烈的不祥预感弥漫心间。

商业街。

在这里眼睁睁看着岑亮消失的宋汶像个傻子似的坐在那儿，脑子里乱七八糟地想这想那。然后抵不住内心煎熬给岑亮打了电话。

“你会来找我吗？”挂断电话后，有那么几个瞬间，宋汶忍耐不住犯傻地想着。

“汶汶！”岑亮找到宋汶的时候，宋汶孤孤单单地坐在街边的椅子上。昔日清澈明媚的双眸空洞无神。

“你来了！”霓虹灯下站着的人，宋汶以为自己在做梦。是梦又如何？她双眸瞬间放光，五彩缤纷，回以一笑，霓虹光彩顿时黯然失色！

“汶汶！”岑亮心脏一抽，奔上前将人抱住。

“你来了！真好！”宋汶泪眼蒙蒙，这个梦做得好真实。

酒店。

“祝您旅程愉快！”面带微笑的服务员将房卡交到岑亮手中。

“谢谢！”岑亮接过转身走到大堂的沙发前。看着乖乖坐在那里的宋汶，岑亮的心一软，暖暖的。但，一想到接下来的事情又有些紧张起来。

“好了？”似有所感，宋汶抬头。但是很快又想到了什么，脸不禁一红，赶忙低头。

“咳咳！”岑亮握拳挡在嘴边假咳几声化解些许尴尬。

“走吧！”他上前，拉着她的手。

房间里。

宋汶头上盖着毛巾，竖着耳朵听浴室传来的哗啦啦水声一阵心猿意马。她红着脸，有一搭没一搭地擦着头发。

咔嗒！

很快，岑亮披着浴袍走了出来。

宋汶手一抖，紧张得不知道如何是好。感觉着岑亮每走近一步，心脏跳得越发的快。

“汶汶！”很快，床的一边下陷，一具火热的身体靠了过来。

“你怕吗？”岑亮的大手捧着那张快要熟透的脸，笑得一脸温柔。

这个人是他的！只能是他的！与之外表相反的是他内心汹涌狰狞的占有欲。

“不怕！”宋汶笑着摇摇头。

这个人，只要是这个人，就算天塌了，她也不怕！

“我爱你！”岑亮情动，倾身吻宋汶。

次日。

明媚的阳光被厚重的窗帘挡在屋外。

看着怀里打着小呼的爱人，岑亮怎么看都不够！真恨不得找个地方藏起来只给自己一个人看！

疯狂的一夜，着实累坏了他的亲亲爱人。

“汶汶，人们都说，错误的时间遇到对的人，是一种感伤，注定是遗憾！”岑亮撩开散乱在宋汶脸上的发丝，痴迷看着她。

“我们相遇的时间正好交错，有可能这辈子注定只曾拥有一段美好的回忆！”生怕扰了宋汶，岑亮的手隔空描摹着她眉，眼，唇。

“但是，为了不要彼此成为对方的叹息，我愿为你匍匐等待，矫正这扭曲的时间轴，摆正你我交错时光里的倒影。”岑亮眼神坚定地看着她，内心发誓：只为能去到你身边，爱你一生一世！

“所以，你要等我啊！”目光一软，食指轻刮了下她小巧的鼻子。

消失了！完全失去了联系！

汪晓霖六神无主捏着手机在屋子里来来回回兜圈子。

“对不起！您所拨打的电话已关机，请您稍后再拨！Sorry！You……”她一遍又一遍地拨着岑亮的电话，恐慌来袭，一点一点蚕食她的神经。

从昨天临睡前，岑亮电话就处于无法拨通的状态，她原本以为他在忙也就没在意。直到今天，已经整整一晚上失去了他的音讯。正处于敏感时期的汪晓霖不得不联想到昨天商业街碰见的宋汶，自我折磨在岑亮会不会其实是去找宋汶的各种焦躁里无法自拔。

“不行！”她停住脚步，不想再这么煎熬着了，她决定她要去找岑亮。

想罢，急切而艰难地穿好衣服，拿上包包急不可耐地出门去了。

岑亮家门口。

汪晓霖的第一站就是岑亮家！如果岑亮昨天夜不归宿至今，那么，脑子里关于他和宋汶的胡思乱想怎么都不会放过她的！她内心祈祷着岑亮千万一定要在家！

她深吸一口气，敲开岑亮家的门是需要很大的勇气的！她还没有取得岑亮家人的原谅，但她会努力，不管将来再难再辛苦！

“你来干嘛?”来开门的是王丽华。原本不想理会的，但是一看到她，王丽华就抑制不住心头的火。

“伯母！我找阿亮！”汪晓霖吓得浑身一抖，怯怯地说。她好不容易鼓起来的勇气在满脸煞气的王丽华面前瞬间被秒杀得连渣都不剩。

“呵！我王丽华都快活大半辈子的人了，还真没见过哪家的女孩子这么的不知道廉耻的！你汪晓霖倒是让我大开眼界呀！”王丽华双手抱胸倚在门前，睨着汪晓霖嗤笑道。

“伯母！”汪晓霖脸上一阵白一阵青，跟个调色盘似的甚是精彩。

“啧啧啧！听说你在酒吧……?”王丽华打量了下汪晓霖胸前挂着的手，一想到她要死要活在酒吧跟人打架，就越发瞧不上这样的人。

“妈！”这时，一身家居服的岑亮走了过来，打断了王丽华对汪晓霖的冷嘲热讽。

“你怎么来了?”岑亮也才刚刚送完宋汶回来。

第三十九章 为爱的逆袭之战（上）

“你怎么来了？”岑亮也才刚刚送完宋汶回来。

看着门口的汪晓霖，他皱了皱眉。不是不知道汪晓霖将近一百来通的电话，但是，实在不想见到这人啊！可人都到家门口了又不好说什么。

“阿亮！”汪晓霖看到岑亮那瞬间就像看见了救世主，激动同时又松了口气。暗自庆幸他在家，没有像想象中和那个女人厮混在一起。

“妈，你要在这里扮雕塑吗？”已经够备受瞩目了，一个两个还杵在门口不嫌扎眼吗？

“哼！”王丽华白了一眼汪晓霖转身回屋直接回了房间。

“进来吧！”岑亮目送王丽华回屋，无奈地摇摇头后面无表情地对汪晓霖说道。

“好！”她高兴着忙不迭地跟进门去，生怕岑亮下一秒会后悔一般。

“我打了你一早上电话都关机。有点担心就过来看看！”汪晓霖接过岑亮递过来的水，小心翼翼地说。

“忙了大晚上今早上才回来，手机也没电了。”岑亮拿上茶几上的报纸浏览起来。

“是嘛！”汪晓霖抿了抿口水，一时无话。

“你一会儿准备干点什么？”汪晓霖拘谨地坐在客厅里浑身不自在。看着不打算理会自己的岑亮，她开口试图找点话题。

“嗯？”一直沉静在自己思绪里的岑亮抬头，有点莫名地看汪晓霖。

“我是问，你一会儿准备干点什么？”汪晓霖讨好地笑笑。

“额，都已经要三点了呀！不打算出门了，一会吃完饭送你回去！”岑亮看了看墙上的挂钟，想了想说道。

“真的？”汪晓霖一惊，有些难以置信岑亮会留自己吃饭！能再进这个家门已是一种奢望，留下吃饭更是她想都不敢想的啊！

“无聊的话看看电影吧！”岑亮起身准备回屋去拿笔记本电脑。

“不无聊！我帮你煮饭吧！”汪晓霖一时高兴过头，不切实际的话脱口而出。

“你确定？”岑亮微眯着眼睛打量着那只挂在胸前的手。

“诶？”汪晓霖被看得一愣。

“我……”随即明白了什么，一时尴尬不已。

“你还是别吧！太后老佛爷的地儿还是别放肆了！”不敢想象汪晓霖和王丽华站一块儿大战厨房的场景。但是，绝对会是“第三次世界大战”的！

晚上八点钟后。

“走吧！”岑亮拿着车钥匙，提着一大袋子文件夹从房间里出来。

“我帮你吧！”汪晓霖热情得上前就要接过那一袋子文件夹。

“不用！”岑亮侧开身体避开了汪晓霖迎上来的手。

“晚上不要太辛苦啊！”微微失望的汪晓霖抬头，满是关心地对岑亮道。

“嗯！”岑亮敷衍地应道，率先出了门。

汪晓霖有些黯然。虽然很想很想跟岑亮多待会儿，但是，无奈岑亮要加班什么的！要是以前的话，她只要撒撒娇让他不要加班只陪自己，现在……

还是算了吧！汪晓霖想想作罢，只好悻悻地跟在后面离开。

林芸芸、朱学晔小两口的窝。

林芸芸一身金黄的皮卡丘睡衣趴在客厅里 King size 的沙发上，手里拿着草稿纸，咬着笔杆对着电脑皱眉。

“啊——要疯了！”突然，手一甩扔了草稿纸，丢了笔，一跃而起，无比抓狂中！

“怎么了！”从厨房端出水果的朱学晔也是一身金黄的皮卡丘睡衣。

“想你的夜，多希望你能在我身边，不知道你心里还能否为我改变！”林芸芸表演欲又上来了，一手捂着心口，一手自然地向前托着开口就唱。

“宋小蚊子！俺错了！俺真的错了！这策划真不是人干的！”林芸芸捶胸顿足。因为宋汶感情的原因，俊★临天下第X届亚青赛的决赛剧本就要靠他们自己自力更生了。

“你快回来，我一人承受不来，你快回来，生命因你而精彩，你快回来，把我的思念带回来，别让我的心空如大海！”

“亲亲！求安慰！求抱抱！”林芸芸抒发完情绪，转眼华丽变身，撒着娇扑向朱学晔。

“做不来就扔给团长吧！”朱学晔接住飞扑而来的人，顺手戳了块西瓜递到林芸芸嘴边。

“老娘待会儿就扔过去！”林芸芸舒服地窝在朱学晔怀里享受女王式服务。

“我始终记得，那抹曼珠沙华丛中孤寂单薄的身影。此生，只愿陪你，伴你，为你散去那身淡淡的哀愁，浓浓的孤寂……”正当两人腻歪着不分你我的时候，朱学晔的电话响了起来。

“岑亮？”离手机最近的林芸芸长臂一捞，看清来电，好心情指数直线下跌。

“找我的又不是找你的！”眼见林芸芸气愤得就要挂断，朱学晔赶忙伸手拿走手机。

“切！”林芸芸白了他一眼继续吃水果。

“喂！”

“在哪？”岑亮把汪晓霖送回家后马不停蹄赶往冷饮店“冰城”。

“在家！怎么了？”一旁的林芸芸气鼓着脸瞪朱学晔。朱学晔瞧着可爱，笑着伸手捏了一把。

“出来一趟吧，带上芸芸，有点事情要你们帮忙！”

“什么事？很急？”林芸芸气急，伸手一抓揪住朱学晔的腿毛轻轻扯了一下，然后迅速跳开朝他做鬼脸。痛倒是不痛，朱学晔只觉得一股麻痒传遍全身，伸手挠挠后佯装生气地瞪林芸芸。

“朱学晔！你一天不跟林芸芸调情会死啊！”岑亮一听朱学晔那言不由衷的语气就知道某只妖孽一定在他身边。

秀恩爱死得早！

他揉揉突突直跳的太阳穴愤愤地想。

“好好好！这就马上来！在哪儿？”朱学晔干笑着摸摸鼻子。

“冰城！”岑亮没好气地说完就挂了电话，继续联系下一个人。

半个多小时后。冰城。

林芸芸和朱学晔到的时候，差不多整个“俊★临天下”的人能来的都来了。大热天的，十几号人乌泱泱地围在一团叽叽咕咕甚是猥琐。

“这是要闹哪样？”林芸芸扒拉开一条路挤到他们的团长秦琴身边。

“哦嚯嚯！甚好！甚好！”只见秦琴捧着一本文件夹一脸淫笑。

“这是干嘛呢？”林芸芸好奇，一把抢来看。

“咦？这哪位大神的杰作？”很快，正为亚青赛决赛剧本愁得肝疼的林芸芸两眼放光的在周遭的人扫射起来。

“亮哥啊亮哥！真是没想到啊没想到！没想到您老也有这样的大手笔啊！”秦琴从林芸芸手中抽走文件夹，边翻边啧啧称奇。

“岑亮？”林芸芸很是诧异。四下里寻找岑亮的身影，见他正和杨子君坐在不远处的地方说话。朱学晔也不知道什么时候摸了过去。

“Yes！What is the problem?”

“他这是要干嘛？”林芸芸疑惑地看秦琴，寻求答案。

“知道！也不知道！谁知道呢！”秦琴无所谓地耸耸肩。知道是明眼人都看得出岑亮在给“俊★临天下”写决赛剧本，不知道的是岑亮的真正目的。然后，她飞扑向她家亲亲杨子君去了。

林芸芸黑线。

“岑亮！你个混蛋王八羔子！”这时，宋旻满脸怒火地进门来，直接朝岑亮冲了过去，抡起拳头就要打！众人见状，赶忙上前拉住人。

“使不得！使不得！打架是不好的！”团里的和事老小A赶忙出来劝解道。

“别拦着我！我要灭了你个忘恩负义脚踏两只船人面兽心的禽兽！”宋旻叫嚣着使出浑身蛮劲要冲出众人的拉架。他心里那个气啊！对宋汶怒其不争，对岑亮恨得直接灭掉才解恨！

“你要真灭了他，你姐就等着守活寡吧！看完这个再决定灭不灭人吧！”秦琴抱着杯刨冰吸溜着朝宋旻扔了本文件夹。

宋旻手忙脚乱地去接，气汹汹地扬手就要扔。

“小心你姐先灭了你！”接到秦琴那冷冰冰的眼神，吓得小心肝一颤，气哼哼极不服气地翻开文件夹。

很快……

“未来大姐夫，您这是发动全民为您追爱？”看完了，宋旻激动了！抓着岑亮的手两眼直冒星星儿，满是崇拜！

“咳咳！”岑亮掰开宋旻的手，干咳几声掩饰了下他的害羞。

“今天请大家来是有个不情之请。”岑亮拿着本文件夹走到安静听着静待下文的众人中间。

“我知道‘俊★临天下’已经进入亚青赛总决赛。说来惭愧，这似乎根本与我也没啥关系，今天提出来……”岑亮内心忐忑，也暗暗观察着众人的反应。

“亮哥废话真多！你有什么事就直说呗！”有人忍不住打断道。

“就是就是！说这些虚的干嘛？不就是要咱们帮忙追嫂子嘛！小 Case 啦！”有人附和道。

“对对对！赶紧说正事吧！”又有人催促道。

“好吧！我就直说了！岑亮三生有幸能交到你们这帮朋友，值了！不错！我就是想请大家把大家辛辛苦苦得来的决赛机会让给我！我要把你们嫂子追回来！”岑亮心里暖暖的爆棚，由衷感激这帮子朋友。

“好样的亮哥！我们绝对支持你！谁要不干的站出来，老娘打得你答应为止！”一看似文静的女孩子站起来，很汉子地朝众人吼了一句。

“支持！绝对支持！”一大帮子人齐声附和。

大家伙儿都是好玩才聚在一块儿的，这么激动人心而有意义的事情当然是不会放过的！

“那好！岑亮在这感激不尽了！”岑亮一扫心头忧虑，心头的那股火被众人点燃，抑制不住澎湃激荡起来。

第四十章 为爱的逆袭之战（下）

确定亚青赛事宜后的岑亮内心是说不出的轻松畅快，整天像是踩在云端一样。他也很快结束了公司业务交接事宜，全身心地投入了剧本的编排中。同时，他郑重地同岑瑞和王丽华交谈了一次。

“你这是什么意思?”当岑亮把房产证等相关文件摆在岑瑞和王丽华面前时，两人彻底懵了。岑瑞捡起房产证，打开看了看，嗯？房主是他?

“我在 TX 嘉园三期工程买了一套房子。”岑亮十指相扣，十分紧张，小心翼翼地观察着岑瑞和王丽华的反应。

“好好的你买房干嘛?”王丽华皱眉。

“嗯哼！那个，宋汶家有套房子就在 TX 嘉园，不过是一期的。”岑亮捏着手，搜肠刮肚着该怎么给太后老佛爷解释。

“然后呢?”王丽华心想着，该不是这死小子嫌弃她老两口准备自个儿开灶单过吧!

“额……”岑亮一时语塞。扭捏了半天，深吸一口气，心想着，死就死吧!老子豁出去了!

“汪晓霖老子惹不起，不如……?”

三天后。

倚靠在车旁的岑亮时不时往小区里张望着。透过墙缝树影，人影晃动时，心情满是紧张期待。待看清不是自己熟悉的那人时，又免不了一阵心急焦躁。

“来了！”宋汶一出现，岑亮立马迎上前，满心的欢喜。

和心爱的人久不能见面所积压下来的心情像是火山喷发，一发不可收拾。

“嗯！”宋汶被这样的热情弄得有些不好意思。

“走吧！”岑亮笑着为她开门。

“你看！”商业街漫无目的闲逛的两个人美其名曰：约会！

两个人正无聊地研究着灯柱上悬挂的广告时，宋汶无意间看到湛蓝的天空中漫步着的一朵云，然后欣喜地指给岑亮看！

“咦？散步的狗狗！”岑亮眼睛一亮，就要拿手机拍下来。

“快点！摆个 Pose！”岑亮退后几步朝宋汶示意道。

宋汶歪着头笑了，一阵风拂过，扬起她的发丝，不经意地抬手将那缕调皮的御风而舞的发丝撩起。

咔嚓！

定格瞬间。

岑亮站直身，匆匆的人群里，两人彼此笑着，相望着……

晚上。

还是那家情侣餐厅“简·爱”。

“汶汶！”愉快的晚餐后，岑亮拧着眉严肃认真地看着宋汶。

“怎么了？”宋汶对于接下来的事情毫无知情，依旧开心地笑着。

“我爱你！”岑亮伸手，抚着她的脸。

“你，你干嘛突然说说这个？”脸上红霞飞，宋汶有些手足无措地应对岑亮突如其来的亲昵。

“我想出门一趟。”再不忍，岑亮的决定也不容更改。

“什么？”宋汶慢慢觉得有些不对劲。

“你，我，汪晓霖，还有吴晗。我们四个人这乱得离谱的感情纠葛，实在是，实在是很累人！所以……”岑亮顿了顿，仔细地注意着宋汶的情绪变化。

他知道，他一旦提出离开，就等于拆了宋汶的整个精神支柱。

她，会崩溃的！

“为、为什么？”宋汶愣愣地看着岑亮，脑子里一大片一大片的空白，思绪怎么都连贯不起来。

“我想出去透透气，一个人静一静，好好想想我们四个人的事！”岑亮牙一咬，狠心道。

“你，你要走？”宋汶只觉得一阵天旋地转，眼前所有的色彩一片一片的掉落，前一刻钟的幸福原来只是一场美梦吗？

嘀嗒！嘀嗒！

满腹苦楚已经造成宋汶整个人的麻痹，脸眼泪掉落也毫无所觉。就这么呆愣地看着岑亮。

“汶汶！”岑亮心慌了，赶忙坐到宋汶身边为她擦掉眼泪。虽然早料到宋汶的伤心，但是心痛远比想象中的还要痛！

“别哭！别哭！我没说我不回来！原谅我！原谅我的懦弱！原谅我选择这样方式暂时逃离！我发誓：我一定会回来！回到你身边！”岑亮抱着她，一下一下地拍着她的背安抚道。

“你会放弃吗？”宋汶哭了良久，慢悠悠地问道。

“不会！我回来就娶你的！”岑亮捧着她的脸认真地说。

“不要骗我，好不好？”宋汶笑得虚弱。她知道，她根本不想岑亮离开。但是，转念一想，就算岑亮在这里，她也只能远远地望着他。他们中间夹着一个汪晓霖，也夹着一道她无论如何都无法逾越的时光河流。那里，满满都是岑亮和汪晓霖的过去！

她，和他，只怕是一场错位的，爱恋！

“我说到做到，绝不骗你！”岑亮知道，命运将他们逼入了一个相互胶着的死角！其中一定要有人做出选择，撕开一条裂缝才有可能遇见生机。但是，代价是要付出的啊！

对不起！对不起！这是最后一次让你伤心！

岑亮紧紧拥着怀里的人，暗暗发誓！

岑亮失踪了！

这是汪晓霖在岑亮离开后的第三天才发现的！

“对不起！您所拨打的号码不存在！Sorry！you have dialed does not exist！”

电话已不存在！无法联系上！这是一件多么恐慌的事情！

“你找岑亮？他早已经辞职了！怎么？他没告诉你吗？”已经搬进岑亮办公室的朱学晔不意外会接到汪晓霖的电话。

“辞职？怎么会？怎么会辞职？”

电话那头的汪晓霖一个五雷轰顶，絮絮叨叨着什么。

朱学晔无所谓地耸耸肩后挂了电话。然后，立马给林芸芸打电话汇报情况。至于接来下的剧情，男主角都跑了，谁还管得着呢！

辞掉工作？已经失去能够直接联系上岑亮的方式！这是一件多么可怕的事情！

“阿亮，你到底去哪了？”汪晓霖跪倒在地，单手抱头，痛不欲生。

半个小时后，岑亮家门口。

“哎！”王丽华躲在家门口一处常青树树丛里，看着小区来来往往的人，想儿子岑亮了！

突然，一个人影跌跌撞撞地冲进了她家院子。

那个人不是别人，就是总跟王丽华不对盘，让她一肚子火的汪晓霖。

叮咚！叮咚！叮咚！

然后，她就看见汪晓霖死命地按着门铃。

王丽华唰地站了起来。

“你还来干嘛？”王丽华冲了出来，一把推开汪晓霖。

“伯母！”汪晓霖见到王丽华像是见到了救星，噗通跪在她面前。

“伯母！阿亮在哪？他在哪？”汪晓霖拽着王丽华的手，哭得个梨花带雨，甚是可怜。

“滚啊！这里不欢迎你！”王丽华当然不会被她脸上的凄惨撼动，猛地推开她。

“伯母！”汪晓霖凄厉地叫喊着从地上支起身来，双膝前行抱住王丽华的腿。

“求您了！求求您！求您告诉我阿亮在哪啊！”岑亮的杳无音讯让汪晓霖只觉得天塌地陷，世界一片黑暗。

“丽华？这是怎么了？”这么大动静自是惊动了屋里的岑瑞。

“伯父！”汪晓霖见岑瑞出现，赶忙转移哭诉的对象。可王丽华哪肯？越想越来气，猛地一脚踢开汪晓霖。

“啊！”那一脚可不轻，汪晓霖一头磕在地上，顿时满额头的血。

“丽华！你！”岑瑞一惊，极不赞同她的做法。一脸担心就要上前查看汪晓霖的伤势。

“不许动！这是她该的！”王丽华指着岑瑞大声喝道。

“你不是想知道岑亮去哪儿了吗？好！我告诉你！”说罢转身回屋，很快又拿着一个牛皮信封回来了。

“你自己看吧！”说着将手中的信封用力掷向瘫倒在地的汪晓霖。

“当初你怎么就没被那几个混混打死呢？死了多好！省得害别人家鸡犬不宁！”王丽华骂着骂着红了眼眶。

“你赶紧走吧！岑亮已经出门旅行散心去了！不要再来打扰我们了！”岑瑞倒是好脾气地劝解道。

“回屋吧！”岑瑞看着失魂落魄的汪晓霖摇头叹道，强制地拉着恨不得将汪晓霖挫骨扬灰的王丽华进屋去了。

“旅行散心？”汪晓霖猛地惊醒，抓起地上的信封迫不及待地拆开来。

我知道你不会放过我的，所以选择离开！

认识你十几年，也曾经以为谁都离不了谁。但是，当你踏上前往异国的飞机时，我知道再痛再苦也得自己靠自己。也突然明白，其实，没有谁离了谁不能活的。

我不明白你为什么还要回来？回来破坏我的幸福？就算我这辈子没办法和宋汶在一块儿，就算是一辈子一个人，我也不会再和你在一起！

汪晓霖神色怆然，摇摇晃晃地站起身来，拿着那封信踉踉跄跄地离开。

岑亮家里。

“老岑啊！我想阿亮了！”进屋后，一向强悍的王丽华忍不住落泪。虽然一开始就已经计划好了的，可事发后才知道这心里真的是很不好受！

“没事了！没事了！”岑瑞拍了拍老伴儿的肩膀。

“想他就跟他打个电话吧！”岑瑞长叹了一口气。突然觉得他和老伴儿是不是发神经才会同意那小子这么胡来的？

事情还要追溯到一个星期前。

岑家客厅里。

“好好的你买房干嘛？”王丽华皱眉。

“嗯哼！那个，宋汶家有套房子就在 TX 嘉园，不过是一期的。”岑亮捏着手，搜肠刮肚着该怎么给太后老佛爷解释。

“然后呢？”王丽华心想着，该不是这死小子嫌弃她老两口准备自个儿开灶单过吧！

“额！”岑亮一时语塞。扭捏了半天，深吸一口气，心想着，死就死吧！老子豁出去了！

“汪晓霖老子惹不起，不如跑路算了！我想好了。”还不等岑亮阐述自己那有些疯狂有些不靠谱的计划，王丽华一听他要跑路直接一巴掌抽他脑门上。

“太后老佛爷！您干嘛打我？”岑亮苦哈哈地看王丽华。

“你出息了啊！惹了那么个烂摊子，收拾不了你就跑？我怎么就生了你那么个没用的儿子？”王丽华指着他怒不可遏地大骂。

“我的太后老佛爷唉！您老能不能听我讲完？”岑亮委屈看着她。

“哼！”王丽华白了他一眼。

“我是真的拿汪晓霖那女的没辙了！惹不起我就躲得远远的！我在城南的 TX 嘉园买了套房子，一来宋汶家新房就在那，二来咱们以后搬过去，这一南一北的遇见可就难了！我那堆朋友里面相信也没谁敢蹚这趟浑水，我就不怕会遇见她！就算她以后找到了我，我和汶汶的孩子都会打酱油了，她还敢纠缠不清，咱就……”岑亮滔滔不绝地说着，满眼满脸都是憧憬的美好未来。

第四十一章　愿为爱放逐天涯

王丽华和岑瑞是彻底惊呆了！

“啊呸！你这是什么馊主意？”王丽华怒了，猛地站起身来四下里找她的鸡毛掸子，抽死这丫没出息的！

就为一个女的这么大动干戈的搬家跑路？

“妈！”岑亮赶忙跳起身来，离拿着鸡毛掸子一脸杀气的王丽华远远的。

“妈！我知道这法子有些不靠谱！不就是搬家吗！这样就能远离那些乱七八糟的人、事，有什么不好的？”岑亮注意着王丽华的动向。她挪一步，他就退一步，确保安全距离。

“臭小子，这何止是‘有些不靠谱’，根本就不靠谱！”岑瑞想了想开口道。

“这也不行那也不靠谱的，那您二老给我指条生路吧！”岑亮满打满算怎么能在这环节歇菜了？他一屁股坐回沙发上，梗着脖子一副任打任骂的样子。他深信，除了搬家就没有更好的法子了，再磨磨老两口，他们一定会松口的。

“不过，丽华啊！虽然不靠谱，但是不无道理啊！”岑瑞抚着下颌说道。这个小区被汪家一闹，他们家那点好不容易才兜住的破事儿全漏了个洞似的人尽皆知。

“老岑，你！”王丽华一愣，显然没想到同一阵营的岑瑞会倒戈。但是，她转念一想，自从汪晓霖出现后，她连家门都不爱出了！那一张张人前人后表情不一的嘴脸，她想想就觉得恶心！整个人都抑郁了，这样老得更快啊！

“咱们真的要这么做?”最后，王丽华有些难以确定地看看岑亮，又看看岑瑞。

于是，这么一决定就有了往后那一系列的混乱。

话又说失魂落魄离开岑亮家的汪晓霖。

轰隆隆！

这个时候，天空中一大片黑漆漆翻滚着的乌云从东边咆哮着过来，伴随着一阵阵轰鸣雷声。

噼里啪啦！噼里啪啦！

很快，倾盆大雨来了，疯了似的冲击着这个世界。

“阿亮！阿亮！呜呜呜……”汪晓霖嚯地瘫坐在地，凄惨悲切的呼喊声响彻天地。

“霖霖！”大雨中，一辆红色的车快速的驶来，停住！薛铭打开车门冲了出来。

“霖霖！你怎么了?”薛铭把人拉了起来。

“Amy！他走了！他走了！他不要我了！”汪晓霖一把抱住薛铭，绝望地哭着。

宋汶的公司。

“哎！”宋汶捧着杯子倚在窗前，看着窗外瓢泼大雨长长地叹了口气。

五分钟前，她被经理叫到办公室大骂特骂了一通。因为她的原因，这个月造成了将近一百来通退单，创造了一个史无前例啊！反正也是她的疏忽造成的，也就老老实实挨批了。

转念，又忍不住想岑亮了！

三天了！岑亮离开三天了！她在想他现在在哪儿了？看见了什么好看的风景没？有没有遇见什么有趣的事儿？她有他的新电话却不敢打，怕打了又忍不住想哭。

“宋汶！”正当她走神不知走到哪国的时候，她的经理带着一个新人向她走来。

“诶？经理有事?”宋汶猛地一惊，醒了神。

“公司的新员工，带带她！”经理看宋汶的脸色依然不好。宋汶可是她的得力干将，竟然干出那么丢人丢大发的事情来！

“哦！好！”宋汶缩了缩肩膀，面对经理的怒火有些发怵。

“你好好跟她学！”经理交代完恶狠狠地瞪了宋汶一眼才离开。

“我是李丽，前辈请多指教！”新人是个很乖巧的小姑娘。

“你好！我是宋汶！谈不上指教，大家共同努力！”宋汶回以一笑。

突然，她脑子里有什么一闪而过。心里有了个主意。

“新人啊！呵呵呵！”她低头暗自嘀咕了一句话。

“前辈说什么？”李丽有些不解地看宋汶。

“没什么！你要好好努力啊！”宋汶笑了笑说。

仅是几秒钟，宋汶打定了一个主意，当她第二天把辞职函递给经理时，经理的脸都绿了。

“我不过是骂了你几句，你就跟我来这招？”经理压制着一腔怒火。

“其实，这是我的明智之举！你也知道我的事，我现在也无心工作上的事情！我知道我辜负了你的期望。但是，再这么勉强下去只怕是会出更大的纰漏！”宋汶恭恭敬敬地站着，眼观鼻鼻观心地就事论事。

“你、你！”这认错的姿态让经理有火也无处发，毕竟她讲的都是事实。

“Ok！你要走我不拦你，但你得把人给我教出来！”经理深吸一口气也不再勉强。

“保证完成任务！”宋汶心里的大石总算落下了，颇有些搞笑地给经理敬了一个军礼。

“赶紧滚吧！”经理哭笑不得，扬手赶人。

之后的一个星期，宋汶带着她的小徒弟欢欢喜喜地过着。加之对方聪慧一点就透，宋汶很成功地在一周之后离开了公司，接下来开始了她的追爱之旅！

晚上，宋汶家。

晚饭后。

宋汶今天难得没窝在屋子里和自己的电脑热恋，而是有些忐忑地坐在客厅里，心不在焉地偷瞄着看电视的父母。

《我是特种兵之利刃出鞘》是最近很红的一部剧，追剧追得入迷的宋子强、周英也没怎么注意。

“爸妈！我有事跟你们说。”宋汶深吸一口气说道。

宋子强、周英只来得及分了一个眼神给宋汶又继续紧张地关注着发高烧坚守烟囱15个小时后的何晨光，什么时候能逮着机会给一号首长一颗子弹。

“啦啦啦！”宋果皮叼着钥匙哼着小歌，提着头盔从房间里出来，就要出门。

“我辞职了，准备出门旅行！”宋汶见没人理自己，只好大声地说道。

已经走到玄关的宋果皮一惊。

“你刚刚说什么来着？”宋旻反身扑回客厅朝宋汶大喊。入迷电视的宋子强、周英也被惊回了神。

三个人，六只眼睛就这么直不愣登地盯着宋汶。

“我说，我辞职了！我要出门旅行！”

“Why？”宋旻觉得事情有点大条了！女主角走了，他们辛辛苦苦导的大戏给谁看？

“无心工作，出门散心！”宋汶轻描淡写。

“出去走走也好！”最近的这些个乱七八糟的事，让周英倒是赞同了。宋子强也没什么好说的，点了点头。

“你不能走！”相对于宋子强、周英的态度，知道他们不知道的内幕的宋旻反应激烈。

“为什么？”宋汶不解地看宋旻。

“当然是……”差点脱口而出的宋旻急得跟热锅上的蚂蚁。

“你走吧！走了你别后悔！”宋旻气急扔下那么一句话转身跑了出去。留下三个人面面相觑。

宋旻很气愤，也很急切。他套上头盔，将油门踩到底火箭一样地窜了出去，直奔“俊★临天下”的排演基地——秦琴家郊区老房子的一处废弃仓库。

“岑亮！”平时要二十几分的路程硬生生要宋旻跑出了十来分钟。

砰！

他猛地推开仓库大门，气势汹汹地朝音响处和秦琴等人研究剧本的岑亮去！

在场排演的十几号演员全都停下手中的活儿，诧异地看着杀向岑亮的宋旻。

“怎么了？”岑亮放下剧本，站起身来。

“你知不知道我姐为了你辞职要去旅行啊！”宋旻一把拽住岑亮的领子，朝他吼道。

“什么?”不光是岑亮，所有的人都被惊了一下。

“宋果皮！你冷静一点！说说看到底怎么回事?”朱学晔上前将两人分开。

“那个二货女人！还能为什么！还不是因为你跟他说你要出去旅行散心，那女的就干脆辞职跟着旅行散心去！我还不知道她那点小心思？想在茫茫人海跟你来个偶遇!”宋旻觉得自家那个二货姐姐中“岑亮”的毒之深，是没得救了!那种只有亿万分之一的概率根本不可能的!

“怎么会这样?”岑亮一时也懵了，颓然地倒坐在沙发上。

“那现在怎么办？她要是走了，我们之前的心血岂不是白费了?”林芸芸扶额！认识十几年，宋汶的那个脑回路实在是个让人着急的事情!

一时间，所有的人都沉默了！女主要跑了，这戏还唱不唱了?

“呵呵呵!”突然，岑亮低声笑了。他怎么会忘了呢？怎么会忘了宋汶那个人被逼急了，恐怕连她自己都不知道自己会干什么的！他曾经不就是被她坑得很惨的吗?

“不用管！她出去走走也好！我估摸着汪晓霖那边还会去找她麻烦，走了也好!”再有，可能有些事情还得找宋子强、周英商量，这下子不用操心怎么避开宋汶了。

“她要是走了，谁敢保证她比赛前一定会回来?”林芸芸担心地问道。

“以剧本原创请她回来！哪怕是不择手段，骗都要把她骗回来!”秦琴抚着下颌说。

“对！骗都要把她骗回来!”这是他给她的承诺，而且是他一定要兑现的承诺！怎能没有她的存在?

“岑亮!”这时，一直沉默的宋旻板着一张脸看岑亮。

“我是觉得你还算靠谱才把姐姐交给你的。要是你敢干对不起她的事，我，宋旻绝不放过你!”宋旻狰狞着一张脸，试图让这句话更具震慑力一点。

“还有我们‘俊★临天下’！这里可是宋汶的第二个娘家!”林芸芸也站到了宋旻的身边。鉴于岑亮的前科，她很难相信他会全心全意地对宋汶。哪怕他为宋汶策划了那么个好剧本!

“我一定会好好对她！绝不负她!”岑亮说得笃定。他很高兴，很高兴宋汶能有那么一帮子处处为她着想的朋友。

第四十二章 惹不起还躲得起

俊★临天下众人各自忙开后，岑亮带着手机悄悄离开。

“……”等待电话接通时小小地煎熬了一下。

当听完宋旻带来的关于宋汶的消息时，岑亮就恨不得立马打电话，想要听听那个人的声音。

“阿亮!”宋汶很意外岑亮的来电，想都没想急切地唤出对方的名字。

接到电话时，她正趴在床上研究地图，琢磨着岑亮有可能去的地方。

“汶汶!”岑亮走在田坎上，看着天上稀疏散落的星星。打电话前一肚子的千言万语仅仅听见对方的声音就全都化为一滩暖流，暖暖的流遍全身。

“你在干嘛?”据说，当男女中有一方在问“你在干嘛?”时，那一定是对方想你了!

“嘿嘿！看电影呢!”宋汶扒拉开铺了一床的地图，骨碌坐起来，有些心虚地说。

“什么电影啊?”岑亮猜测着宋汶那个小笨蛋肯定没在看电影。

“啊?”宋汶慌了，赶忙爬起跑到电脑前，在 2345 乱点一通。

“等下！电脑卡住了!”宋汶有些手忙脚乱。

“《咒怨》!”宋汶一时口快地报出随意乱点的一部电影名字。报完了就后悔了！这玩意儿她哪敢看啊！

“哈哈哈！你敢看?”岑亮瞬间心情愉悦起来，他低声笑了。他敢打赌，宋汶是随意乱找搪塞他的，现在一定后悔得要死，自掘坟墓！

“怎么不敢?”宋汶一听，小神经受了刺激，不服气地辩解道。赌气顺手点了播放，还真要看上一看！

“啊！”结果开篇出现的一道道闪电伴着一只眼睛的 logo 出现把宋汶吓了一跳！

砰！宋汶往后一仰翻倒在地。

“哎哟！”宋汶一声惨叫，后背疼得发麻。

“汶汶！你怎么了！”不清楚状况的岑亮这下子心慌了，却只有干着急的份，真恨不得立马出现在她身边。

“没，没事！”宋汶捡起手机，忍着痛赶忙关了那还散发着诡异气息的视频。

“真没事?”岑亮才不信呢！

“真！”

“汶汶！你快出来！”这时，周英一脸焦急，火急火燎地推开她的房门。

“不跟你聊了！我妈找我！”宋汶看着母亲脸色有些不对劲赶忙挂了电话。

“妈，怎么了?”

“你，你赶紧出去看看！”周英二话没说，拉着宋汶就往外走。

宋汶满头黑线地看着一身病号服，病快快跪在家门口的汪晓霖。

“宋汶！”她一出现，汪晓霖像是打了鸡血似的跪行上前抱住她的腿。

“告诉我！告诉我！告诉我他在哪儿?”汪晓霖极尽扭曲的脸上满是疯狂。

那天从岑亮家回来后，她一直高烧不退，昏昏沉沉一个多星期。真正清醒过来是今天晚上七点来钟，她第一个想到知道岑亮行踪的就只有宋汶，趁人不备她偷偷跑了出来。

“我不知道！”宋汶原本应该愤怒的表情并没有出现。此时此刻，她倒是十分同情汪晓霖。可这也是她自找的。

“不！你知道！你知道的！他那么爱你，不可能扔下你不辞而别的！”汪晓霖杏眼圆睁，满是戾气，死命地拽着宋汶的手。

“我真的不知道！”宋汶掰开汪晓霖捏得自己生疼的手，有些不耐烦地说。

“求你了！我求求你告诉我好不好？求你了！”汪晓霖方才一脸的戾气瞬间

退去，变得可悲而可怜。

“不是我不告诉你，而是我真的……”

“霖霖！”正当两人纠缠不清的时候，苏柳梅赶到了。后面紧跟着汪铭瑞和薛铭。

“霖霖！你这是干嘛？你快起来！”苏柳梅赶忙上前拉人。

“告诉我！告诉我岑亮在哪？告诉我啊！”汪晓霖哪肯听劝，拽着宋汶跪在地上非要知道岑亮下落不可。

啪！还不等所有人反应，汪铭瑞几步上前，狠狠一巴掌扇在汪晓霖脸上。

汪晓霖直接被打蒙了。

啪！又一巴掌。

“汪铭瑞！你干什么？”反应过来的苏柳梅一把把汪铭瑞推开，将汪晓霖护在身后。

“汪、晓、霖，人家宁愿躲得远远也不见你，你再这样折腾有意思吗？”汪铭瑞满身疲惫，只说了那么一句话转身就走。

汪晓霖一怔。显然是把话听了进去的。

“霖霖，我们走吧！”薛铭见势赶忙上前去扶人。苏柳梅慢一拍地帮着一起把人带走。

三个小时后。

“叔叔阿姨，我就先走了，赶明儿再来看霖霖。”薛铭等汪晓霖睡后小心地退出房间，拎着包包就要走。

“小铭，都这么晚了就住下吧！”客厅里愣神中的苏柳梅回神，站起身来挽留道。

“是啊！你一个女孩子家家的！”汪铭瑞也站起身来说道。

“不了！家里还有点事！”陪着汪晓霖瞎折腾了一天，累死人了！薛铭强打精神对苏柳梅和汪铭瑞笑了笑后离开。

“呼！”倚靠在椅背上的薛铭点了支香烟，烟雾寥寥里若隐若现她一脸的疲惫。

汪晓霖这女的不作不死！

“啧！”扔掉香烟，她揉了揉酸胀的太阳穴。一想到汪晓霖睡前的无理要求就觉得脑仁一阵阵抽疼。

“Amy！帮帮我！帮我找岑亮！求你了！”一个多小时前，汪晓霖抱着她一把眼泪一把鼻涕又哭又求。

啪！

“该！薛铭你他妈该的！谁让你多管闲事了！”她猛地一拳砸在方向盘上，真恨不得自己抽自己一巴掌！也是交友不慎，倒了八辈子血霉交到汪晓霖这朵奇葩！

不过，话又说回来，当初她预想过四个人的N多个可能，却万万没有预料到会是如今这番局面。

想了想，她最后还是拨通了吴晗的电话。

次日一大早。

宋汶家。

“汶汶，有没有忘了什么没带的？”周英絮絮叨叨送宋汶出门。

身后跟着的宋子强，提着她的小旅行箱。

宋旻打着哈欠一副没睡醒的样子。

“唠唠叨叨什么！外边又不是没有，缺什么她自个儿会买！”宋子强赶忙打断又要唠叨个没完的周英。

“好了，你们赶紧回去吧！我玩够了就回来！会随时寄东西回来的！”宋汶被弄得有些无语。不就是旅个行吗？至于搞得跟十八相送似的吗？原本想悄悄走掉的，没想到父母起得比她还早。

“车来了，我走了！”看见一辆出租车驶来，宋汶二话没说拦着上车走人。

“你自己小心点哈！”周英千叮万嘱。

“知道了！”宋汶朝他们挥手，走了。

“爸妈，你们先走，我去买点豆浆！”宋旻转身往回走的时候，眼尖地发现浓郁的树丛里隐藏着一个熟人。

“顺便买几个包子馒头回来！”周英想了想吩咐道。

“知道了！”宋旻摆摆手走人。

“亮哥什么时候来的？”宋旻找到岑亮的时候，他正倚着一棵树抽烟，一脸疲惫和惆怅。而他的脚边散落了一地的烟头，看样子，他来了很长一段时间了。

“她这两天还好吧！”岑亮扔掉烟头，揉了揉酸涩的眼睛。他可是一宿都没睡啊！一大早跑这来守着。

“除了昨天汪晓霖来闹了一会，其余时间都很好！”宋旻昨晚上回来得晚，没碰见那可恨的奇葩女人，否则非得血溅当场不可。

“对不起！连累你们了！”岑亮脸一僵，很抱歉地说。

“没事！只要你将来好好对待宋小蚊子就行！”宋旻决定今天就搬家。再不走指不定还会弄出什么乱七八糟的幺蛾子来了。

“我会的！那我先走了。”岑亮拖着又累又重的身体转身离开。

“真是一对苦命鸳鸯！但愿老天保佑能够苦尽甘来！”宋旻看着岑亮离开的背影摇头哀叹。

一个小时后。

“宋旻你造反啊？”在客厅里看早报的宋子强被杂物间那乒乒乓乓的动静吸引了过来。然后，就看见小儿子宋旻灰头土脸地翻找着什么。

“快！爸快帮个忙！”宋旻正在找当年宋小蚊子出门读大学时买的“巨无霸”行李箱。可是被放在了杂物间最里面，卡住拿不出来了。

“你这是干嘛呢？”宋子强疑惑地上前搭把手。

“哦哟！好脏！”父子两人联手，很快把那“巨无霸”给拖了出来。

“你爷俩儿干嘛呢！”刚买菜回来的周英见两个土人忍不住笑了。

“爸，妈！咱们吃完中午饭就搬家吧！”宋旻抹了一把额头的汗珠，却留下三道杠杠，颇有些滑稽。

“怎么突然想搬家？”宋子强、周英面面相觑。宋子强接过周英递过来的帕子不解地问道。

“我觉得昨晚上的事还没完，绝对还有后招！”宋旻抚着下颌，装得一脸深沉。

“什么后招？”宋子强、周英疑惑地看着他。想想昨晚上的情形，有些忧心起来。

“这里呢，那女的一来闹，隔壁邻居指指点点，你们也住得不舒心。咱家TX嘉园的房子早晚都得住进去的，趁麻烦事还没来，咱们赶紧搬了。将来差不多的时候，咱们把这里租出去得了！”宋旻说着拖着“巨无霸”往浴室去。

“老宋！”周英想了想，心里也拿不定主意，看向一旁也在想事情的宋子强。

“搬！咱们惹不起还躲得起！”宋子强牙一咬，做了决定。

下午四点来钟。

宋旻一家子前脚刚走，昨晚上得知岑亮失踪，心想着正好可以趁虚而入宋汶感情的吴晗就杀了过来。也顺便帮薛铭打听打听岑亮的下落。

可惜，晚了一步。

“对不起！您所拨打的电话已关机，请您稍后再拨！Sorry！You……”吴晗拨了一次又一次宋汶的电话，都处于关机状态。

叮咚！叮咚！叮咚！

想了想，吴晗直接按了门铃，可按了半天毫无动静。

“难道出门了？”他嘀咕了一句，决定先回车上等等。

两天后。

“宋汶一家失踪了！”这是吴晗打电话给薛铭的第一句话。

那天没有等到宋汶家任何一个人时，他也没在意那么多。直到第二天、第三天，他守在那里整整两天仍没见到宋汶家任何一个人时，他隐隐知道出事儿了。

他马不停蹄地赶到宋汶的公司才知道宋汶已经辞职。而后又立马返回宋汶家跟隔壁邻居打听才知道，宋汶好像出门旅行去了。至于宋子强、周英和宋旻，有人看见他们几天前带着几大个行李出了门，至于回没回来就不得而知。

“宋汶辞职出门旅行，她的父母兄弟去向不明！”吴晗这下子是真的不知道该怎么办了！

“什么？”电话那头的薛铭一怔，只觉得事情在朝着一个诡异的方向发展。

“吴晗！”薛铭看了看客厅里精神恹恹的汪晓霖，暗暗将一下子散乱的情绪慢慢梳理清楚。

“拜托你个事情，你去看看岑亮家怎么样了！”她很肯定，事情绝不会那么巧合。

“去他家干嘛？”吴晗心里乱得要死，哪还有心思管情敌家人的死活？

“如果我没猜错，岑亮一家人也失踪了！”这绝对是早有预谋的！

吴晗一愣，心想着不会那么巧吧？

“我立马去！”吴晗说罢，调转车头朝岑亮家去了。

“薛铭，你猜对了！岑亮的父母几天前也出门旅行去了！”

第四十三章 扭转时光为寻你

二十三天之后。

“终于要决赛了！”秦琴拿着电话，屏幕上显示的是宋汶的新号码。

她抬头看了一眼聚在四周的“俊★临天下”的所有成员。最后将目光定在有些紧张的岑亮身上。

“打吧！”岑亮深吸一口气，定了定神说道。

奥体中心北门。

“汪晓霖？”莫名收到“亚青赛”门票的吴晗看见附带的宣传画里有宋汶，要命的是她旁边的人还是岑亮。两人居然，居然还是婚纱礼服？他想都没想就来了。

“吴晗？”同样收到门票的汪晓霖和薛铭也是被那张宣传画给刺激到了。不过，后者一向是抱着看好戏的心态来的。汪晓霖则是气得将宣传画撕得粉碎，决定前来一探究竟。

“不要告诉我你们是收到了这个吧？”吴晗晃了晃手中的门票说道。

汪晓霖和薛铭面面相觑，纷纷亮出了手中的门票。

“下面是来自G市‘俊★临天下’的各路帅哥靓女为大家带来一场《幻世之旅》！”主持人刚报完幕，全场灯光暗了下来。

“阿亮！阿亮在哪？”汪晓霖紧紧抓着薛铭的手，坐立难安。她伸长脖子焦急地注视着舞台。

“一会就出来！”薛铭拍拍她的手安慰道。很期待这四个人又有怎样的好戏。

吴晗握着拳头，紧张得一手心的汗，眼睛紧紧地盯着那绛红色的大幕。

病床上，实际上已昏迷了整整一年的沈妙言（秦琴）醒来，茫然四顾。

为永远不忘却和唐君瑞的种种，回到现代的沈妙言（秦琴）奋笔疾书写下异世奇遇。

为庆祝沈妙言（秦琴）的《幻世之旅》大卖，受朋友小 A 之邀前往巴黎游玩。

观众席上的宋汶有滋有味地看着自己的大作被“俊★临天下”演绎得精彩绝伦，突然有些后悔没参与其中。

剧目演到这里，方才饰演女主角之一的林芸芸一身红色嫁衣，猫着腰摸到了宋汶的旁边。

“走！快跟我走！”林芸芸拉着人就要走。

“干嘛呢？这是要去哪啊？”

“有惊喜给你！快点！”

“Amy！有没有看见阿亮！是不是错过了？”汪晓霖紧盯全场都没有看见岑亮的身影，急得快哭了。

“应该没有！再等等！”薛铭也不禁皱眉。寄门票的人意图明显，怎么会到了结尾都没有两个人呢？

“宋汶！”这时，瞪着舞台两眼冒绿光的吴晗激动地站了起来。

“诶？前面的干嘛呢？”

“有毛病啊！还让不让人看了？”

“……”后面被挡住的人纷纷抗议起来。

“赶紧坐下！”薛铭皱眉，猛地一拽，将人拽回座位上。

“阿亮！”这下换汪晓霖激动了，起身就要离开。但是，三个人被安排在中间位置根本就不好出去。汪晓霖这一闹是必引来不小骚动。

“霖霖！坐下！”薛铭脑仁疼，赶忙在众人发怒前将人拉住，死死地按坐在椅子上。

“小 A！你们在搞什么？”宋汶一阵惊慌。

“惊喜！”小A调皮地朝她眨眨眼睛。

“什么惊喜？”

“你看！”小A伸手一指，宋汶条件反射地看去。

然后，她瞪大了眼睛。

宋汶的斜对面，那个她心心念念着人正和杨子君、朱学晔状似讨论着什么，有说有笑地走了上来。

“岑亮！”宋汶嚯地起身，定定地看着那个人。

似有所感，岑亮抬头，微笑着……

“你们两个冷静点！”薛铭一左一右死死抓住两个情绪失控了的人的手。

“嫁给我！”岑亮单跪在地，双手一托，玫红色的小盒子里，一对白金钻戒呈现在面前。

“嫁给他！”数秒的静谧后，台下不知是谁大喊了一声。

“嫁给他！”

“嫁给他！”

“嫁给他！”

很快，台下响应成一片。

三个人诧异地看着四周叫嚣起来的沸腾的人群。

“唐君瑞（岑亮）你确信这个婚姻是上帝所配合，愿意承认接纳沈妙言（宋汶）为你的妻子吗？”

“我愿意！”岑亮执宋汶之手，深情地望着她。

“沈妙言（宋汶）你确信这个婚姻是上帝所配合，愿意承认接纳唐君瑞（岑亮）为你的丈夫吗？”

“我愿意！”宋汶回以甜蜜的笑容。

“现在，新郎可以亲吻新娘了！”

语毕，两人有些急切地吻了起来。

啪啪啪！

绛红色的大幕渐渐落下，剧终，台下掌声一片……

“岑亮？”随着全团人员上台致谢，正高兴的宋汶突觉岑亮的异样，见他目光深沉地看着某一处，顺势看去，不禁一怔。

坐在观众席中间位置的汪晓霖一脸扭曲地瞪着她和岑亮，满眼怨恨。她的身边，是看不出悲喜的吴晗。

突然，观众席上的汪晓霖发了疯似的往外挤出来，引来众人的叫骂。薛铭、吴晗也紧接着挤了出来。

“快走!”岑亮笑着拉住宋汶的手趁人不备悄悄摸下台，往后台跑。

宋汶也笑了，看着前面带着自己的人的坚实宽厚的背影，再看看那握着自己宽大厚实的手，仿佛就能拥有全世界！多么幸福的感觉啊!

奥体中心南门停车场。

“阿亮！你等等我!”后面阴魂不散的是汪晓霖那哭得凄厉的叫喊声。

“我们去哪?”上了车，看着满脸笑意的岑亮俊美的侧脸，宋汶问。

“私奔!”岑亮调皮的朝她挑挑眉，油门一踩，方向一打，咻的一下窜了出去。

“阿亮!”将汪晓霖、薛铭、吴晗远远甩开来。

终章 幸福就这么简单

“TX 嘉园?”看着熟悉的街景，宋汶挑眉看岑亮。岑亮笑而不答，直接将车开进 TX 嘉园三期。

“进来吧!”岑亮将他千挑万选的房子里的所有灯都打开，然后才拉着门口的宋汶进来。

“这是?”宋汶看着空荡荡的屋子，满地的装修材料，心脏的跳动有那么瞬间加快了。

“我们将来的家!”岑亮高兴地说着，拉着宋汶一个房间一个房间地看，说着自己的构想。

“谢谢你！谢谢你给我一个承诺，并愿意兑现它!”宋汶眼眶发热，忍不住又想哭。

“傻瓜!”岑亮笑着将人揽入怀中。

“叔叔阿姨也已经搬到 TX 嘉园了!”

“诶？什么时候的事?”

“你走了之后！以前住的地方闲言碎语的，不如换个环境。我也说服了爸妈买了这里，等装修好后就搬进来！然后就结婚!”岑亮轻刮她的鼻梁，很喜欢宋汶被惊得呆呆愣愣的表情。

“你是不是瞒着我干了什么了不得的事情?”宋汶心里一暖！在她慌乱无措的时候，有那么一个可靠可信的人已经将所有梗在两个人中间的问题都解决了，其实是件很幸福的事！

“你猜！”岑亮只是笑着捏捏她的鼻头。

一年后。

教堂。

“岑亮先生，你确信这个婚姻是上帝所配合，愿意承认接纳宋汶女士为你的妻子吗？不论她生病或是健康、富有或是贫穷，始终忠于她，直到离开世界?”

“我愿意！无论贫穷富足、无论环境好坏、无论生病健康，我都是你忠实的丈夫。”岑亮执宋汶之手，深情地望着她。

“宋汶女士，你确信这个婚姻是上帝所配合，愿意承认接纳岑亮先生为你的丈夫吗？不论他生病或是健康、富有或是贫穷，始终忠于她，直到离开世界?”

“我愿意！无论贫穷富足、无论环境好坏、无论生病健康，我都是你忠实的妻子。”宋汶回以甜蜜的笑容。

很快，小花童秦欣将一对对戒捧了上来。

岑亮、宋汶分别交换为对方戴上，作为他们爱的信物。

“现在，新郎可以亲吻新娘了！”

“汶汶，我爱你！”岑亮掀开头纱。

“我也爱你！”宋汶甜蜜地笑着。

岑亮小心翼翼地捧着她的脸，吻得温柔……

教堂外。

“走吧！”汪晓霖面无表情地看完这一场婚礼。最后，满心苦涩地转身离开。

看得入迷的薛铭一下子回神，赶忙跟上汪晓霖。

这一年来，汪晓霖过得很煎熬！

刚开始，她使出浑身解数怎么都得不到岑亮的下落。她的朋友，或者岑亮的朋友，知道或是不知道的都没人愿意告诉她岑亮在哪儿。

她的痛苦只能自己慢慢来收拾。

直到半年前，她在 TX 嘉园附近无意撞见岑亮和宋汶两个人。她这才知道，原来岑亮一直都在，却是一南一北相背离的一条线。可是，她已经没有立场和勇气站在岑亮面前去质问什么了！唯有放手，放彼此自由。

“嗨！帅哥！”薛铭、汪晓霖刚出教堂大门就看见一个颓废的身影——吴晗。

“是你们？”吴晗诧异地看着两个人。

“一起喝一杯？”薛铭看看汪晓霖又看看吴晗，提议道。

“好！”两人你看看我我看看你，最后笑道。

“今晚上不醉不归！”薛铭大笑着朝前跑去，回身看两人……